[加拿大]
卡罗尔·希尔兹 著
Carol Shields

刘云波 译

斯通家史
The Stone Diaries

外语教学与研究出版社
北京

京权图字：01-2021-5144

图书在版编目（CIP）数据

斯通家史 /（加）卡罗尔·希尔兹（Carol Shields）著；刘云波译．——北京：外语教学与研究出版社，2021.9
（名奖作品·互文）
书名原文：The Stone Diaries
ISBN 978-7-5213-3055-7

Ⅰ．①斯… Ⅱ．①卡… ②刘… Ⅲ．①长篇小说－加拿大－现代 Ⅳ．①I711.45

中国版本图书馆 CIP 数据核字（2021）第 190634 号

出 版 人　徐建忠
项目策划　张　颖
项目编辑　何碧云
责任编辑　徐晓雨
责任校对　黄雅思
装帧设计　范晔文
出版发行　外语教学与研究出版社
社　　址　北京市西三环北路 19 号（100089）
网　　址　http://www.fltrp.com
印　　刷　三河市北燕印装有限公司
开　　本　889×1194　1/32
印　　张　10.5
版　　次　2021 年 10 月第 1 版　2021 年 10 月第 1 次印刷
书　　号　ISBN 978-7-5213-3055-7
定　　价　59.00 元

购书咨询：（010）88819926　电子邮箱：club@fltrp.com
外研书店：https://waiyants.tmall.com
凡印刷、装订质量问题，请联系我社印制部
联系电话：（010）61207896　电子邮箱：zhijian@fltrp.com
凡侵权、盗版书籍线索，请联系我社法律事务部
举报电话：（010）88817519　电子邮箱：banquan@fltrp.com
物料号：330550001

献给我的妹妹巴布斯

许多人看过本书的初稿，并给予我鼓励和建议。我感谢布兰奇·霍华德、琼·克拉克、吉姆·凯勒、安妮·贾尔迪尼、凯瑟琳、梅格和萨拉·希尔兹，并特别感谢安大略省伦敦市的露易丝·怀亚特小姐。

她所做的

或说的

都不是

她的本意

但她的生命

仍可称为一座丰碑

只要有光线斜照

就能看见她的轮廓

她的身影随乐曲移动

无论演奏什么音乐

（摘自朱迪思·唐宁的《祖母组诗》，《谈话季刊》秋季号）

目录

作者前言

创作《斯通家史》的两年，是我写作生涯中最愉快的两年。这本书似乎触及了一个重要问题（尽管我不知道这一重要问题究竟是什么）。自确定了小说的框架结构之后，我就一直义无反顾地往下写。该书的框架结构是借用19世纪人物传记的传统模式，按照“出生”“童年”“恋爱”的顺序，一直写到“去世”。

动笔伊始，我认为我是在写一个家族的传说，更确切地说，是在写一个家族的覆灭史。但我很快就意识到，其实我是在写一种自传题材的小说，是在写我们是否能够真正了解本身的人生经历这一中心问题。我们所讲述的生活经历中有多少是真实经历的记录？有多少是无中生有的捏造？有多少是凭空想象的虚构？有多少经过了加工润色或被随意抹去？在我看来，一个人讲述的个人经历中，绝大部分的实质性内容都来自别人——家族的朋友以及过路行人似的熟人——对我们的印象。我想让这些想象中的声音进入小说，让它们去引导1905年于马尼托巴乡村出生的黛西·古德威尔·弗莱特。别人对我们是什么看法？正是这种大家公认的看法，有时候会悲剧性地构成一个人的人生，黛西活到九十多岁，她的生活多少与该世纪她所生活的那个时代的情况是相符的。这就提出了一个问题：最近的一百年间，时代抛弃了女性，尤其是那些未能进入公众视野的女性。

我的计划是，将黛西的生命每十年左右切开一个断面，看看她在做什么。我意识到，作为作者，我的解剖刀虽有按时间顺序自动切片的功能，但仍可能会错过一些重要时刻，比如黛西性生活的开始、她的受教育时期、她的生育过程等等。作者专横而随意的态度会导致他（她）抓住一些细枝末节不放，利用一些平淡无奇的琐事，不那么真实地揭示一个人的人生。

每天，当我坐下来开始写作时，我就在头脑里想象着眼前有一系列鸟巢箱。而我所做的工作，就是在这些鸟巢箱外面再做一层箱子。黛西在做内箱——她的内箱里什么也没有。她是在思考，而不是在写自己的人生经历。但她所思考的那个人生是经过她——人生的主体——删减后的人生。我当时就感觉到，大多数女性的人生经历都是经过删减的。这就是事情的真相。

作家有一个极好的习惯：写作过程中拒绝谈论他（她）的作品。但我却不厌其烦地同每个人谈这本书。我向我的好友詹妮弗·格拉汉姆询问她年迈的父亲奥尔夫的情况，她告诉了我她所猜想的父亲的思想动向以及那些想法的实质。在美术馆过道里举行的午餐会上，我向马尼托巴大学的同事们请教我想在书中使用的某些时期的短语，卢·莱曼教授讲到，“电影里见”是1929年出版的一部小说里的话。（好消息——我可以使用它了！）《斯通家史》看起来仅仅像是一本私人作品。但事实上，它几乎是一个女人的私密日记。这令我大吃一惊。回过头来想想，这部私密日记的写作过程竟是多么公开啊！但我喜欢这一集体智慧的结晶，喜欢这种口头提示与纷乱轶事趣闻的集大成。我当时觉得，写作过程乃是写作乐趣的主要组成部分。

在写完最后一章时我确实相信，我写了一本令人悲哀的书。从一开始我就发现，我正向着“我没有安息”写去。等我终于写到那里，写到倒数第二页的时候，我实在不愿意写下那句话。我习惯于追求和谐与美好的结局。但那句话压抑着我的意识，也压抑着我的良心。最终我还是违心地屈服，交稿付印。我已经学会了在艰难的抉择中生活。

卡罗尔·希尔兹

2001年12月

第一章
出生 1905

我母亲名叫默西·斯通·古德威尔，得病那年她才刚刚三十岁。在那个酷热难耐的日子里，她站在后面的厨房里，为丈夫的晚餐做马尔文布丁。桌子上摆着一本摊开的烹饪书，食谱上写着：“取几片陈面包、一品脱醋栗、半品脱树莓、四盎司食糖；如果家里有，再加一点甜奶油。”当然，她把食谱上的用量减半了，因为家里就他们两个人吃饭，醋栗也紧缺。再说，凯勒（我父亲）吃饭又很挑剔，母亲管他叫挑食的家伙，可口的吃一点，不可口的尝都不尝。

男人就吃那么一丁点儿，让她挺没面子。他总是拿汤匙在盘子里搅来搅去，也许还会抬起头来，隔着桌子向她投去一两个羞怯而感激的目光，但决不会再吃一口，而是把盘子里的食物全留给她吃光——他用其特有的迷人手势在空中划拉一下，催促她继续吃下去。与此同时，他那粗犷而又充满温情的脸上始终挂着微笑。吃饭对于他这样一个干体力活的男人究竟意味着什么呢？是麻烦，是苦恼，说不定还是一种为了保持直立与呼吸而不得不付出的代价。

对于她——我的母亲来说，那可就另当别论了。母亲曾经说过，吃饭近乎上天堂。（年轻的时候，我们的狂妄不羁是出了名的，就像母亲的那种狂乱的激情一样。）

母亲几乎视吃饭如上天堂，做起饭来竟也是那么洋洋得意！尘世中的每一个人对天堂都有自己独特的见解，而她对天堂的见解就是手里拿一把干净的木勺子，站在自家后面酷热的厨房里，探着身子，眯起眼睛看着烹饪书上的小字，尽心地策划，烹制食物。

你看她全神贯注，忙得满头大汗。她把炖熟的水果倒进别致的模子里，将切得碎碎的面包屑铺压在慢慢渗出的果汁上面。面包屑逐渐变软，慢慢呈现出树莓的紫红色。看到布丁已经成型时她兴奋不已。此情此景，令人感慨。马尔文、布丁——她也很喜欢这两个词，念起来就像是甜华夫饼干在她的舌头上融化，使她的舌头也变得像华夫饼干一样甜丝丝的。她就像个艺术家——几年后，我对她的这种艺术形式感受得清楚极了——她时而搅拌，时而摆放，时而咬着下嘴唇沉思。她要做成的点心必定是色泽诱人的热乎乎的多孔布丁。（隔壁的弗莱特太太让我母亲在她家的灌木丛里采摘些醋栗，而树莓则是她自己在村子南面的路边找到的。一个像她那样大块头的女人大热天跑出去找树莓，差点没把她热死。）

她往布丁上撒一勺糖，又撒一勺糖，然后用嘴舔舔勺子。那晶莹的粗糖粒让她兴奋。现在是三点钟——加拿大版图中央马尼托巴腹地一个炎热七月的下午三点钟。客厅里的座钟刚打过点。（那座油漆成金刚石色、四腿涂金的座钟，是她婆家即斯通沃尔镇的古德威尔家送给他们的结婚礼物。）五点整凯勒就要从采石场回到家里来。他会在厨房的水盆边痛痛快快地洗把脸，五点半他们两人就要坐在桌子边用晚餐了——那张桌子只简单地铺一块干净桌布，每隔一天换一块。进餐的大部分时间他们俩都不会说话，因为我的父母都生性羞怯，而且从小就被灌输了这样的信念：说话和吃饭是两种不同的活动，并占有不同的时段。今晚他们将要分享加有一勺自制调料的冷咸牛肉，旁边是一些拌了作料的土豆、几杯甜茶，然后就是这个精致的布丁。我那二十八岁、结婚两年的父亲凯勒·古德威尔，长这么大也不曾吃过马尔文布丁。他会惊讶得把眼睛睁得大大的。（她要的就是这种效果——他那惊讶与温柔的迷茫表情，那个温情而充满感激的男人惊得目瞪口呆。能使他惊讶到如此地步，对她来说可是很难做到的啊！）她把一只带有花卉图案的盘子小心翼翼地扣在布丁上，又拿一块石头压住盘子。

一个凉爽的地方——菜谱上说："把模子放在一个凉爽的地方。"（那是一本旧书，三十多年前英国出版的。书页已快零散，但作者的语气却是那样斩钉截铁，不容置辩。）然而，像今天这样的大热天，默西·古德威尔到哪里去找一个凉爽的地方呢？就连她存放牛奶、黄油和猪油的地下室台阶下面的黑石地板也变得热乎乎的，过去的两个星期一直散发出一种怪怪的酸臭味。隔壁的弗莱特家最近买了一台拉布拉多冰箱，里面是镀锌的。弗莱特太太对默西吞吞吐吐地提到过那个冰箱，谈到过它的特性，它的通风管，它那闪闪发光的镀锡储放架，还说大热天里放进一块冰两三天都不会融化。

某种极端的想法，对如何保持布丁凉爽的忧虑，也许还有对弗莱特家新冰箱的妒忌，引发了母亲第一阵痛苦的抽搐。她轻叫一声，两个眼球被紧紧地挤向眼角，仿佛有人抓住她的头发使劲儿向上拉，头皮嘎嘎作响。假如在那个小后厨房里有一个目击者，那个目击者准会吓得昏厥过去，尽管我的母亲当时并没有昏厥。她只觉得胸腔底部有什么东西在翻腾，先是向上，然后又突然落下，就像一架向两侧拉开的手风琴突然向中间挤压一样。

她向下看去，惊奇地发现她围裙上那些蓝白相间的条纹正破碎成彩色碎片。她的双手径直伸向空中，那是她为抵御重压所作出的反应。她挺起双肩，把手掌平放在桌子上，以稳住身子不致倒下，又将身子前倾，发出一声长长的低声抽泣。从她嘴里发出的声音杂乱、松弛，犹如一条紊乱的波纹。（杂乱、松弛——后来，一想到母亲，这些词比其他任何词都更容易闯入我的脑海里。）像她这样一个肥胖的女人却很少出汗，即便是在盛夏期间也是如此。她对自己的干燥皮肤颇为得意，只是这一点没有人知道。然而现在，围裙下面一大圈湿漉漉的汗水在扩散蔓延，顺着脊梁沟往下直淌。她呼吸急促，疼痛犹如一系列沉重的带子紧箍着她的腹部，疼得她直眨眼睛。就在下边腹部肌肉的褶皱里，她感到自己受到了侵袭。那是海啸，那是洪水。

整整一个春季她受尽了消化不良的折磨。她经常在早上服用毕晓普药厂的氧化镁柠檬酸盐，夜间她年轻的丈夫入睡后，她从床上爬起来再服用一次。她喝普通牛奶、糖茶或加糖柠檬水时，总是咕咚咕咚地牛饮，而喝毕晓普药厂生产的那种凉凉的乳白色的药液时却要倒进一个瓷杯里，全神贯注，悠然自得地一小口一小口地抿，显得很有风度。她不知道是怎么回事。今天想着可能是肝出了问题，明天又想着可能是肾出了问题——尽管她才三十岁，但有人年轻时就会得肾病，特别是像母亲这样体重超标的女人。也许毛病是由便秘引起的。隔壁的弗莱特太太对她提到过这种可能性，并建议她服用大黄片。她还悄悄地对母亲说，要不就是由某种妇科病引起的。她告诉默西说，失血过多会使许多青年妇女身体不适——默西去找过斯皮尔斯医生没有？大家都知道，斯皮尔斯医生对女人的病痛非常关切。他问起病人敏感的问题时总是闭着眼睛，谈起妇女的月经周期、生理平衡、受孕高潮期或果子盐[1]作用时，说话就跟诗人一样。

不，默西没有去找过斯皮尔斯医生。这种事她决不会对斯皮尔斯医生说。她不会对任何人说，对她的丈夫也不能说——对丈夫尤其不能说。她一生只来过两次月经。血从生殖器柔软的肉垫中流出，把她的内裤染得鲜红，同时也嘲弄了稳定其生活的小小准则与责任——嘲弄了她的针线活与家务活，她的熨烫技巧，她的腌制食品和泡菜，她所准备的干净衬衣衬裤，还有她每天早上擦得锃亮的煤油灯灯罩。

她所服用的氧化镁柠檬酸盐毫无作用，而果子盐只是加重了她的痛苦。整个春季她的胸腔一直在痉挛和肿胀。她时不时地怀疑她的胸腔内膜会不会因为压力过大而崩裂。胆汁常常涌进喉咙里，全身皮肤瘙痒，肠胃胀气，尤其是在夜里躺在我父亲身边的时候。出于对她的爱怜和体贴，父亲常常假装熟睡——这一点她从父亲总是规规矩矩地曲蜷在床上他自己的那一侧就能够看出来。

似乎只有面包才能缓解她身体的不适——涂黄油的大块头厚面包，就是她听这个村里的人说的“台阶”面包。她爱吃刚出炉的新鲜面包，吃一片又一片，有时候嫌用刀切麻烦，就干脆用手撕着吃。有一天，她独自一人在厨房里，从中午到晚餐之间吃了整整一个大面包。（她急于向丈夫解释为什么少了一个面包，就对他说有一个面包烤煳了——就好像我那个生性迷迷糊糊的父亲会注意到这样一件小事似的；就好像天下的男人都会注意到似的。）她频繁地将糖撒在黄油面包上面。面包的表面银光闪烁，那晶莹的糖粒在她的牙齿间翻转，给她带来力量。她想象着那柔软的面团进入

1.一种能帮助消化的药品。

她的胃腔，给那个胀得鼓鼓的容器提供了软绵绵的丝丝温暖；那温暖吸收、中和了她自身的毒素。

她在感受情爱方面的愚钝毒害了她，那种能力已随着糖、酵母、猪油和面粉一起被吞咽下去了。她知道这是事实。她试着获得快感，也像人们鼓励女人做的那样假装有快感，但她的努力却受到了饥饿的惩罚。在她一人独处的时候，饥饿常常来袭击她，就像在那个七月的大热天，栖身在一个尘土飞扬的马尼托巴内陆村庄时一样。（那个村庄有五六条未铺砌的街道，一家商店、一家旅馆、一座循道宗教堂、一个加拿大太平洋铁路火车站，还有毕晓普路拐角处的一座单身男子寄宿公寓。）她似乎总在等待某种新鲜事发生，但她认为的那种“新鲜事”被无知和她自己身体组织的膨胀掩盖了。夜里，她常常因为羞怯而用睡衣把自己裹得紧紧的。吹灭灯之后她从来不知道自己在期待什么，也不知道丈夫喊叫时她该如何对待。好在她和我父亲住的木结构公司房把父亲的喊声屏蔽了。房子楼上两间，楼下两间，后面有一个厕所。她只知道自己置身于一切相关历史之外，与寻常的亲情慰藉无缘。最近两年来，她一直被凯勒·古德威尔那巨大而深不可测的激情一层一层地掩埋着。每天晚上，当他爬到她的身上，对着她下体内的褶皱处雷鸣电闪般地喷涌而泄时，她所能联想到的就是波涛汹涌，一泻千里的尼亚加拉河。

就在这时，她觉得自己被深深地埋葬了，仿佛她默西·古德威尔只不过是储藏在她的肌肉，她宽大的脸庞，面团似的粗脖子，硕大而松弛的乳房以及结实的胃囊里的一股搏动的血液。

我母亲站在后厨房里，两条大腿像柔软的白肉（令人想起牛犊肉或白条鸡或猪肉）在她的棉内裤下面互相摩擦着。她突然意识到，内裤是湿的，被汗水浸得透透的。她的脚脖和手腕赘肉上有两三条褶皱，这些褶皱的隆起部位被汗水弄得滑溜溜的。她肿胀的大手死死地抠进操作台的木板里，左手——她的结婚戒指已深陷在柔软的肉里——由于中毒而抽搐。她仿佛看见有一股微弱的绿光像扇子一样在眼前展开。这很糟糕，远比以前糟糕得多。她怀疑她的身体会四分五裂，骨头从肉里扎出来，鲜血喷溅到地板上和墙壁上。她想象着她的血是黄色的，而不是红色的。一团黏稠的蜂蜜色污泥使她浑身松软，没有力气喊叫隔壁的弗莱特太太。

当时，弗莱特太太碰巧正在屋外往晾衣绳上夹粗布床单和枕套晾晒，离我母亲不超过四十英尺[1]远，很容易听到她的喊声。她要是知道默西·古德威尔的痛苦，一定会跑过来。她立刻就会到她身边，劝告这位可怜的好邻居安静，请求她在厨房的长沙发上躺下来，用湿毛巾擦洗她那张潮湿、苍白的大脸，为她解开衣扣，脱掉系得紧紧的鞋子和厚厚的袜子。她爱默西，喜欢她的为人处世方式，喜欢她做事专心致志的样子，尽管总体上来说（这一点必须承认）她对她的爱是出于对她的迷恋，还有对她的同情——同情她那硕大、柔软、行动慢慢腾腾的躯体；同情年轻默西面颊上那轮廓不清的肌肉，她上唇的曲线或她那淡褐色的眼睛受到小小惊吓时在某种光线下所闪现出来的秀丽。每当她望着默西那小牛犊似的眼睛时，她所想到的不是“孩子气”，而是“孩子”。可怜的女人，毁掉了的女人——没有一位母亲这样称呼自己的孩子。可是现在，你看看她那样子，恐怕她今生不会生儿育女，不会有摇摇篮、唱催眠曲的机会了——可这种事谁能说得准呢？谁又能预测未来呢？

1.1英尺约等于0.304米。

弗莱特太太——洗礼名叫克拉伦廷——有三个成年的儿子：西蒙、安德鲁和巴克，但没有女儿。大儿子巴克在温尼伯上大学，其他两个儿子随她丈夫马格努斯在采石场工作。马格努斯是一位石匠师傅，他是一个性情冷漠、身材消瘦的奥克尼人，十九岁时移民加拿大，一直保留着奥克尼的生活习惯。此人喜欢简单，家里摆设简朴，有一个精心打理的花园，吃的是家常便饭，一碗粥或些许熏鱼，甚至一盘黄油面包外加一杯茶就是一顿晚餐。一看见玻璃盘上摆着涂了奶油的马尔文布丁他就很不舒服，特别是在1905年盛夏，一个普通星期一晚上（我就出生在那一年，那天是我的生日）餐桌上摆出的布丁。

弗莱特太太，即克拉伦廷，是一个干净利落的女人，皮肤呈蘑菇色。她对儿子们孩提时代的记忆已被失望清洗得一干二净。她梦想拉住默西的干燥的大手对她说："一个女人如果从未感觉到过小生命在肚子里骚动，那她的生命就连一盘白菜钱也不值。生个小孩子养着，看着他长大成人，这就是爱。我们说我们爱丈夫，站在教堂里发誓永远永远爱他们，至死不离，但我们真正爱的还是我们的亲骨肉。"

她喜欢送默西东西。就在去年春天，她在家里打扫卫生的时候发现一个马口铁果冻模子，这就是今天默西做马尔文布丁时用来使布丁定型的容器。她经常把自家花园里的花草送给默西——香豌豆花、烟草花、石竹花、屈曲花、金鱼草等等。莴笋下来时送给她莴笋，还有白萝卜、胡萝卜、蚕豆，还送给她成罐成罐的浆果酱或大黄泡菜。有一回送的是一套四角绣花的茶巾，还有一回是一条中间透孔的绣花床罩。啊，甚至连那本默西爱不释手，几乎翻烂了的烹饪书也是她送的。圣诞节那天，她送给默西一块天芥菜香味的香皂，隔着包装纸透着清香。又一次她竟然出乎意料地送给默西一面系着彩带的U形镜子。这些东西从她手里传到默西手里，似乎顷刻间光彩熠熠，尽管她送出礼物时所说的话会让人对她的慷慨大打折扣："这东西放我那儿屁用没有。"或者说："我那儿多得能养活一支部队。"或者说："这东西对我们太花哨了，但对你挺合适的。"或者说："弗莱特先生受不了有香味的东西，可这么完好的东西挺有用，扔了怪可惜的。"

默西的脸上微微显出感激的表情。她那慢慢泛起的略带困惑的笑容以及她那未被这个世界玷污的神态使得弗莱特太太很想把她拢在怀里。她能想象到默西那结实而丰满的胸脯紧贴着她自己整洁的衣服前胸，随着感情与陶醉起伏着。她真想对着默西那苍白、粗大的脖子，柔软的肩膀和卷曲的金发低声说："亲爱的。"

这一时刻就在将来，它一定会来的——她站在炎炎烈日下往晾衣绳上搭刚洗净的衣物时这样想。她先把内衣裤搭在绳上，然后是围裙和衬衣式连衣裙，最后是他们几个的夏季工作服。当天一丝风也没有，衣服会晒得硬邦邦的——天那么热，两个小时就会干。她今天洗衣服洗晚了，一会儿还得去花园里除草，还得摘豌豆做晚餐吃。她做什么事都是拖拖拉拉的，头脑里总回荡着泼妇骂街似的高声尖叫：该擦炉灶了，该缝补衣服了，该浆洗窗帘了。这种斥责声是从她自己的内心发出的，那样粗暴，那样急促，然而又是那样无力，根本无法改变她。男人们——她的丈夫和儿子们——七点整出发去采石场，下午五点钟回到家。他们怎么能知道她一整天都干些什么呢？她觉得，就在她每天浑浑噩噩地打发日子，无时无刻不在和魔鬼"懒惰"讨价还价时，不止一双眼睛能够透过她家的屋顶和墙壁看着她。一想到此，她浑身直打哆嗦。

上帝当然能看见她，肯定能看见。当她站在窗前目不转睛地凝视着锦鸡儿树的影子掠过小路，或坐在厨房里的椅子上表情木然地盯着眼前的针线筐，望着一只苍蝇从桌子上爬过时，上帝都看到了。时间嘀嗒嘀嗒一分钟一分钟地过去，变成了一小时，有时是两小时。这些时间碎片与她所意识到的其他任何时间都毫无关联。这种荒废时间的情况出现得越来越频繁，入夏以来几乎天天发生。她醒来时十分清醒，但随着钟表上的指针慢慢移动，她觉得有一种力量在召唤她，那是安逸与惰性撩人的引诱，不一会儿工夫她就缴械投降了。包裹着她的不论是什么东西，她都会觉得是那么温暖舒适，似一朵香云在她周围升腾，无形，无声，只是一股柔和，平稳，到处弥漫的芳香，一种令人销魂的波浪，先进入她的喉咙，然后向下进入全身，使她的女性器官和柔软大腿的肌肉紧缩起来。四周寂静无声，然而也有一种折磨——总有一种枯燥的小念头在拽着她——那就是上帝对她的堕落不感兴趣。他没有对她提起过，也不曾对她有任何暗示，甚至不想费神揭穿她。尽管如此，她还是在厨房的墙上挂一小块绣花亚麻布嘲弄他：

耶稣是一家之主
是每顿饭餐桌上
看不见的客人
家里人的每一场谈话
他都在默默倾听

她竟能欺骗周围的人，真是可怕而又叫人振奋。从她那浪费了的时间、生动逼真的梦境、断断续续的语言看，她就好像被赋予了两种生活，而不是一种。那第二种生活则是被包裹在秘密之中的。这可真是新鲜事。

那么，她是不是也欺骗自己呢？她在采石场路上走时，正巧碰见斯皮尔斯医生。斯皮尔斯医生抓住她的手腕，用一种奇怪而又坦率的态度跟她说话。在关于天气的一番礼貌寒暄之后，他突然说："女人需要另一个女人陪伴。女人们在一起，有点笑声是一种极大的慰藉，还可以散布点无害的流言蜚语。什么女红俱乐部呀，母亲联谊会呀——弗莱特太太，我相信，你曾经是妇女节奏与运动俱乐部的成员，曾经于下午在快乐伙伴的陪伴中寻找乐趣。我妻子告诉我说最近举办的关于'中国的使命'恳谈会很有趣，也很有启发意义。"

"我在家很忙。"克拉伦廷·弗莱特对斯皮尔斯医生说。

"当然，当然，"他不住地点头说，"也许你在考虑去温尼伯玩几天。我相信你每年都会去那里跟儿子巴克住上几天。他还在那里，对吧？还在上学吧，如果我没记错的话，他攻读的是植物学。"

"对，花卉、植物。"她回答说。

"我断定他为你争光了。一个好小伙子。你记得吧，当年艾普沃斯奖学金获得者提名时，我还是他的提名人之一呢。"

"我记得，我真记得，而且——"

"那你何不去看看他，给他个惊喜呢？我们都需要时不时地换换环境，尤其是在漫长的严冬之后。假如你愿意，我可以给你丈夫提一提——当然是拐弯抹角地说。我可以跟他谈谈短期休假对健康的好处。"

"请别说，没那个必要。我可以自己跟他说。"此刻，她所考虑的是一离开斯皮尔斯医生，她就可以进入那无声的卵形物中，进入它那光亮平滑的珍珠色彩里了。

母亲联谊会要在温尼伯举办数日。要是在几个月之前，这种娱乐消遣也许会有些吸引力。她可能真会跟丈夫马格努斯说说，去温尼伯市住一个星期。这些话她也许会在她忙于日常任务，在擦干晚餐用的盘子时，或在给窗户旁边悬挂的倒挂金钟去掉枯枝时对丈夫提出来。她的丈夫可不是个爱说废话的人，但为了抚养三个儿子，为了计划柴米油盐，为了讨论花园里种什么，这些年里两口子倒也维持着简单、必要的夫妻交流。她猜想——这种事他是如何知道的呢？到底谁会告诉他呢？——她猜想丈夫干那种事的方式并不比其他男人粗暴。他在黑暗的后厨房里对她说：“如果你愿意，孩子他妈。”边说边用一只手解她的睡衣——“如果你愿意，孩子他妈。”这句话他说过一千遍，五千遍，已在她的耳朵里磨出了茧子，她几乎听不见。然后就是静悄悄的，犹如掉进了一个深洞，要么就是一阵咕哝声——她认为那咕哝声表明他满足了。

“那咱们结婚吧？”这是大约二十五年前他向她求婚时说的话。这句话极有气势，使她不得不缴械投降。当时他来加拿大还不到一年。在拉杜邦尼特一个破旧的花岗岩采石场干了八个月，离她父亲的农场不远。他说话是奥克尼口音，听起来特别刺耳，尽管她觉得她从那刺耳的口音里听出了某种柔和的东西。有一回，在米尔纳十字街口的教堂参加过祈祷会之后，他送她回家。那是一个温暖的4月之夜，天空繁星密布。她觉得她能够大口大口地吞食新鲜干净的空气，就像摄取营养品一样。这是他第三次送她回家。她知道——他也知道——他有资格向她求吻。出于好奇，她同意了。他的上唇对着她的嘴和面颊迅速地飞快地蹭来蹭去。然后他说：“那咱们结婚吧？”他像孩子般的冒失劲儿感动了她。她有一种想笑，想挑逗他的冲动——她知道在恋爱的日子里应当如何找乐——但他的脸贴得太近了。

“那你什么意见?”他催促道。他的五官被夜幕遮住了，但她能感受到他呼到她脖子上的热气，只觉得浑身酥软。接下来她准备听到情意绵绵的话语。

“我挣的工钱不少,”他说,“工作也很稳定。”

他说的是实话，她无法反驳。她压根儿也没学会如何反驳他。他有一种独特的方式，说话做事不容置辩。就说那台新电冰箱吧，那是他写信买来的。他悄悄地给伊顿邮购公司发去了订单。现在那台电冰箱就放在厨房的一角，神不知鬼不觉地就这么突然出现了。几个月前，他的耳后出现一个肿块，由于经济原因，他拒绝去找斯皮尔斯医生。可接着他居然浪费十一加元买了那台冰箱，十一加元外加运费。冰箱门上的金属牌子上写着“新一代改良型拉布拉多冰箱”。她从未向他要过那玩意儿。冰箱买来的第一天，当她瞧着他用手摸着光滑的木板和铿亮的铰链时，不由自主地想:这双手也摸过我，摸过我光溜溜的身子。

诸如此类的念头越来越多。近几个月来她的大脑发疯似的胡思乱想。这个女人的性欲犹如站在破裂水罐的底部，期盼着，等待着。

就在此刻，就在她往外边晾衣服的时候，她也在迷迷糊糊地渴望着。但渴望什么呢?“拥抱我，搂住我!——”她对啪啪滴水的床单和衬套说。但如同痴人说梦，她说的话毫无实现的希望。此刻，她的洗衣盆空着——那个旧木头容器就放在一块凸出的岩石上。头上的天空辽阔，湛蓝，看得她头昏目眩。她觉得鼻孔里有点刺痒，伸手往围裙口袋里摸手帕。洗涤碱的气味刺激得她直想打喷嚏。“我不愿意,”她头脑里说，“我不再愿意了。”

她判断现在已是三点钟。今天她不想去花园里除草了。如果丈夫或儿子有谁问起来，她就抱怨天太热。为什么要拿健康冒险，置身于像今天这样的炎炎烈日之下呢？相反，她更愿意到客厅去，坐在阴暗角落里那把铺着花毯的椅子上纳凉。以前无法排解忧伤时，她也在那里坐过。她栽在陶瓷花盆里，视若宝贝的花卉伯利恒之星已经扎根。她喜欢探究它那灰绿色的叶子的秘密。壁纸上的那些咖啡色、粉红色相间，交替重复的图案也吸引着她的注意力。那面装着橡木镜框的小斜角镜映照出她的面容、她压平的头发和她的眼睛。这些，在她的头脑里都像晒热的石头一样滚烫。

“我爱你，”她听见年轻的凯勒·古德威尔对他体态硕大臃肿的妻子默西说，“噢，我多么爱你啊，全心全意地爱你。”

她听到凯勒的这番表白是在一天傍晚，像今天一样也是星期一。当时她正站在古德威尔家的厨房门边，双手端着一筐早丁香花，邻居给的。（说实话，她发现自己很难离开。她感觉到新婚家庭有一种魅力，这些家庭的气氛比其他家庭更温馨，声音更柔和；就连临时性窗帘和廉价地毯在他们家里都显得那样华丽、鲜艳。）古德威尔家厨房的窗户敞开着，吹进一股股和煦的春风。他们俩正在用餐（她能够清楚地看到他们）——默西坐在桌子一边，凯勒坐在另一边。白色的桌布和晚餐用过的盘子还没有收拾。

门道里的灯光照在母亲宽大的脸上，使她显得容光焕发。父亲的身子前倾，握着她的手。克拉伦廷·弗莱特想，他们俩真应当作为客厅绘画的主体，用淡蓝色和灰色画一幅水彩画。

我已经说过，我母亲是一位特别肥胖的女人，加上果冻似的五官，恐怕只能说是相貌平平。不错，她的邻居弗莱特太太从她的眯缝眼，垂下巴下面看到了某种美，但我保存的她的一张结婚照却让我得出了不同的结论。我母亲个子高大，满身赘肉。而我父亲则相反，他个头矮小，骨架瘦弱，脸上总挂着一副略带茫然不解的表情。也许我能够想象得出，村子里的那些男人们常拿他开一些粗俗的玩笑。

“我全心全意地爱你。”弗莱特太太听到他对我母亲说。说完这句话，他似乎已精疲力竭，此刻正倚着靠背躺在椅子上。全心全意地爱你——这可是小说里的恋人们发明的话，是情话，是蜜语，是销魂的诗歌。克拉伦廷·弗莱特偶尔也看廉价小说——但要背着丈夫，因为丈夫认为那是浪费时间——书里的人物说话时柔和婉转。可她做梦也不会想到，这样的表白竟然会在马尼托巴省廷德尔镇的一个普通采石工人家庭里出现；她也没有想到，凯勒说这话时的声音和语调竟是如此情意绵绵。“噢，我多么爱你啊！”凯勒·古德威尔对妻子说。这句话他是以近乎祈求的口吻高声喊出来的。此情此景令克拉伦廷·弗莱特永远无法忘怀。整整一个春天这句话一直回荡在她的脑海里，犹如甘霖浇注在她干涸的日常活动的土地上。此刻，就在她站在晾衣绳边打喷嚏，在刺目的阳光下眨眼睛，在为了下午休息而与诱惑抗争的时候，这句话仍萦绕在她的耳际。

这时，她突然想到一个主意：烧一壶开水，请默西来喝茶。

对，沏一壶好茶——克拉伦廷打定主意。她还要拿出最好的玫瑰花茶杯——皇家艾伯特茶杯。那套茶杯原本是她母亲的。等默西喝茶的时候，她还要端出一盘果酱饼干。女人需要有伙伴——斯皮尔斯医生对她夸夸其谈的正是这一点。也许这正是她的问题之症结所在。不是别的，而是孤独；不是生活本身不幸福，只是孤独对她的季节性袭击。而默西·古德威尔这个可怜的年轻女人也孤独。弗莱特太太突然意识到这是真的。她是从直觉悟出这一点的。无论默西年轻的丈夫悄悄地往她耳朵里灌输多少甜言蜜语，她和默西在这个世界上都是孤独的，她们是两个孤单的灵魂。比邻而居住在各自家里的她们俩，都被同一个急切渴望的圆环禁锢着。她过去为什么没有意识到这一点呢？正因为如此，过去几周里克拉伦廷·弗莱特闭门不出，既没有去母亲联谊会，也没有去女红俱乐部，还打消了去温尼伯玩几天的念头。要她走出这个无能的圆环她不能忍受。正是这个圆环禁锢着她们俩——以独特的方式联系在一起的一对基督教女教友。

最终必须采取某种行动，她就要这样做了。她此刻就要去敲默西家的门，把她叫出来。她要按照默西的口味把茶沏得又淡又甜。她可能——这时她脑海里突然产生一个想法——下午茶会，就是斯皮尔斯医生的太太和采石场老板的妻子霍普斯佩恩太太举行的那种茶会。一两杯茶下肚之后，她还可以让默西称呼她的教名。她会说："你干吗不叫我克拉伦廷呢？我一点也不介意。事实上我很欢迎你那么叫。我们做了两年邻居了。啊，我觉得你就像我的女儿。你只要能——"

就在这时，她的奇思怪想被打断了。她听到一个声音，一个男人在高声叫喊。她抬头一瞧，看到那个犹太佬正跌跌撞撞地穿过花园朝她走来。

如今要谈论这位犹太佬绝非易事，需要下一番功夫。大脑需要往回折叠，一直折叠到见了犹太人可以直呼"犹太佬"的那个年代：犹太佬；犹太佬来了。

他肮脏的黑衣服在热浪中摆动，奇形怪状的头发像杂草一样蓬乱；一顶看不出是什么样式的脏兮兮的破帽子盖住个后脑勺。他颧骨凸出，灰褐色的腮帮子上皱纹密布，活像是核桃皮。他脸上那饱经风霜的道道褶皱里似乎是藏着污垢，要不就是外族人奇怪的肤色。

他的那匹马，那头可怜的牲口，就站在路边，拴在默西·古德威尔家门口旁边的一棵弯曲的小白杨树上。他本可以将马拴在篱笆桩上却顺手拴在这里，肯定有他的道理。再看那辆马车，零零散散，破破烂烂，简直不配称之为马车，走在路上咣咣当当，摇摇晃晃，惊得田里的乌鸦乱飞。

他所到之处，令所有人唯恐避之不及，因为他到哪里，几乎无一例外地会问人家要咖啡提神或要凉水解渴。等他走后，人家就得烫洗茶杯和玻璃杯消毒。冬季，他从冰岛人居住的阿伯格周围偏僻的乡村经过时，居然经常斗胆提出借宿要求。人家不得不给他提供铺盖，第二天再烫洗消毒，开窗通风。他给那些干净、节俭的家庭带去的是大蒜味、洋葱味、霉味以及不洗澡不洗脸的腥臭味。他走街串巷卖扣子、鞋带、针头线脑。这些东西在当地虽不容易碰到，但不足以弥补他可能带来的臭虫以及叫不上名字的可怕疾病的危险。他说话口齿不清，声音刺耳。他的眼睛模模糊糊的。他喜欢用甜言蜜语骗人。他管当地的所有女人都叫“夫银”（夫人），管她们的丈夫叫“先星”（先生）。他还向寄宿家庭的青年男子兜售淫秽物品。他可能四十岁，也可能是六十岁。他带的东西有精选的药丸、冲洗剂、折叠刀、小玩具、烟草和硬糖，还有各种劣质酒。他不正视别人。据说，他偷拿人家鸡窝里刚下的鸡蛋，还偷摘别人菜园里的番茄，喝罢汤把汤匙揣在怀里带走。他还爱趁小孩没跑掉时抓住他们，伸出黑乎乎的手来拍他们的脑袋，弄得人家的父母很不舒服。

人们经常在偏僻的路上看到他用鞭子抽打他那匹可怜的小马。他拖着步子走到人家门口，低三下四而又不容拒绝地敲人家的门。一听敲门声你就知道是谁来了。他走路已无姿态可言。那慢慢腾腾，磕磕绊绊，拖着步子的样子使人联想起旧世界的传染病。然而这一次，7月里的一个下午，他却是一瘸一拐朝克拉伦廷·弗莱特太太跑来的。当时她正站在晾衣绳边——那形象配上旗子一样的床单和毛巾，活像一幅烙在木画板上的人物画。

他先是抓住她的衣服袖子，她本能地挣开了。他抓她躲，当然他又抓住了，这一次他粗暴地抓住了她的手腕。他的脸悲伤得呈扭曲状，先是抽泣，接着呜呜大哭，“夫银，夫银！”他的脸紧挨着她的脸。她能闻到他的呼吸和身上散发出的臭味。

“快来，夫银！快来，夫银！”

他发疯似的喊叫，声音里充满恐惧，声调之高超出男声的极限，但你却听不清他喊的什么。他嘴里只剩三颗牙齿。她意识到他的状态是某种惊恐所致。脸上的一个疮疤已使得他的上唇发黑。克拉伦廷·弗莱特向后退了退，恶心得几乎昏倒。她已无能力使目光离开他那结痂的疮疤，反而莫名其妙地渴望伸手摸一摸。

他拒不撒手。

“快来，夫银！”

他的手粗暴地抓住她的手腕，令她直想呕吐。但看到他那褴褛的衣袖，他那伸到袖子外面的苍白的胳膊，她踌躇了。

弗莱特太太看到，这是一只普通男人的手臂，只是难看一点，与丈夫马格努斯的手臂没有实质性的区别。一个星期六的晚上，当丈夫的手臂从内衣袖子里滑出来，伸进满是泡沫的肥皂水里时，她看到丈夫的手臂伤痕斑斑，血管紧绷，行动僵硬；令人吃惊而又同情的是，看起来还有点像女人的手臂。

她想知道——她脑海里的这些形象在几秒钟里聚在了一起——她想知道犹太佬是否在这附近有亲戚，有房子，有温暖的炉子，回到家里有属于自己的一张床。如果有，那他穿着睡衣的身子旁边也可能躺着一个女人，两腿之间自然就会像其他男人一样挂着一个松弛的紫红色肉袋子。这些想法叫人恶心，她必须转换思路，想一些健康的好东西。名字，他当然必须有一个名字。没有名字谁也进不了这个国家，成不了公民。也许他有两三个名字，没法发音，没法拼写。这些名字应当是某个人给他取的。可那个人是谁呢？

这些问题冲击着她，弄得她喘不过气来。与此同时，犹如淡水河的漩涡交叉重叠一样，她又想起那幽暗的客厅、那铺着凉坐垫的扶手椅、角落里已经磨烂的绒绣台布以及她是如何小心翼翼地掩饰那个角落，不让外人看见的。

犹太佬一只手抓着她不放，另一只手发疯似的指着默西·古德威尔家的厨房门方向。"夫银病了，"他总算说了出来，"病了，病了。"最后，她终于明白了。

两所房子之间的地坑洼不平，到处是石头、树根和一丛丛的野草。他们俩一起踉踉跄跄地朝那个敞开的门道跑去，互相碰撞着。犹太佬的手片刻也没有放开那女人的手腕。

我真想向母亲两腿间挤出的那个血糊糊的肉团冲去，用手摸摸自己跳动的心脏，摸摸那摊闪亮的血水中那颗扁平的脑袋和婴儿胳膊。我的母亲默西·斯通·古德威尔就躺在厨房里那张铺着花卉图案的廉价沙发套的长沙发上。她侧卧着，好像有人把她推倒在那里似的。两个柔软粗大的膝盖向上曲蜷，阴部暴露着，像海贝，又像一种被压扁的水果。

她那条沾满血污的内裤还在她扔掉时的地方，很可能是在地上人们看不见的地方。

无论你会怎么想，这种场面没什么丢人，没什么不正常的。我为什么就不能平静地看待呢？因为我渴望使各种不协调的东西协调起来，尽管开始以前我就知道，我所作的努力看起来可能会是一种辩解形式。譬如血液和无知。血液和无知能形成什么呢？还有我自己这个刚刚孵化出的肉团的脉搏跳动，无意识状态以及从那个肉团中滴出的黏液，我非要把它们弄成干净完整的东西不可，然后在下边写上一行文字，或许是一句拉丁语座右铭。

现在该说说我的父亲了，因为此刻他正顺着采石场路往家里走。他一边走一边吹口哨、拍毛蠓，还用工作靴踢起尘土。他已经精疲力竭了。连续九个小时劈凸出的岩石，谁能不精疲力竭呢？他每小时只挣一毛四分钱，还不到去年冬天他妻子默西做圣诞布丁使用的一磅维斯提萨醋栗的价钱。但他在吹一种快活的调子《小布娃娃》，或许是《滑稽的朱姆，朱姆》。走到通往墓地的派克路口，他停下来撒泡尿。

从加森到廷德尔两英里[1]远。采石场的其他工人在石灰窑或挥舞铁镐在采石工作面干了一天活后，都坐公司的马车回廷德尔的家里去了。他们把靴子挂在马车两边。强壮的马——那些体形漂亮，肌肉发达，价值不菲的骏马如今已经难得一见了——拉着他们朝家里奔去。但我父亲不在车上，他宁可步行回家。他是个怪人——这一带的人都这么说他。他性格孤僻，看上去傻乎乎的，做事我行我素，个子矮小，但干活利索，精明能干，精通机械，有天赋，遇事沉着冷静，来自斯通沃尔镇，和妻子是同乡。至于他的妻子，嗬（人们说这话的时候眨巴眨巴眼睛，捣捣胳膊肘），那娘儿们足够两三个男人忙活一整夜的。

在弯腰弓背地在石灰岩工作面干活，或费力地监视那台老出毛

1.1英里约等于1.6千米。

病的旧蒸汽挖沟机的内部结构整整一天之后，他喜欢伸展伸展胳膊腿。那个采石场建成才几年，是一位农夫1896年在自家屋后挖井时发现的，四年后卖给了一位叫威廉·加森的人，即现在的矿主和业主（有人说，那是一桩不正当的交易，是彻头彻尾的欺诈行为）。该采石场已有十万吨石头被开采和运出，导致地貌发生变化，地表分层下沉，形成一个露天角斗场。陆架高度约十二到三十六英寸。地面以下究竟还埋藏有多少石头，说法不一。有人说，照现在的进度，五到十年这里的石头就会被采光。还有些人比较乐观，也比较有见识，据他们估计，那里的石层宽达半英里，一直延伸到温尼伯以外的地区。

这里的石头是白云灰岩，比我父亲熟悉的马尼托巴斯通沃尔的石头更漂亮，也更容易加工。天然的化学变化使这里的石头带有独特的美丽图案。有两种颜色，一种是蛋黄色与棕色混杂；另一种(我喜欢这一种)是淡灰色带暗灰色斑点，有人称其为地毯石。他们特别珍爱石头上杂乱无章的各种化石：腹足纲软体动物、腕足动物、三叶虫、珊瑚和蜗牛。这些曾经活着的动物肉体腐烂后，一种石灰质泥土填塞了它们的躯体并使其变硬，变成石头。我父亲只上过有限的几年学，但却有幸具有自然科学家的好奇心。不久前，他开凿出几块更有趣的化石，就带回家让妻子默西看。（我出生那天她用来压马尔文布丁的那块石头就是一种极为罕见的三合一化石。由于太罕见，所以时至今日仍未能恰当归类。）

头顶上的太阳还热热的，黄黄的。干了一天活的凯勒·古德威尔为什么非要步行回家？他为什么要一路吹口哨呢？我前面已经说过，在劳累了一天之后，他喜欢舒展酸麻的肌肉。另外我猜想——这只是我个人的奇特想法——他之所以喜欢舒展四肢，那是因为快到家了，他想让自己看起来更高一些，更壮一些，离他即将成为的角色更接近一些。他是丈夫，是爱人，有人在等着他。有人等待他——这是一个始料不及的幸福的礼物。他有房子住（不错，是租来的，但毕竟有个住的地方），有张已经摆上晚餐的餐桌，有个他所崇拜的妻子。他全身心地崇拜她。

过去没有任何东西令他动过恋爱的念头。早年所受的那些伤害——一位脸如刀把的父亲，一位头发蓬乱、骨瘦如柴的母亲，无兄弟姊妹的孤单都曾经劝说他，要他这一辈子都不要长大，并保持小孩子的饭量。

古德威尔一家似乎落到了孕育他们的那个严厉、古板、乱七八糟的世纪后面。父亲、母亲、孩子，一家三口全都是软弱无能，精神萎靡，身材瘦小。他们住的房子正对着斯通沃尔石灰窑，坐落在一条肮脏的土路的尽头，门廊歪歪扭扭。窗户被石灰窑飘出的黄色灰尘弄得斑斑点点，年复一年，从未清洗过。厨房的屋顶一直漏雨。一到雨天，烟囱浓烟滚滚。在这所房子里烤出的面包沉甸甸的，表面高低不平，坑坑洼洼。本来可以用来修缮房子或购买些小小奢侈品的工资却被保存在一个旧果酱罐里。一元一元的纸币像碾平的树叶一样堆放在里面，虽然脏兮兮的，但却散发着香味。夏天，镇子里的男人们会聚集在杰克逊街和玛利亚街的拐角处举行掷马蹄铁套柱比赛，但古德威尔家的男人，无论父亲或是儿子，都很少被邀请参加。将他们排除在外的原因并不清楚，也许人们认为，他们父子对各种形式的娱乐消遣都不感兴趣或缺乏最基本的技巧，要么就是怕他们那种无精打采的样子会扫大家的兴。而目光敏锐的古德威尔太太，由于信奉基督教某条旧教义，每个星期天上午都会头戴一顶毡帽去长老会教堂做礼拜。但没有人建议凯勒跟她一起去。

事实上，从来没有人问过他的精神与身体健康状况如何，也没有人就任何问题征求过他的意见。他日益提高的石匠手艺也很少有人提及。在他结婚那天之前，没有一个人想到过给他照张相，没有人提到过他的生日（11月26日）——当然也没有人送给他生日礼物，没有蛋糕，没有热闹的庆祝仪式，只是在他十四岁生日那天，他的父亲从炸猪肉和炸土豆盘子上抬起头来，咕咕哝哝地对他说，他该离开学校，去他父亲受雇的斯通沃尔采石场干活了。从那以后，他挣的工钱也就进入了那个果酱罐子。就这样一晃就是十二年。

要我像别人一样理解时间的流逝、季节的更迭，或有意识地接受“一年结束，又一年开始”这样的事实，从来就不是一件容易事。这种情况说明，人活在世，本质上是无助的。人生的大部分内容是注定要被浪费掉或被屏蔽掉的。即使“十二年过去了”这句话的句子成分抓住我们的舌头，强令我们说出来，那也否定了自传逻辑存在的事实。为什么这么长时间只包含这么少的内容？十二年的时间又怎么会从我们身边被摄去呢？多少个月，多少个星期，多少个日子，多少个小时就这么丢失了——那可是我们一生中最宝贵的时段，身体最健壮，精力最充沛，最能够承受袭击（这种状况一去永不会复返）的时段啊。在从十四岁到二十六岁的十二年里，我的父亲，年轻的凯勒·古德威尔，每天一大早起床，喝一碗燕麦粥，徒步走到采石场，干九个半小时的活，然后回到父母冰冷的家里，吃点粗茶淡饭，然后铺床早早睡觉。

谁要说能详细记述一个人的一生，那当然是骗人的。我承认这样的真理：就连我们自己的故事也已被令人讨厌地扭曲了。然而我们竟然相信人生这一简单的容器，这可真是个奇迹。在那十二年间，我父亲早餐喝的粥很可能有时稀些，有时稠些；同样可能的是，也许是因为偶然听见了工友们的谈话，也许是青春期骚动的必然结果，也许受到了流行歌曲歌词的刺激，也许是偶尔喝多了一回烈性酒，他曾经性欲萌动。他确实参加过一年一度的单身汉舞会。1899年，当斯坦利勋爵乘坐汽船拉着汽笛从这里经过时，他也的确跟那老家伙握过手。年轻时虽然性情有点怠惰，但他既不瞎，也不傻，肯定时不时地观察过，并注意到即便是在这个死水一潭的父母家里，也存在着情绪的微小变化和感情色彩的差异。然而，从他离开校门到他遇见并爱上默西·斯通，十二年的工作生涯过去了。十二年里他的生活完全改变了，奇迹般地改变了。

那时的斯通沃尔只是一个两千人的小镇，但某个历史事件或教义将他们两人隔离开来。虽然都住在同一个镇子里，然而从小到大他一次都没有见过她，也没有听说过她的名字。她长大了，在斯通沃尔孤儿院过着修女一样与世隔绝的生活。孤儿院坐落在镇子的东部边缘，虽然说不上冷酷无情，却也是个清苦之地。在那里，人们出于对推动秩序和民主化的冲动，一时心血来潮，把凡是没有姓氏，即由他们的未婚母亲送给孤儿院抚养的婴儿，统统叫作斯通——这样一来，登记簿上注册的名字都差不多：伯莎·斯通、卡洛琳·斯通、加雷思·斯通、海拉姆·斯通、拉马丁·斯通等等，一直到我母亲默西。像其他孩子一样，母亲的家世也没有人知道，尽管她白皙的肤色、漂亮的头发、淡褐色的眼睛都显示出她的父母是乌克兰人或冰岛人。她刚出生几天就被遗弃在那里，身上包着块法兰绒毯子——因为6月的夜晚还是挺凉的——被放在孤儿院后门旁边的一只旧面粉桶里。这些面粉桶婴儿——后来人们都这样叫他们——由镇里照管，给他们提供基础教育和职业培训，十四五岁时送出去就业。但我母亲除外——因为她很善于管家，院方视之为宝贝，不舍得把她送出去。十六岁那年她就定期协助管家处理日常事务。四年后老管家去世，她便成了孤儿院的全职管家。

看身板就知道她爱吃面包和稀饭。尽管她膀大腰圆——十岁那年她已“超重”，二十岁更是体大如牛——尽管如此，她还是喜欢跪在地上擦地板，直到把地板擦得锃明瓦亮。有时候，当她弯腰从热乎乎的烤箱里抽出一烤架馅饼，看到黄灿灿、脆生生的油酥点心，冒泡的甜果质地那样鲜嫩，色泽那样诱人时，她觉得异常自豪。她对孤儿院里的十来个男孩女孩们只是偶感兴趣。“默西·斯通，四十块石头重”，院里的小姑娘们跳绳时常拿这句话当歌唱——但她喜欢摆放餐桌，调浓酱汁，平展袖子，浆洗、熨烫并把浆洗干净的衣服叠好放成一摞。她很有天赋，而且她的天赋也派上了用场。孤儿院的孩子们不善自理，这是能够想象的。比如说，她一走进女孩子们的宿舍，就扫视一遍，只要看到东西乱放、损坏或需要擦洗，就马上卷起袖子干起来。

她二十八岁那年春季的一天，阳光明媚，凉风习习。她突然注意到，孤儿院大门的门槛向上隆起错位，导致大门开关困难，嘎吱作响，毫无疑问是霜冻所致。于是她就请来一位石匠，重新铺设基石。那石匠就是我的父亲凯勒·古德威尔。

他立刻被我母亲的温柔以及脸上的某种优雅表情迷住了。她站在他身边，两手不知所措，一只手攥住另一只手揉搓，也许是想帮帮他，尽一份社会责任。但出乎父亲想象的是，最使他着迷的竟是她绝妙的躯体。她那层层涟漪似的丰腴的肉体，当她向他指出门框不正时露出的洁净如玉的双臂，都重重地拨动着他的心弦。使他激动的还有她头顶上那高高隆起的发髻，那胖乎乎的脸蛋儿，那圆溜溜的脖子和肉嘟嘟的肩膀——所有这一切都显得那样天真无邪，似乎要喊着叫着求人呵护。他想用嘴唇亲吻她胳膊肘内侧的阴影处，想用指尖轻轻触摸她眼睛下方柔如丝绸的皮肤——那两个赏心悦目的半球凸出物。

他干活的时候，她站在旁边陪着他，吞吞吐吐地跟他说这个冬天特冷，是这几年最寒冷的冬天，刺骨的寒风，厚厚的霜冻；还说廷德尔南部似乎正发洪水。

是的，我父亲回答说。他抬头看着她，端详她那一本正经的嘴巴。他已经听说了发洪水的事，情况很严重，不过——他耸起瘦小肩膀接着说——每年这个时候都会发洪水的。

他注意到，母亲的肥胖已经吞没了她的大部分脸庞，但她那双纯洁、柔和的眼睛却得以幸免。

他不肯收工钱，说铺那块基石只花了不到一小时；还说干这活儿挺愉快的。采石场的工作单调乏味，权当调节一下。再说——他朝着孤儿院的大门、屋顶、临街面，朝着路边嬉戏打闹的孩子们茫然地点点头说——再说，能为孤儿院做点力所能及的事他觉得挺激动的。接着，她坚持邀他到厨房里去。于是，盛情难却，他就进了那个宽敞、温暖的厨房。她给他端来咖啡，还为他拿来刚出炉的棕色糖饼。那些糖饼甜得出奇，脆得出奇；油酥夹层整齐好看；里面的夹心香味浓郁，吃起来十分可口。

他把茶碟和杯子放在膝盖上。他后来回忆说，当时他低头看着自己的大拇指及其黑乎乎的轮廓。他的手直发抖，但他还是大着胆子问:“我可不可以再来?”

她拿眼睛死死地盯着他，想象着他衬衫底下那瘦若鸡肋的胸脯，然后急忙收拾起杯碟走开了。这个提出请求的男孩子没能让她明白自己的意思。话从他嘴里飞出来，然后化作厨房里温暖的空气。尽管如此，就冲他那颤抖的双手，就冲他汗水里那淡淡的洋葱味，她倒更喜欢他了。她不由自主地转过身来，扭捏地对他莞尔一笑。

“咱们能不能出去走走？”他建议说。

“我不太——”她转过脸来，对他轻轻做了个手势，无可奈何地说，“我不太适合散步。”

“你要是愿意，咱们可以坐下来说说话。”他对自己的胆量之大感到吃惊。

她淡漠而又羞涩地看了他一眼。他把这理解为一种赞同。

他的前面像是有一本书在翻动书页。他看到了以后要学的功课有多么艰难：恋爱、结婚、婚姻生活的开始以及新的说话方式。一想到需要下那么大功夫，他几乎有点泄气，但他又觉得有什么东西在驱使他继续前进，学习他需要知道的东西，考验自己的实力。不到一个月，他便得到了她肯定的答复。她将要成为他的妻子。他们将要搬到三十英里外的廷德尔镇。他在那里新开的一个采石场得到一份工作。他向父母宣布了自己的打算——父母惊得目瞪口呆——结婚的日子也定了下来。

人们一看到他们俩在一起就笑。这个羞怯的，孩子般瘦小的年轻男人殷勤地依偎在那胖大女人身边，把她宽大沉重的大手放到自己的腿上从容地抚摸着。有人发现他比她矮一两英寸。站在孤儿院的门道里互道晚安时，他用手抚摸她那宽大的面颊，探索那平滑的圆弧般的粉红脸蛋儿的轮廓。

他从一开始就知道，默西·斯通的情欲比不上自己的，完全是一种截然不同的情欲。在他看来这很正常，也很恰当。二十六岁那年对突然使他不知所措的性交能力以及对情爱的甜蜜渴望，默西的回应竟是几分困惑。她对他并不冷淡，一点都不，但对他羞怯而急切的第一次拥抱却以一声叹息表示默许。对于他们未来的共同生活她似乎不感兴趣，几乎是漠不关心，但有一件事也确实激起了她强烈的反应：公司将出租给他们一套不大的住房——她终于要有自己能够安排、布置和随意走动的家了。她羞怯地对凯勒说她喜欢那样。她做梦也没有想到过会有自己的窝。你要知道，她可是一个连半条面包都知道珍惜的女人。

1903年父亲娶默西·斯通时，他对女人一无所知，既不了解女人身上的峰峦幽谷，又不了解女人的思想倾向。他根本不知道应当如何组织家庭，该从哪里开始，有什么可以指望。当然，他也不可能把沉默寡言的父母当成效仿的榜样，尽管他们确曾打起精神参加了那场简单的婚礼，并向他们赠送了结婚礼物——那只会报时的金刚石色座钟。那只座钟时时提醒他扔掉旧有的令人不舒适的摆设，换成崭新的令人愉快的东西；把所有空荡荡的生活空间重新布置，使其焕然一新，以求他能以此为契机时来运转。

他变了。情欲如汹涌的潮汐溢满他体内，使得他身体的组织似乎发生了变化。他感觉到自己将某些古老、奇妙的记忆带入头脑中，是一种明亮，具有被证明的可能性的图像，那是幸福的海岸。他没什么文化，不了解历史和文学，没有人告诉过他中世纪的男人只要上了床就会患相思病，但这病只不过是抽象化的袭击，只不过奇怪又强大，难以被简单的欲望消灭。

父亲一天到晚在采石场工作，吸进去的是大量的矿物粉尘，想念的却是他的默西，想她身上的褶皱和秘密之地；想她那对儿硕大的乳房和深深的乳沟；想她的头发、她的气味，还有她转过身来奉献自己的情景——先是羞怯，继而是一时的放松。当两人肉体接触时，她发出一声叹息——这是真的，她不会否认——但父亲喜欢她的叹息，这表明她已精疲力竭，可以任其摆布了。两人一起躺在薄薄的床上，他两手的活动令她窘迫不安，尽管她自己的手也有一两次偶然划过他的阴部，碰到过他阴茎周围潮湿的阴毛，让他领略了极乐之地的真谛。他对她胳膊、大腿、胸脯上那颤巍巍的肥肉并不反感，一点也不。相反，他想把自己掩埋在她厚厚的肥肉之中。别人都把享受性生活看作是他们的权利，多少年来，他的这种权利似乎被剥夺，而现在他可以尽情地享受了。他知道，如果没有默西·斯通那肥硕肉体给他带来的慰藉，他永远也学不会感知那个世界的现实，也不会明白情欲与条件反射究竟为何物。

他不敢设想未来，唯恐搅扰了现在。然而，他的脑海里时不时会产生一种渴望：过一种比以往任何时候都更令他满意的生活——房子更宽敞些，晚上点的灯更亮些，也许——为什么不呢？还有在楼上的卧室里熟睡的孩子。刚结婚那会儿，看到厨房的架子上妻子把炊具摆放得那么整齐，凯勒·古德威尔感动得直想哭。那摞好的碗碟，分类的刀具摆放得井井有条；大米、面粉、食糖等食品存放得整整齐齐。这显示出妻子已为未来的生活作好了令人感动的充分准备。但事实上，他所需要的仅仅是现在。

他这个从小就由于贫穷而变得如此怯弱、如此愚钝、如此执拗的人现在居然发现，爱情就掌握在自己手里，能够讲出来，能够用语言表达内心炽热的感情，能够说出女人喜欢听的甜言蜜语，这着实是个奇迹。当他一开始意识到语言能像泛滥的河水一样滔滔不绝地径直从嘴里喷涌而出时，他大为震惊。话语一旦从他喉咙里迸发出来，他就像找到了自己真正的语言。他无法想象，过去为什么就断定自己不能表达炽热的情感呢？

短短两年的时间，他怎么就能跨进一个崭新的世界呢？从采石场回家的路上他这样想。（他像小学生一样用靴子尖踢着松动的石子，将悬浮在田野上空的干燥灰尘吸进肺里。在他看来，1905年7月采石场路上的空气再好不过了。）那天傍晚他很累，但很快乐。他甚至珍惜骨头和肌肉每一阵微弱的疼痛，因为他知道，他的每一天，甚至像今天这样的普通星期一，都将会以销魂而结束。回到家后，他先要把自己洗得干干净净，就着茶水好好吃一顿晚餐，然后在日落之前立即进入那另一种现实。那种现实范围更加广阔，内容更加丰富，远非区区一张床所能提供。柔情的集结，热血的膨胀，黑暗中销魂向下的漩涡，然后——这一点在他看来特别珍贵——随之而来的是奇迹般的犒赏：夫妻俩双双入睡。爱人就躺在他的身边，两人的呼吸交融在一起。她的鬈发会在两人共用的枕头上散开；他会亲吻一缕头发的发梢而不惊醒妻子。

你看，他进入这个世界走了多么遥远的距离啊！如今，每当他注视其他男人的脸，甚至注视他愚钝的父亲时，他就会想：这是世界给我们的劳动报酬——珍贵的欢乐的火花。

一阵微风刮来，他加快了脚步。采石场路横穿平坦低洼的原野，经过一片片沼泽。这里土地贫瘠，灌木丛生，地平线低得令人窒息，紧压着简陋的谷仓和住房的屋顶。这个地区新搬来几户加利西亚人。他们盖的小屋低矮而无窗，屋顶是妇女们用泥巴掺稻草糊成的。他曾一度想看看这些房子。他猜想里面除了痛苦一无所有。如今他看清楚了。他看到那是天堂，无处不在的天堂。

生活是一个不断添加见证人的过程。似乎在我们行为夸张、内心羞愧时需要有人看见，需要有人关注。我们自己的记忆当然太值得珍惜了，这是我对记忆所能作出的最高评价。当然也需要其他评价，其他视角。但尽管如此，我们最重要的仪式——出生、恋爱、死亡——都会有人证物证。多么巧合，多么奇妙啊！

我本人出生时克拉伦廷·弗莱特在场。那女人被更年期和孤独症弄得半疯半狂，成天哀叹自己生不如死。两个月后她就要坐火车去温尼伯，永远离开她丈夫了。不是因丈夫殴打或背叛她，而是因为她的一颗牙牙龈脓肿，想要钱（两元五角钱）去找斯皮尔斯医生看看，而丈夫就是不给她。

我出生时的另一个见证人是那个拼命绞手，号啕大哭的艾布拉姆·戈思德·斯库塔里。此人三十四岁，当地人都叫他犹太佬，卖针头线脑的小商贩，出生在普里兹伦的阿尔巴尼亚村。他的父亲是一位西班牙裔犹太人，专做钉子加工经销生意，祖父是一位职业抄写员，曾祖父是一位拉比。据历史（斯库塔里在加拿大的孙子编纂，后来由麦基尔大学出版社于1969年出版）记载，早在15世纪，他由一位在当地有名的女人所生。那女人生过二十八个孩子，个个活到高龄。她去世时子女们前去吊唁，后来为老太太的床上用品和盆盆罐罐闹得不可开交。

我出生时在场的还有五十五岁的霍顿·斯皮尔斯医生。他是被犹太佬慌慌张张拉去的。那天午后时分，他正跟太太罗萨蒙德一起有滋有味地喝咖啡。罗萨蒙德喜欢收集蝴蝶标本，她在村北的小树林里捕捉到一个新品种蝴蝶，刚兴冲冲地回到家里。眼镜从她那狭窄而难看的长鼻梁上向下滑落，餐桌上摆满了书籍。她正试图找到那只蝴蝶的名字和正确分类。斯皮尔斯医生是一个通情达理，机敏老练的热心人，感情几乎像女人一样丰富而内敛。

另外还有我年轻的父亲，凯勒·古德威尔。他下巴坚毅，身体健康，活力勃发。他对生活赐予他的意想不到的幸福心存感激。此刻他已饥肠辘辘，正急于享用那已经准备好的晚餐，急于享受夜晚将会带给他的任何形式的温情。他黧黑的小脸儿和健壮的身子冲进后门的一瞬间，一路上嘴里吹着的曲调一下子僵死在他的嘴唇上。他看到屋子里一片狼藉，人满为患，这可是他没有想到，也无法忍受的。一种强烈的怪味直冲鼻孔。他听到了有节奏的尖声哭喊——这哭喊声是从哪里来的呢？哪里？——这些可怕的元音“咦咦咦——也也也——”盘旋缭绕，融汇于杂乱的衣物和污浊的空气中。在这混乱的中心躺着他的妻子——就躺在鲜血浸透的厨房长沙发上，沙发套被揉作一团——我母亲那巨大的身体一动不动，两眼紧闭。“惊厥。”斯皮尔斯医生神情严肃地说。他拉起一条床单——不，不是床单，而是一块桌布——盖在她的脸上，然后眼睛盯着我父亲，板着面孔说：“几乎可以肯定是惊厥。”

从敞开的房门照进的阴影铺撒在地板上。我就躺在厨房的桌子上，湿漉漉的，刚从胎儿的世界里被拽出来，一丁点儿大，被包裹着，闭着眼睛，心跳靠一系列像花瓣一样脆弱，尚未完全展开的血管瓣膜维持着。你会问：那个用古老的石头压着的马尔文布丁哪儿去了？它就在旁边，连同我母亲的烹饪书都被扔在一边。在这个故事里你不会再见到它们了。我被包裹在——什么里面？一条厨用毛巾里，也许被包裹在从克拉伦廷·弗莱特的晾衣绳上拽下来的一个被马尼托巴的烈日晒得硬邦邦的、臭烘烘的枕头套里面。我张着嘴巴——活像一个带皱纹的圆线圈。它已经开始寻找，询问，也许已经下意识地得知，我们出生时拼命想要抓住的那种细丝一样的东西是够不到了。

这个狭小、拥挤、闷热，恶臭难闻的厨房里的每一个人——弗莱特太太、犹太佬、斯皮尔斯医生、凯勒·古德威尔——都应邀参与了一个历史事件。

这是历史，千真万确！——仿佛这一微不足道的时间片段也配称作历史似的。把我们召集到一起是意外事件，而不是历史。看看我们这一群人吧！乱乱哄哄，吵吵嚷嚷，显得那样不屑，那样不吉利。哀悼者有权利用责备掌控现场的气氛，但这些人不是哀悼者。无助的狂热将他们聚合在一起，或者更确切地说，将他们各自分开。

那座金刚石色座钟敲了六下。在最后一下的时候，这些见证人转过脸来面面相觑，又看看我这个不速之客。他们各自内心的不解之谜、隐私与谎言像原子穿过磁场一样跳动着，使得这所房子——这个天花板低矮的简易乡村厨房——产生了震动，与龙卷风来临前的震动完全相同。我几乎可以肯定，这所房子不会告诉它的居民接下来会发生什么事、什么样的话可以说、什么样的慰藉可以得到——茶、威士忌，抑或是七嘴八舌，结结巴巴的，虔诚的豪言壮语。这些好人们——他们确实是好人——被一个在地板以下几英寸处闪烁白光的古老石灰岩层支撑着。但此刻，他们每个人都感到自己如无锚之船，在死亡的打击与出生的愚蠢扭动之间咣当咣当地碰撞着。

由于窘迫，也许是由于羞愧，他们最后看一眼躺在他们面前的默西·斯通·古德威尔的硕大尸体。尸体用白布覆盖着，像一条大船，一声不响，一动不动，尽管她曾经有过生命，但如今竟成了这个世界的陌生人。她把自己的最后一口气息留给了孩子。

我伸手接住的正是这一口如鸟羽扑棱一样的气息。即便是现在，我也仍然坚持这样说。我坚信它的实实在在的分量和水汽，因为无论我如何努力，在这个世界上我不相信其他任何东西，而只相信这一事实——她的最后一口气息，那口气息仅有的痕迹就在这个房间里流连，如同耀眼的白雪和刺目的阳光刺激着我紧闭的眼皮，对我说：“睁开，睁开。”

第二章
童年1916

三十三岁的巴克·弗莱特弯腰曲背，郁郁寡欢，但现在凡是看见他的女人都认为，想让这个男人高兴起来并不难。

她们渴望为他熨烫那件廉价的精纺毛料夹克衫，那是他给学生讲仙客来或草原番红花的生命周期时穿的。他的衬衣也可以更整洁些，领子适当平展些。还有，他脚上穿的那双牛津鞋也亟须擦油，等等。而弗莱特教授所需要的则仅仅是女人的些许关注，也就是关爱。不要笑话他；要同情他，爱他。

他心烦意乱地来到学校上课，有时候迟到五分钟，有时候迟到十分钟。他一边偷看下面那一张张期待的面孔，一边在书包里翻找备课笔记，脸上现出茫然的惊讶表情。啊，找到了。他把笔记摆放在讲台上，可接着他又是一阵手忙脚乱，双眉紧皱，眼镜——他的眼镜忘带了。没有忘，找到了，折叠着放在上衣的口袋里了。他掏出眼镜，把金属丝眼镜腿套在形态优美的耳朵上，先套左耳，后套右耳，然后用中指在鼻梁上压紧，弄正。他眨巴两次眼睛，清清嗓子，开始讲课了。

他的嗓音很优美，质地犹如精纺的毛料。如果有颜色，那应该是暖褐色。就语调、流畅程度及响亮程度而言，完全符合男子嗓音应有的特点。他的嗓音略带小舌颤音，比那张讲台的油漆层还要薄，听起来具有必要的硬度。他说出的句子如一堵堵高墙林立，而句子间的短暂停顿则像是感官通道。没有感官通道，他的听众就会昏昏欲睡。

实际上，学生们都在目不转睛地看着他，特别注意看他那漂亮、忧伤、颇具学者风度的嘴巴。若不是必须把他提供的一系列单词写下来，他们连头也不舍得低一下。那些单词是某种花卉各个部位的名称：雌蕊、柱头、花柱、子房、雄蕊、花药、花丝、花瓣、萼片、花托。他经常使用黑板，可今天他忘记带粉笔了，就用手在空中比画那些部位的形状。他那长长的手指围绕着空中虚无的形象一开一合。很遗憾，他的衬衣的两只袖口竟然是这个样子，看起来好像是——对，千真万确——左边袖子上少了一颗纽扣，可他自己显然并未发现。在他的女学生们看来，这一点正是巴克·T.弗莱特教授的魅力所在，即男人的忘记自我的可贵天赋。

这时是1916年的秋季。选修植物学概论的十四名学生中，有十二名是年轻女孩子。韦斯利学院的所有男人，除了患有癫痫病的爱德华·伍德和侏儒克拉伦斯·雷德菲尔德——身高四十八英寸，一只脚外翻——其余全都穿上自治领的军服从军去了。为什么弗莱特教授没有上前线打仗呢？

传言很多。有人暗示他可能是一位绥靖主义者，但他本人并未公开宣布；有人说他的心脏衰弱，他那白得几乎透明的皮肤就是证明；有人说他的视力达不到入伍要求，一个戴眼镜的人是很难面对强敌的；要不就是因为他拄的那根菱纹柳木拐杖——不知道他是装模作样还是真的需要；也许是因为他正在进行的小麦新品种的研究似乎对这场战争至关重要。（早在1905年，巴克·弗莱特在攻读理学硕士时曾经参与过改良型杂交小麦新品种“侯爵”的后续研究工作。那是一种营养丰富的红色春小麦。现在他正试图将它与优良品种“加尼特”杂交，因为“加尼特”小麦的收获期比普通小麦整整早十天，因而能够避开早霜的损害。）还有一种说法是，他之所以未被选中去服兵役，那是因为他年迈的母亲和一个十一岁的侄女全靠他一个人养活。（这最后一种说法接受的人较多，因为那是事实，或者说几乎是事实。）

可他的学生们是如何知道他的老母亲和侄女的呢，他肯定没有对他们提到过这事儿呀？这是因为他的一个学生——那个活泼的金发女郎贝西·珀费克特寄宿在唐宁街的一所房子里，离弗莱特一家三口居住的西姆科大街只隔两条街。还有，一个学生杰西·索尔特迈耶去做礼拜的循道宗第一教堂，弗莱特一家每星期日上午也都去。再就是学生莉娜·巴伦坦小姐。莉娜·巴伦坦的父亲是一位牙科医生，认识老弗莱特太太，事实上还为她装过两次义齿。还有谁呢？对了，还有那个小矮人克拉伦斯·雷德菲尔德。有一次他周末出外溜达，刚好碰见弗莱特一家三口在红河岸上散步。他们还带着装野餐食品的篮子和一块折叠起来的地毯，准备铺在地上用的。人口少的家庭是多么虚弱无助啊！然而人口少也正好有利于他们自给自足。

在韦斯利学院的大厅里，人们在搜集、品味这些信息碎片。索尔特迈耶小姐指出（这几乎是她的事后想法），弗莱特的母亲其实并没有多么老。春夏两季她在西姆科大街的房子附近的空地上种了好大一片花，批发给在城里开店的花商。还有人爆料说，那个“侄女”跟他并没有血缘关系，只是他们家一个熟人的女儿，母亲生孩子时死了。所有这些传言都强烈地吸引着那些学植物学概论的学生们。但最吸引她们的还是这样一个事实：巴克·弗莱特是一个未婚男子。这一奇怪而美妙的异常情况给她们自己的生活带来了希望：一位英俊的三十三岁男子总得找一个生活伴侣。

她们禁不住想知道他过去是不是曾经不幸地解除过婚约——一拨接一拨的学生讨论过这一问题。时至今日，这一问题的真实性如同被包上了一层坚硬的薄膜，没有人会再怀疑它了。于是就出现了好几种版本：他的心上人被夏热病夺去了生命；人家认为他这个未婚夫不合适，因为他的教会色彩太浓；因为道德败坏；因为家庭有精神病史；因为一个韦斯利学院教授的工资再怎么节俭也难以满足她的物质需要。

事实上，巴克·弗莱特过去并没有解除过婚约，也不曾与任何女人有过真正的灵魂与肉体接触。弗莱特教授对关于他的那些桃色新闻心知肚明，对此他只是一笑置之。他的微笑像他的嗓音一样美。他的微笑来源于具有挫败感的苦行主义，来源于他心中的疑虑——爱情不过是自我伤害的昵称。他喜欢自己的那个小社会：冬季，待在安静的房间里，一把椅子，圆圆的灯光下一本翻开的书、一种舒适的苦行僧生活；夏季，独自一人在草地上漫步，终日调查和采集植物标本，身上只带着小刀、标本袋和一两个三明治。不错，他成年后确曾去过希金斯大街的妓院三次，但他认为逛妓院也是受教育的经历，没有对他产生过任何实质性的影响。有些男人对女人既怀有缠绵的温情，又抱有深深的敌意。弗莱特教授也许就是他们中间的一员。不管怎么说，他绝不是像学生们相信的那样在哀叹逝去的爱情。他所哀叹的是他曾经短暂拥有，但现在已经失去的简单生活。

他从来没有像1905年夏天那样把幸福攥紧在手里过。那年他二十二岁，独自住在西姆科大街寄宿公寓顶层两个背阴的房间里，趴在狭小的学生桌上撰写关于杓兰属西方杓兰的论文。

他喜欢这种花。（花名中的“女士”[1]一词当然指的是维纳斯。）他做梦也能画出它那赏心悦目的形状：背萼片、蕊柱、侧萼片、叶鞘、防护苞、花盘，还有根茎。不错，它是一种普通的植物，但它属于外来的兰花科。这种优雅的荷叶边花卉就属于他。他已经对它（她）研究了好几个月，现在已经完全了解了它那叠皱、光滑的所有组成部分以及它那纯洁、优异的再生机能。这种再生机制能使它冲破大陆中部贫瘠的泥土，将自己的美充分展示给人类的眼睛，尤其是他自己的眼睛。（他相信自己的想法绝非出于虚荣心。）

他对这单一生物体的情有独钟唤醒了内心其他几种复杂的渴望。他再次渴望肉体的宣泄——找希金斯大街的那些姑娘们；他渴望消除迄今为止他所发现的生活中所有野蛮粗暴的东西，首先拿父母、兄弟愚钝的火暴脾气开刀，拿他那不支持教育、不重视文化，甚至没有语言交流的家庭开刀；他渴望从自己度过了童年时代的马尼托巴省廷德尔镇那破旧泥泞的街道中把自己分离出来，从周围无处不在的寻求救助与性交的粗鄙氛围中分离出来。他把自己最大的快乐寄托在他试图在一张白色碎布纸上复制的这种简单花卉的结构上：花瓣型有机体，具备完整性，按自己的节律与规则开放，不受制于任何其他东西。几年后回首往事时他还记得，当年他手握水彩画笔时心情是多么温和；灿烂的阳光透过窗玻璃照射在他的手腕和玻璃杯边沿上，也照亮了他的整个生命。

1.杓兰的英语名字是lady-slipper。其中的lady一词意即“夫人”。作者认为该词指的是维纳斯。

他的快乐注定是短暂的。学院的麦金托什院长要他把研究转向耐寒作物的研发上，并提醒他说，循道宗教义既是精神宗教，又是社会宗教，因而与人类的生活质量密切相关——说到这里，老人还激动地加重了语气——这个世界上人类的生活。为了启发这位可塑性很强的年轻人巴克·弗莱特，他还引用了乔纳森·斯威夫特[1]的话："谁能让过去只长出一穗玉米的土地上长出两穗玉米来，他就应得到人类更高的奖赏，他就能为自己的国家作出重大贡献，比那帮政治家们加起来能作出的贡献都要大。"

年轻的弗莱特不得不放弃对杓兰的研究，转而把精力集中在杂交作物的研究上。此外，院方似乎认为他的牺牲还不够大，竟又将化学概论、物理学概论，连同植物学概论三门课的教学任务统统压在他的身上。一年后，当可怜的布莱泽被解雇之后（院方发现他饮用烈性酒），院方又要他教基础动物学。他专一的研究仿佛在一夜之间被搅散了。

更糟糕的是，9月末的一天晚上他回到西姆科大街的住处时，竟发现自己的母亲在那里，腿上还躺着个小不点婴儿，挥胳膊踢腿，肚子鼓鼓的，肺部胀胀的。那婴儿在大声哭叫，仿佛在抗议世道的不公。

我不是说过克拉伦廷·弗莱特1905年抛弃了她的丈夫马格努斯吗？我不是说过她带走了由她抚养的那个小婴儿，也就是分娩时死去的邻居默西·古德威尔的孩子吗？

弗莱特太太离开的那个月是9月。连续几场的夜霜使空气变

1.乔纳森·斯威夫特（1667—1745），英国作家，讽刺文学大师，代表作有《格列佛游记》等。

得寒冷起来。那个婴儿——那个性情温顺的小姑娘——内穿一件打褶的薄棉布套裙，外穿一件平纹无袖上衣，外面再套一件带纽扣的白色细毛马甲。一层层的衣服裹得紧紧的，用别针别得牢牢的，最外面还包着一件宽大的针织披肩。

那是一个阳光灿烂的上午。九点零七分弗莱特太太在廷德尔车站登上了皇家铁路有限公司的火车。当然，她的生活被毁掉了，但她凭着坚强的意志挺直了腰板，还装出一副全神贯注，轻松愉快的样子。有人曾看到她拿一块钱纸币买了一张去温尼伯的车票——那张纸币是她头天晚上从丈夫的衣领盒里拿的——可他们根本没有注意到她买的是单程票。如果那些目击者当时就站在她旁边，他们肯定能闻出她身上有一股强烈但并不难闻的气味。那气味是一个棉花球散发出来的。她把那个棉花球在丁香油里浸泡后，紧紧地压在那颗疼得霍霍跳的臼齿上。她的帽子以普通的碱化缎子和日本丝带镶边，根本不值得看第二眼，但以恰当的角度戴在她那僵硬的小脑袋上，竟给她平添了几分时髦，看起来也年轻了许多，而实际上她已经四十五岁了。她携带的那一大抱秋季花卉在旁观者看来只不过是女人的爱好而已。任何人只要朝她的小旅行包看一眼都会发现，里面只有一件叠好的她自己的毛衣、一打优质棉法兰绒婴儿尿布、一个婴儿奶瓶和三个橡皮奶嘴。将这三样东西——旅行包、花束和婴儿——抱在怀里真够别扭的，不过她在靠窗的座位上坐下来的时候，那神情却是沉着镇定的。

旅途很短，仅用了五十三分钟。火车先穿过平坦的谷茬地，又经过一座座阳光明媚的村庄——加森、东塞尔扣克、戈诺、百鸟山、惠提尔枢纽站。在此期间，克拉伦廷·弗莱特怀里抱着熟睡的婴儿，心里开始盘算自己的生存计划来。早餐喝的燕麦粥还在胃里沉甸甸的没有消化，但她的想象力却像长了翅膀一样翱翔起来。她看到原有的生活已被抛在身后，仿佛被她用刀子切掉一样和她割离得干干净净（她塞在手帕压平器下面的那张留给丈夫的字条上只有一个潦潦草草的词：再见）。前面等待着她的将是靠她自己创造的机遇。她一下火车就会走进温尼伯市的加拿大太平洋火车站前面的那条繁华大街，向路人兜售她携带的鲜花。城里人特别喜欢鲜花，就连当地随便哪片荒地上都能找到的普通野花也能卖钱，当然你得知道去哪里找。她将把每四小枝这样的深蓝色紫菀花——人们常常称之为米迦勒节紫菀[1]——分成一份，加上几片薄薄的皮革绿叶，然后用她带来的丝带漂漂亮亮地扎成一束，每一束卖一毛钱，等挣到足够的钱后雇一辆马车，把她和孩子送到西姆科大街儿子巴克居住的出租屋去。到了那里，她还得上六层木台阶，敲儿子的房门，然后才能进去。进门之后她将要警觉地等待着，看看接下来会发生什么事。

“亲爱的古德威尔先生，”克拉伦廷·弗莱特用她那硕大、滚圆，显然没受过教育的字体写道，“谢谢您托人带来的口信。这不，我马上就给您写信。黛西——我已习惯于这样称呼她——在这里得到了很好的照顾，健康状况极佳，请您放心。很高兴您和我的看法一样：像这样小的婴儿在女人的照看下会更好地成长，至少眼下是如此。我唯一的遗憾是，由于我的粗心大意，上星期二上午没能给您留个便条解释一下。您不必担心您的宝贝孩子，因为我儿子家里很舒适，也很卫生。您目前的丧妻之痛我感同身受，因为，您知道，我也曾用整颗心爱过您的爱妻默西。随信寄去孩子的一绺

1.米迦勒节紫菀因在秋季米迦勒节（9月29日）前后开花得名。

头发，相信能给您带来一些安慰。不过，恐怕只是很小一绺头发，说实话只有六根，因为她还没有多少多余的头发可剪。”

巴克·弗莱特，那个面色憔悴，衣着寒酸的高个子植物学学生，弓着腰坐在零乱的课桌旁边。那低头的角度显示出他内心的痛苦。他苦恼地叹了口气，拿起一支钢笔，在桌子上的墨水池里蘸了蘸，潦草地写道：“亲爱的父亲，谢谢您的来信，尽管得知您不愿意直接给我母亲写信我很伤心——因为我禁不住相信，如果您能亲自写信恳求她，语言诚恳，措辞婉转，很可能会促使她考虑自己的处境，并最终回到家里去。”（写到这里，他停顿了一会儿，眼睛凝视着外面扑打着窗户的雨水。）“同时，我请求您体谅母亲，给她少许零花钱，比如说每周一两元。如您所知，我还得为她和那孩子再租一间房。学院给我的那点奖学金几乎难以应付这些完全没有预料到的开支。另外，由于母亲拔牙后严重感染，那婴儿因为患有斯特林大夫所说的胸闷症而日夜哭闹不安，我已经欠下了医生一些账。也许您知道，您的邻居古德威尔先生曾答应每月支付八元钱作为婴儿的生活费。尽管他很慷慨，但那点钱只是勉强够用。我向您，也向我亲爱的弟弟们，致以亲切的问候。巴克·弗莱特。”

亲爱的古德威尔先生：

我对您每月一次的来信总是非常欢迎。对您寄来的特快汇票我表示最热忱的感谢，非常感激。我很高兴地告诉您，黛西还是那样胖乎乎，乐呵呵的。她的腿真的有劲儿了。我和儿子都认为，不出这个月她就会走了。随信寄去您要的照片。(再次感谢您汇来的必要款项。)您将能亲眼看到，摄影师抓拍到了她独特的鬈发。那鬈发的颜色非常美，我听人描绘说是“草莓色”。我急切地想告诉您，与您听说的相反，温尼伯的空气清新而又有益于健康，这一点您尽可放心。还有一点，我们住的房子附近有一个大花园，到了夏天，小黛西就可以在那里跑着玩了。

祝好

克拉伦廷·弗莱特

亲爱的父亲：

我曾应您的要求和母亲谈过。尽管您很大度，愿意接纳她回家，甚至保证对她突然离家出走，长期不归一事只字不提，但她的态度很坚决，拒绝再回廷德尔。

对您提出的另一个问题，我必须很抱歉地回答您：不行，因为我认为，您到这里来只会刺激她的神经。现在她的精神状态相对平静，整天忙于整治花园，与小黛西玩耍。但我们决不能放弃你们俩将来和好的希望。

让我遗憾的还有，您关于金钱问题所作的决定。对我来说，那将是没完没了的烦恼根源。

您的儿子

巴克

亲爱的古德威尔先生：

您也许很难相信，再过十天，黛西就要上小学一年级了。她已经会背字母表，还有《主祷文》《第二十三首赞美诗》以及一些简单的圣歌了。此外，她还能背诵我们花园里所有花卉品种的俗名，大约有二十五种吧。我很高兴地对您说，由于这两个月天气晴朗，加上每天睡觉前给她贴毛蕊花叶膏药，她的胸闷好转多了。至于我自己，我很好。

您忠实的朋友

克拉伦廷·弗莱特

亲爱的古德威尔先生：

谢谢您二十八日的来信。请放心，黛西的健康状况极佳。她在学校朗诵的《一个水手的挽歌》感情充沛，热情奔放。

我们怀着极大的兴趣阅读了上一周的《论坛报》上刊登的关于您和您的著名石塔的报道。我儿子弗莱特教授认为报上的石塔照片模糊不清，便越发好奇，想实地看看它真实的样子。不过您知道，自从他的两个弟弟去了西部之后，他就再不肯去廷德尔了。

您最真诚的

克拉伦廷·弗莱特

亲爱的父亲：

我必须再次问您要钱，这使我很痛苦。我诚恳地恳求您能良心发现，想想您和母亲多年来和睦相处，她尽心尽责，无微不至地伺候您，从未索取过任何补偿。眼下我们的日常生活异常艰难，恐怕我购买西姆科大街的房子以及毗邻土地的决定尚不成熟，尤其是在城市重心南移，战争传言四起的时候。我向您保证，我当时决定买房是希望能给黛西——她现在已出落成漂亮的少女了——提供一个可靠而又体面，使她永远不会感到难堪的住处。我母亲的确靠卖花草挣了些钱，但她建造暖房的花费也相当大。您说我的杂交小麦品种“侯爵”获得专利证书后我自己的收入增加了，这也不错，但这些收入的整整四分之三是属于学院的。盼复。希望能得到满意的回答。

也许您对“古德威尔石塔”感兴趣，市里的人都这么叫它。我告诉您，这些天来它成了人们谈论的热门话题。听说它吸引了来自各片地区的参观者，甚至还有来自美国的。

您的儿子

巴克

亲爱的古德威尔先生：

我希望这封短信能让您放心：黛西出麻疹已经完全康复了。这一段时间我们一直很苦恼。一连几个星期把她关在不见阳光的房间里，她确实很烦闷，更何况她又是一个天性活泼好动，身体健康的孩子。然而，自她从上星期的《家庭使者》报上发现了您站在石塔前的照片之后，情绪好多了。“那真是我的父亲吗？”她问我。我向她保证说真是，她更急着要去看您了。一连几天没说别的，就说这件事。但我们——弗莱特教授和我本人——相信，对一个刚刚大病初愈的孩子来说，去看望您对她的刺激太大，怕她受不了。

我们一直很感激您每月给我们家寄钱来。我们总能让有限的收入发挥最佳的效益。可喜的是，我的小花园的生意已开始兴旺起来。仿佛全世界的人都发现，不起眼的小花草竟能给沉闷的战时生活带来欢乐。

此致

克拉伦廷·弗莱特

亲爱的古德威尔先生：

我对您的祈祷和慰问表示最真诚的感谢。我可以如实地告诉您，我亲爱的母亲在最后的日子里并未受罪，因为从那可怕的事故发生的一刻起，她就进入了无意识状态。一直守在她病床边的那些朋友和熟人们从她的安息中找到了力量和灵感的源泉。最后她安睡了，安睡在朋友和家人中间。我的两个弟弟及时从西部赶来向她的遗体告别。您知道，我们的父亲自始至终态度都很强硬。我们现在必须为她祈祷了。至于那位撞倒她的年轻人，他被罚款二十五元。我听说那个可怜的小伙子悔恨得大病一场。

最近几天，关于黛西的问题我想了很多。这些年来我母亲爱黛西如同己出——事实上是溺爱她。我断定您会同意我的看法：让一个十一岁的少女和我这样一个既无妻室，又无财力雇人照料她的生活的男人住在一起，不管怎么说都是不合适的。看起来，我无论如何必须很快离开温尼伯去渥太华，与自治领谷物专家和他的委员会一起继续我的研究工作。您能否来信谈谈您对黛西一事的全部想法，看我们之间能作出什么安排，以保证她未来的生活和幸福。

您忠实的

巴克·弗莱特

我父亲凯勒·古德威尔是一个体验过极度欢喜的人，缺了这些他是活不下去的。

一旦觉醒，他变得敏感起来。妻子早逝之后，他本可以以诗歌为伴，或以酗酒为乐，或将别的女人揽入怀中——然而没有。像他那个时代的许多青年工人一样，他找到了上帝。他觉得，上帝化作彩虹，正在采石场路东边离我母亲坟墓不远的地方等着他呢。

事情发生在10月一个刚下过一夜大雨的早晨。

他肩上搭着条布袋，里面装着一块八边形的石灰石（大约有一个甜瓜那么大）。他打算把它摆放在亡妻的坟墓上。他翻过泰勒角的篱笆墙，抄近路穿过一块谷茬地，走过一片高低不平，被雨水浸透的原野。突然，只见太阳喷薄而出，先是淡黄色，很快光线强烈起来，热气穿透了他的灰色棉衬衣。他抬头一看，哎呀，彩虹！

当然，他过去是见过彩虹的。和乡下人一样，每次见到彩虹，他总要停下来，欣赏那淡淡的光辉。彩虹在马尼托巴省南部出现的机会毕竟不多，每逢出现总是那么引人注目。总有人指着天空大声叫喊："看那儿！"然后，一种一厢情愿的想法，一种"时来运转"的朦胧希望就会在人们心里油然而生，起码希望能改变一下心情。

这时的凯勒·古德威尔尚未开始对《圣经》长期的潜心研究。假如你问他，他也不可能引用上帝在大洪水过后对诺亚说的话：

“我把虹放在了云彩中，这就可以作我与地立约的记号了。”[1]

同时，无论如何他也不是个无知或迷信的人（尽管所受的正规教育有限）。他懂得彩虹形成的基本原理：光通过小水滴时发生折射、反射和色散，产生了棱镜效果，放射出七彩光芒。他也明白，这种现象是暂时的，非实体性的。但他毕竟是一个与石头、与坚硬的岩缘和实实在在的体积打交道的人。而彩虹的圆弧摸不着；彩虹的尺寸无法丈量；彩虹的色彩转瞬即逝。正因为如此，许多头脑简单的人都相信彩虹是无法拍摄下来的，因为它短暂易逝，昙花一现的特性能抵御镜头的强光，在经过化学处理的相纸上无法形成最终影像。

然而，1905年10月（妻子去世仅仅三个月后）的那天早上出现在父亲面前的彩虹却与往常不同：它明亮的色彩更加清晰；它的形状如孩子们的铅笔画那样持久。它仿佛是用玻璃或者半透明的大理石做成的，材料坚硬，意图清楚，要求迫切，目标明确，针对的是他，是为他而出现的。他没有看到那彩带是如何形成的，只知道一下子就出现了，那样坚实，那样完美，从它那洁净的门里放射出一道灿烂的天堂之光。

彩虹出现时他是站着的，接着他便跪了下来，跪在妻子默西的坟前。

他的职业就是石匠，墓碑自然是由他打造的。这墓碑色泽斑驳，楔形，开得很薄，打磨得很光，中心深深地镌刻着她的名字和生卒年份。

1.见《圣经·创世记》第9章第12节。

默西·斯通·古德威尔

1875—1905

崇高的挚爱

与

沉痛的悼念

刻制碑文的头几天他心神烦乱，苦不堪言，但他立即就意识到，那块墓碑对于他的妻子、他的心肝宝贝远远不够，质量太差，分量太轻。于是，他每天从采石场带一两块小石头过来，小心翼翼地藏在泰勒角的一个柳树丛后面，那地方离帕克路的转弯处不远。那些石头都是他精心挑选的，因为他已作出一个奇怪的决定：他打算不用砂浆把它们垒起来。必须只靠地球引力稳住它们，靠引力和平衡。每一块石头都必须与相邻石头的形状相契合，并与最近他脑海里像白日梦一样挥之不去的抽象概念保持一致。这是一个由悲哀与迷惘相交织而构成的梦幻结构。他一次又一次听到同一个声音在问他同一个问题：为什么妻子没告诉他自己怀孕了？

石塔的墙壁渐渐升至肩膀高。他所用的石头有些不比他的大拇指或拳头大，有些直径有八到十英寸或稍大一点。今天早上，在耀眼的彩虹光芒的映照下，这些石头的表面仿佛是在跟近日到处开放的一枝黄花一起有节奏地翩翩起舞。太阳和雨水、云彩和光线、鲜花和石头——它们全都紧密地黏附在一起，几乎是预言般地结合起来。发现自己身处这一神圣的聚合中心，他高兴得浑身痉挛。他胸中充满了他自己如释重负的喧嚣。那是狂喜的叫喊，那是极乐的呼号。

他原以为自己在这个世界上孑然一身，事实上他是这道注视着他的、结结实实的彩虹的孩子；是锲而不舍的光与影的孩子；是物质与蜉蝣的孩子；是大地的孩子。

直到后来，在穿过车辙纵横的原野往家里走的时候，他才想起来对赐给他幸福的造物主表达敬意，喊出了上帝那无瑕的名字。

有时候，他能一连好几天忘记自己是一个孩子的父亲，有一个名叫黛西的小女孩。这时候，就会有某种东西喋喋不休地提醒他。他会看一眼厨房墙壁上的日历，注意到当月的第四个星期二很快就要到来了。那是他给温尼伯的克拉伦廷·弗莱特太太汇款的日子。要不他也许会注意到，天气转暖的时候，村子里的小孩子们会给采石场里的父亲们送午餐，滞留在那里玩一两个小时的蝌蚪或没用的碎石片。每逢看到这种情景，他总要想起自己的女儿会是个什么样子。

弗莱特太太会随信寄来一张小姑娘的照片，信上说她在一天天长大，性格温顺，在学校很能干。照片上的黛西看起来是个听话的孩子，衣着整洁，身材苗条——他觉得仅凭这一点他应该谢天谢地了。她的微笑既不显得放肆，也不显得羞怯，而是介于两者之间。（由于某种原因，他无法确定她是否漂亮，很可能不漂亮。）最近一张照片是她跟弗莱特太太和巴克·弗莱特教授的合影，两人分坐在黛西两边，像是在绿草如茵的河岸上。浅灰色的背景凸显出他们的形象。这个三口之家显得悠闲自得，相亲相爱，看不出丝毫不和谐的迹象。

有时候他从睡梦中醒来会浑身发抖，满头大汗，脑海里充满着对往事的回忆。你看，那间厨房里的情景又重新出现，栩栩如生。四壁在黑暗中跳动，室内一片嘈杂，混乱不堪；周围是一圈惊愕的面孔，还有他那用床单覆盖着的悄无声息的爱妻默西的尸体。时钟正在打点，而且似乎要没完没了地一直打下去。当当的钟声从他的眼睛后面发出，用它的噪音消除了梦境与记忆的距离。就在其他人像雕像一样站在那里面面相觑的时候，他跑出厨房，一头栽倒在地上。他在地上滚来滚去，又哭又喊，用拳头捶打着被太阳晒得焦热的地面。"她没有告诉我，"他对着空旷的天空吼叫道，"她从来没有告诉过我！"

这一点正是他无法理解的：妻子为什么要对他隐瞒她的重大秘密？

他觉得他必须把她的沉默视为一种背叛，甚至是敌视行为。但也总有人提醒他说，她一向不善言辞，也无法承受这个真实世界强加给她的种种困难。他试图想象当那个肉团在她体内生长时她有什么感受；她是如何适应它那蜷曲的四肢和跳动的心脏的；她是害怕它的侵扰，还是爱它至深以至无法说出它的名字，或不愿将它的存在以及自己为它的降生所作的准备告诉别人。

他暗自承认，他对亡妻的爱已因为她的沉默而改变。他越来越觉得她的差错似乎并不仅仅是对他隐瞒实情，而是对他的惩罚，是在别人面前羞辱他的一种手段。他猜想，那些人现在肯定认为他是一个愚昧无知或粗心大意的人，妻子快生孩子了而自己却不知道，这算什么丈夫？

是的，这一点必须承认——几年后，我对此已很清楚了——我父亲对我母亲的爱已经被损害了。有时候，尤其是当他从一个栩栩如生的梦境醒来之后，他怀疑自己是否有能力爱这个孩子。十一岁的黛西·古德威尔被定格在照相机的镜头里：一个头戴草帽的小姑娘坐在河岸上休息，神情专注而拘谨，嘴角上挂着难以捉摸的微笑。一位父亲不爱自己的孩子是不合情理的，但凯勒·古德威尔所能感受到的只是一种源于社会习俗的微不足道的爱。他也有责任心：他给她寄生活费；他在写给弗莱特太太的信中也表达对黛西的健康与幸福的关心。但事实上，他很少认真考虑过这些问题：这女孩儿是谁？是自己的亲骨肉吗？（“黛西”也并非他想要选择的名字。但孩子总得叫个什么吧？我出生之后他也没心思给我取名字。）他仔细端详过她的照片，白天也偶尔会想到她，还时不时地稍微对她有点好奇心和些许担忧。后来得知她出麻疹，他也考虑过是否趁某个星期天上午坐火车去温尼伯看看她，好让自己消除对她的健康状况的担心。

然而，他从这个尴尬的会面中退缩了，原因是他对旅行的困惑——他从未到过那个城市，也从未发现有任何去的理由——再说，他也不愿意为此牺牲整整一个星期天。星期天他还要读圣约书，还要祈求上帝宽恕，还要继续建造他的石塔。

现在是星期天上午，六月里一个晴朗的上午。廷德尔循道宗教堂尖塔里的铁钟正在召唤信徒们去做礼拜，但我的父亲并未被那铿锵的钟声所吸引。

宗教并未将凯勒·古德威尔变成一个按时去做礼拜的人。刚入教不久，他曾试着去廷德尔参加过三四次晨祷。只有一回他步行七英里去了奥克米登社区，坐在那里迷迷糊糊地参加了一次神秘的希腊东正教弥撒仪式。公共礼拜仪式上的喧闹——唱圣歌、祈祷、吟诵、讲道——弄得他心神不宁。神职人员的服装，就连那简单的循道宗服上的白领子对他的感官也都是折磨，把他挤到信仰的边缘。教堂空间里的尘土、椽木在袭击他；香气、亮漆在贬损他，嘲笑他。更有甚者，他感到那天生的本能受到了一系列繁琐的宗教仪式的约束——喘着粗气的祈祷、教徒齐呼的“阿门”、编号的圣歌以及此后不得不与其他聚会者握手、严肃地互致问候及社会化交谈——所有这一切都令他愤怒。

然而，几乎是偶然之间，他陷入了一种长久的独自沉思状态。那种沉思与亚洲次大陆流行了几个世纪的坐禅没有多大差别，是一种全神贯注的催眠状态。这种催眠活动本世纪下半叶竟在我们自己的文化中变得时髦起来，在愚蠢的60年代和70年代非常盛行。

在他看来，那只是一种心醉神迷的心灵交流。每个星期天他都要通过一系列仪式化步骤走近他的缔造者：黎明起床，以茶水和面包作早餐，然后出门，风雨无阻地向采石场路边的坟场走去。一边走一边背诵一段经文，通常只背一节，反反复复地背诵：

> 没有谁像上帝一样神圣，
> 除您之外别无他人。

他背了一遍又一遍。这些经文像第二脉搏一样撞击着他的太阳穴。靴子踏着节拍有力地敲打着路面，将他引入正常意识的幕后。一路上他没有遇到一个过往行人——无论对人对兽，那个时辰都太早了。他推着一辆自己用零星部件拼装起来的小手推车运送砌塔用的石头。他现在相信，大地上粗糙的矿石是圣歌的音符，能够汇集起来塑造成赞美与肯定。他还随身携带一把木槌和一些凿子，全都挂在皮腰带的铁环上。他的工具、他的音乐、他的贡品——凡是需要的东西他全都带在身上。

原先孤零零地矗立着我母亲的墓碑的地方，如今耸立起一座高约三十英尺的空心石塔，而且石塔仍在不断升高。建造石塔的石头是按照它们的强度、外观和对总体设计效果的影响挑选的。一层层悬臂型石头盘旋而上，使他能够像昆虫或爬山虎一样轻而易举地登上陡峭的塔身。

父亲越来越喜欢选择用巧妙的拼合字装饰石头表面。尽管如此，色彩斑驳的廷德尔石头被认为不适宜精雕细刻。刻在这种石料上的图案似乎总在回避观察者的目光。你得站在远处，而且在特定的光线下才能看出来。在他看来，这一障碍恰恰是它的魅力所在。他所雕刻的图案若隐若现，因而能够反射出这个已知世界的变幻莫测。他在这里刻上几句圣词，在那里刻上一只鸟，一朵花，一条鱼，一张脸，一个太阳或月亮；一位半个巴掌大的天使定格在他已雕刻完成的天空中；一匹小石马在石刻的草地上吃草；丘比特、美人鱼、蛇、树叶、羽毛、葡萄、蜜蜂、牛、彩虹的圆弧、一幅像兽皮一样的织物——这个石塔宛如一座扭动的图案博物馆。这些图案有的是他在《加拿大农民年鉴》上看到的，有的是在伊顿公学名录或他的插图《圣经》上看到的。

石塔的雕刻件是这位鳏夫冬夜在温暖而零乱的厨房地下室里完成的。他在那里支起一个带虎钳的工作凳，点起一盏明亮的煤气灯。在采石场干了一天活之后，他吃了些煎鸡蛋和罐装豌豆当晚餐，接着便准备让石头粉尘飞扬了。他的工具很简单，技术也有点不正规——但他毕竟是一位自学成才的雕刻匠，通过对明暗对比和石头能够产生的特殊效果的长期追求与实验，他的手艺渐渐熟练起来。他干得很慢。他觉得周围的世界在收缩，收缩得像一个布丁盘那么小。从浅浅地划出轮廓到开出沟槽，他的精力变得集中起来。当他把直线与弧线连接起来时，一个原先在他脑海里闪烁的，仅仅像原子一样大小的形象被精心刻画出来。在保留其原始特征及其本质的情况下，看它可能雕刻成什么形状——这始终是雕刻工作最艰难的阶段。他在心里作好准备，等待石头雕刻完成的那一时刻的到来。（但愿你能看到这些被雕刻后的石头表面，看看它们是怎样将已经显示出的某种启示呈现在你面前的。这些石雕虽然处处显示出父亲令人沮丧的拙笨与努力，但在捕捉宝贵的光线方面又是那样精巧。）

尽管父亲很有才干，但在他看来，雕刻工作绝不仅仅是一种简单的劳动——他把自己的全部精力投入其中。由于精力集中，他的脸扭曲得像只猴子。这种形象只有在真正的艺术家或音乐家脸上才能看到。（当然，他从不认为自己是艺术家——他的无知就像空气和水一样是显而易见的。）只有在他完成一件雕塑并把它运送到石塔现场时，他才能体味到那种对超然的狂热。（尽管"超然"一词就像"艺术"一样并不是他能够说出甚至认知的。）当雕刻完成的石头最后溜进等待着它的位置时，他感到上帝的手放在他的头上，圣灵高兴地大喊一声进入了他的体内。

大家都知道——当然我也知道——宗教狂热是很难说得清楚的。有欣喜若狂的，如我的父亲，他们沉湎于精神交流的稀薄空气中；也有头脑比较冷静的，他们声称宗教之所以存在，是为了让我们不感到自己行为荒唐。

在凯勒·古德威尔这个未受过传统神学熏陶的人看来，人与神在一个令人眼花缭乱的方程式两端取得平衡：人创造了神与神创造了人两者恰好相等。一个统一的大脑像蛇一样低垂着绕天地之间的圆弧爬行。（他花了多年时间才把这一切弄懂。）

对于1916年在温尼伯市被解除循道宗牧师职务的那七位绥靖主义者来说，宗教在坚如磐石的个人良知与同样坚实的政治舞台之间找到了自己的净价值。

对于那些——现在，6月里——正在重建被所谓爱国者焚毁的链湖会馆的农民及他们的家人来说，宗教是水泥，封住了他们通往世界的大门。

对于在波塔奇街和梅因街交叉口被自行车撞倒后处于昏迷状态的克拉伦廷·弗莱特来说，宗教是柔和的阵风，吹得花瓣漫天飞舞，最后轻轻落在她生命的黄昏。而对于屠夫那个十七岁的儿子，骑自行车肇事（超过时速八英里的法律规定）负全责的瓦尔迪·古德曼森来说，宗教是他夜半时分像饥饿的婴儿一样吸食的罐装肉汤。祈求宽恕，就给你们宽恕[1]。对于卖给那孩子自行车（二十五元）的艾布拉姆·斯库塔里[2]来说，宗教既是一扇打开的窗户，也是他用来遮光的窗帘。

对于廷德尔的石匠师傅、被克拉伦廷·弗莱特遗弃的丈夫马格努斯·弗莱特来说，宗教既是一个容器，又是记忆之水，里面盛着客厅里她的那棵叫作伯利恒之星的神圣植物（即不能碰）的枯叶；盛着他对故乡奥克尼松散石层的生动而又有触觉的记忆；盛着他记忆中的父母的形象——两个人在黄昏往牛棚里拖干草，母亲眼睛里飞进了异物，父亲停下手里的活，俯下身去，用舌尖把异物舔出来。

1.由《圣经·马太福音》第七章第七节“你们祈求，就给你们……”变化而来。

2.亚伯拉罕的异体。“艾布拉姆·斯库塔里”以及后面即将提到的“艾贝·斯库塔里”指的都是“斯库塔里”，即犹太佬。

对于韦斯利学院的麦金托什院长来说，宗教乃是能使人思维正确，生活正派，祈祷真诚的良药。他在写给《自由新闻》的一封信中说:“这场战争所做的一件好事是：它使我们摆脱了自给自足心态，并带我们向上帝靠近。”

对于热恋着植物学教授巴克·弗莱特的韦斯利学院学生贝西·珀费克特来说，宗教是一种痛苦的阻塞物。当她对着枕头默念他的名字时，当她唱“只要我们的心还在渴望，就不要让家里的火熄灭”时，那阻塞物便在她的喉咙里形成。

孑然一身，形影相吊的教授、学者，十七种杓兰花标本收藏者巴克·弗莱特相信，宗教乃是对心灵欲望的奇妙比喻。没有上帝，没有上帝之子，没有圣家庭[1]，也没有耶稣复活，只有欲望：想占有更多东西；想尽善尽美；想有自知之明；想拥有全部五十个已知的杓兰花品种；想睡觉也想健忘；想行善也想作恶；想享受令人销魂的交媾——他知道，交媾的对象可能具有，而且也常常具有欺骗性。最近他在阅读关于植物传粉过程的资料。他在资料中读到，一只雄性昆虫为一种小型的兰花所吸引，于是乎，兰花的唇瓣便充当了雌性昆虫的性器官。作为一个科学家，弗莱特发现这一现象使他感到一种莫名的烦躁不安，尤其是那只兴奋的雄性昆虫在花瓣边沿所摆出的交媾姿态。还有一件事令他烦躁不安（尽管还有待他承认），那就是十一岁的黛西·古德威尔在家里与他同处一室。她无拘无束，肆无忌惮的身体活动，以及她穿着夏装时裸露着的双臂都令他烦躁。最近，每当他走进她那间黑暗的病房，看到床单下她的美妙身姿的轮廓时，心里就会产生一种不应有的欲望。

1.圣家庭系指图画或雕刻中描绘的圣婴耶稣、圣母马利亚、圣约瑟等。

1916年的温尼伯是一个令人惬意的地方。尽管这个地方地理位置偏僻，尽管大洋彼岸战火连天，你仍可以在这座城市里体面地生活。即便是在漫长而严寒的冬季，那些大大咧咧，通常遵纪守法的市民们也过得津津有味，而且冬季也确实能给这座满是粗犷的木质建筑，缺少统一规划的城市带来温馨的面貌。

不过，如今这座城市正变得越来越优雅起来。一条条宽阔的新林荫道已规划出来；一座崭新、雄伟的新古典主义风格的立法大厦已于1913年破土动工，目前正在建设之中。这项雄心勃勃的工程需要大量石料。廷德尔采石场开足马力开采，采石工工作稳定，奥国皇帝对他们鞭长莫及[1]。如今城市中心区的许多角落都矗立着教堂，有时候，一个十字路口竟有两三座不同教派的教堂。（“让我们希望上帝具有幽默感。”一位颇具威望的浸礼会牧师在最近的一次市民会议上打趣说。）这些教堂都是用石头建造的；许多漂亮的银行及保险公司大楼也是用石头建造的；还有著名的韦斯利学院以及一座座崭新的法院也都是用石头建造的。眺望市区你禁不住会想：太惊人了！一座石头城在松软的大草原上拔地而起！（一位著名的芝加哥建造师看到打磨后的廷德尔石块时说，美国建筑商要是看到廷德尔的石头有多么美，非争相购买不可。）

冬季的温尼伯有一系列的舞台演出：溜冰晚会、舞会和晚餐会。夏天，钱多的人去森林湖避暑；钱少点的人则去维多利亚海滩或该地区其他有趣的避暑胜地一日游。在年轻人中间，比如说十八到二十五岁之间的人中间，最近非常盛行乘火车去廷德尔游

1. 当时正值第一次世界大战（1914—1918）期间，德国、奥匈帝国等为同盟国，而英、法、俄等国为协约国。当时的加拿大还是英国的附属国，自然也属于协约国，故有此句。

玩。火车票价格便宜，年轻人搞野餐，吃三明治，喝瓶装凉茶，非常愉快。战争年代女性人口大大超过男性，但男女人口的不平衡非但没有破坏他们的兴致，反而对他们的兴致产生了一种奇特的激励效果。许多人带着泳衣，因为被废弃的采石场老矿坑里形成了一个低洼的方形池塘，里面的水清澈冰凉，很适合游泳。但他们来的真正目的还是看古德威尔石塔。

不错，去看石塔需要铆着劲儿先沿乡间土路跋涉半个小时，然后再向右拐，走一段肮脏的小道。然而对这些活泼的年轻人来说，这种劳累则是当天乐趣的一部分。乡间的新鲜空气以及几个小时摆脱城里紧张工作的轻松感，使他们个个生气勃勃，兴趣盎然。更不消说，这几个小时里他们也摆脱了对大洋那边正在进行的战争的恐怖感。

目光穿过低洼的田野，就能很容易看见石塔。“它在那儿！”有人叫道。（他们中的一些人已经来看过两三次了。）

太阳当头的时候，石塔看起来是白色的。下午晚些时候，它又变成了柔和的蓝灰色。

这些年轻人中总有一两个会突然向石塔跑去。第一个跑到的会碰上一只饿熊。他们来到墓地，全然不顾大门上那生锈的铁钩，从低矮的围墙上爬过去进入墓地。他们躲闪着一座座墓碑和一簇簇荆棘，摸索着往前走。终于到了！他们拍打着石塔高低不平，被太阳晒得烫手的塔身，踩着石阶爬上爬下。年轻的女士们常常得有人哄着帮着才能爬到塔顶，因为她们恐高，或者是怕露出内衣来。尽管很累，他们还得继续往上爬，因为他们听说周围的乡村景色美极了。再说，他们个个都很好奇，想从上面向下看看石塔的空心里的那一圈杂草，杂草下面有一块墓碑——或者据说有一块墓碑。

这种短途旅行中尖叫声、欢笑声不绝于耳。有人找到了那块刻着美人鱼的石头；有人发现了那只雕刻的猫；还有人在离底座不远的地方发现了那块刻着一个词的铭文——“悲伤”的小石头。一行中最有见识的人会向大家讲述石塔的历史：一位年轻漂亮的妻子难产去世，年轻英俊的丈夫悲痛欲绝——这个人偶尔还能见到。他每天黎明即起来建造石塔，尽管他已经不再年轻，按照现在的标准看也不再英俊，建塔的热情也不如以前高了。事实上，他很乐于停下手里的活儿，白天陪同参观者打发时间。那个婴儿呢？那个婴儿发生了什么事？似乎没有人知道。这挺让人揪心的，真的。

嗨，看看时间。这些一日游者必须返回村里赶火车了。太阳已经西沉。他们走得慢了许多。有几对夫妇手拉着手或臂挽着臂。有一两对夫妇出于某种冲动回头看看石塔。人们听到他们在评论那座外观像中世纪风格的建筑物，还听到他们说能看到广阔的大草原上矗立着这样一座建筑是那么奇妙。也会有人谈起石灰岩的美丽，说它几乎可以同意大利的大理石媲美。有一个年轻人口袋里还装了一小块雕刻过的石头，他一边走一边用手拨弄着。还有一位比较书呆子气的年轻女士嘴里低声念叨着远在印度的泰姬·马哈尔陵[1]，说它也是一座为逝去的爱建立的纪念碑。

一位诗人如何知道自己的一首诗已经写完了？那是因为它已经平整，紧凑，无一字一句可以增减。

一个女人如何知道自己的婚姻已经结束了？那是因为她的生

1.即泰姬陵。

活道路突然被剪得只剩两个方向：过去和将来。问问克拉伦廷·弗莱特就知道了。

我们说一场战争结束是因为有一方投降、休战、签订条约。而实际上，是战争自己拖垮了自己，自己已经难以为继，似乎突然变得颜面扫地，成了世界上粗暴无礼的一部分。

事情有开始，也有结束。就在我们似乎马上要到达一个僻静之处时，却突然间被从身体运转的顺利性和中断的需要中清理出来。我们做荒谬无理的事情，做残暴无耻的事情。否则就会有某种东西——一个想象不到的敌人——出来干预。艾贝[1]·斯库塔里年复一年地在马尼托巴乡下挨家挨户兜售小商品，最后却被伊顿邮购挤垮了生意。谁能想到会出这样的事？除了向皇家银行借钱，他又能怎么办？这是该银行向犹太人提供的第一笔贷款。他利用这笔贷款在温尼伯市赛尔扣克大街开设了一家自己的零售商店，专卖男式工作服、鞋袜、园艺用品和自行车。一扇门关上，另一扇门打开了，这是斯库塔里先生自己的话。

1916年是巴克·弗莱特教授温尼伯生活的最后一章。他的母亲去世了；他的信念枯竭了；他三十三岁的身体被自己的任性行为吓坏了。他也被这个世界吓坏了，甚至是在它兴冲冲地向他招手，满足他的所有欲望或几乎所有欲望的时候。现在他必须翻开新的一页。他必须往前挪动，向东走，准确地说，向自治领的首府渥太华走。

我的父亲，马尼托巴省廷德尔镇的凯勒·古德威尔已完成了他的石塔。他怎么知道完成了呢？是比例告诉他的。整体的高、宽、

1.亚伯拉罕的昵称。

周长协调一致，珠联璧合，外观赏心悦目；顶部再多一层石头就会失去平衡。他看着石塔，心里轻松悠然，甚至懒洋洋的。最近来参观的人非常多，报刊记者也非常多。（他怀疑参观者拿走了他雕刻好的一些石头。听到这类传言，他所能做的只是无可奈何地耸耸肩膀。）这些参观者把他捧得晕晕乎乎的，以致使他忘记了当初建塔时的冲动。他很愿意甚至急于和参观者交谈，但关于自己的建塔原因却只字不提。“你究竟为什么要锲而不舍地建造石塔呢，古德威尔先生？”啊，一个人开始一项工作，现在工作做完了。上帝已经隐退，变成了一个影子。至于默西——她的坟墓已深陷下去，被荒草覆盖——他既回忆不起她的相貌，也回忆不起她的身材轮廓。他短暂的婚姻，他的信仰的改变——所有这一切似乎都不过是生命在向前延伸过程中的一个交点而已。

温尼伯的弗莱特教授来了一封信。信中谈及，原先对黛西的监护安排由于他母亲的去世已经落空，不知将来为照顾黛西该做些什么。

昨天还收到一封信，是美国印第安纳州的布卢明顿印第安纳石灰岩公司总裁寄来的。信中说他们急需熟练的石雕匠人，报酬丰厚，并承诺为他提供位于瓦恩加希尔市（谁知道它是什么地方）克罗斯大街的舒适住房一套，并将为他和他的家人以及家具安排运输工具。古德威尔先生有家庭吗？须立即回复。请拍电报。

贝西·珀费克特因为将麻疹传染给黛西·古德威尔而受到指责。贝西发烧，嗓子又痛，本该在家里卧床休息，而她却站在弗莱特家的门台上将迟交的植物学笔记递给黛西，还凭着少女的激动口沫四溅地说了一大堆道歉的话，并对着易受感染的十一岁小姑娘的脸打喷嚏。

病菌迅速通过黛西的呼吸道进入体内，很快便出现了全身症状。克拉伦廷姨妈（黛西一直这样称呼她）往孩子嘴里看了看，吓得倒退一步——满嘴里都是疹子。可怜的小东西被关进一个黑暗的房间里卧床休息，门窗紧闭，只有克拉伦廷姨妈一个人能进去看她。谁也不能说那女人不是个忠实的保姆，她给黛西送来湿凉布片为她降温；每天早晚用硼砂洗剂为她冲洗眼睛；还自制草药膏为她止痒；给她送去一盘盘软食让她吃一点儿——水煮荷包蛋、炖水果——吃完后她又恳求黛西用食指裹着棉絮清洗口腔。黛西的病慢慢好起来了，而与此同时，她变得越来越厌烦这种生活了。于是她的病情又突然恶化，比过去严重得多。

给她看病的那位医生——恕我不能，或不愿透露他的名字——说她患的是支气管炎。为了能让克拉伦廷姨妈明白，他还画了一张像小树一样的支气管结构草图。要是现在，一个疗程的磺胺或抗生素就能改善小姑娘的病情。可在那个时候，卧床休息、吃流食、保暖则是仅有的治疗手段。这种情况持续了几个星期。由于谁也没有想起来拉开窗帘透透光，所以黛西·古德威尔第二次生病那段时间也是在黑暗中度过的。此外，室内尘土和枕头里羽毛的气味散发出来，简直叫人透不过气来。后来伴随她一生的过敏症就是那时候落下的。

她肯定睡觉很多——要不然，一个好动的小孩子怎么能熬过那么长无聊的时间呢？每次睡醒，她都是浑身僵硬；由于无名的焦虑，她的大脑也变得迟钝了。直到后来人到中年的时候她突然意识到，这跟那时的隔离状态有关。某种东西正在缺失。她在那个黑暗的房间里一待几个星期，身上盖着沉重的毛毯，只有胸腔里那株上下颠倒的小树的形象在提醒她她缺失的是什么东西：她缺失的是真实性的核心——她周围的每一个人似乎都有的珍贵的内核。克拉伦廷姨妈迈着轻快的步子在楼上的走廊里兴致勃勃地走来走去，莫名其妙地突然发出一阵大笑，还用嬉闹的声音诉说她是如何感激“深爱世人的上帝”，说他居然任凭她随心所欲。巴克叔叔——那时黛西都是这样称呼他——握着他那根菱形柳木手杖，穿着磨坏了的旧鞋从家里出来，大步流星地向学院走去。他刻意做出年轻男子的派头，尽管他的一声哀叹表明他并不情愿那样做。别人都能挺直腰板做人，因为他们有能力参与这个世界，反射这个世界，但由于某种原因，黛西·古德威尔却不能。

她只能呆呆地望着自己内心缺失的东西，一次望几分钟，就像是看太阳。

啊，也许你会说，毫无疑问，发烧使我心神迷惘。不错，我在那个黑暗的地方受尽了奇怪幻觉的折磨。我红肿的眼睛在那个昏暗的房间里看到过许多可怕的幻象。

长期的与世隔绝和沉默无语，还有寂寞的折磨——这一切全都压在我身上，压在幼小的黛西·古德威尔身上，把她挤得空空的。她的自传将会是黑暗的空白与不可弥合的鸿沟的汇集——如果这事可以想象，如果她真要写自传的话。

她躺在床上，领悟到生活仍在她周围运行着——这使她愈发感到悲痛。她能听到附近的狗在叫，鸟在唱；她能听到送奶人在西姆科大街送奶的响动，他的马在街角处发出一声哀鸣，马蹄子重重地敲打着地面，连屎带尿噗噗拉了一地；她能听到开门声、关门声、邮差来的响声及人们的出门声、进门声；她能听到人们的低语声、水壶里的水烧开时的响声以及大厅里嘀嗒嘀嗒的钟声。

孩子们都喜欢用唯我论的思维方式思考问题，黛西也一样。她感到惊讶的是，没有她，一切都会照旧：阿伯丁学校不会因为她生病而放假——不，不会的。校园里依旧会像往常一样生机勃勃；当当的钟声依旧会像往常一样敲得那么准时，那么响亮。她还知道，仲夏时节克拉伦廷姨妈的园子里仍会长满金鱼草——即使她不像往常那样偶尔去摘金鱼草叶球而被那种小花“咬”住手指头。她躺在炎热黑暗的房间里，心里反反复复地想：这就是她要住一辈子的地方，永远居住的地方——一个隐蔽，压抑，被人从她的生存记录中抹去的地方。

她明白，如果她想牢牢抓住自己的生活，她就得用最基本的行动拯救它，那就是想象、填充、修正、召唤必要的联系，幻化出一幅田园风景或一首英雄赞歌，甚至把梦中的石塔变成真实的存在，偶尔受些轻微的委屈，学会夸张或当场撒谎，模仿达官贵人的措辞与谈话或把猜测的结果适当曝光。（当她亲爱的克拉伦廷姨妈整整昏迷了一个星期后，于6月底去世的时候，黛西把她弄到撒满三色堇的床上，让她飘然进入天堂。与此同时，她也将叔叔隐藏已久的性欲理解为一种消化不良的折磨。）

她希望自己坚强。当她最终见到她的生父凯勒·古德威尔时——他满头大汗地赶到西姆科大街的门前，身穿一套极不合身的衣服，又黑又瘦，令人失望——她鼓足勇气等着他亲吻，但他没有吻她。那是他们第一次见面，他却没有亲吻她，甚至连她的手也没有拉一下。他满脸可怜而痛苦的表情，但他的嘴巴显得很慈善。他们坐在楼下的客厅里。他坐在一张皮扶手椅上，她坐在沙发上。两人面面相觑，谁也没有说话。黛西身穿一件埃及棉布做成的黄色条纹裙子。父亲礼貌地清了清嗓子，这足以使他放松了舌头。

接下来他便滔滔不绝地向她解释他们将要进行的乘火车旅行，以及到了印第安纳州布卢明顿后他们要住的地方。给一套住房，他们说的。他说到“一套住房”时语调显得很看重这一点，似乎是要让她明白它的价值。

他们俩在用高脚杯喝着柠檬汁。

这柠檬汁是谁榨的呢？肯定是有人挤出柠檬汁，加上糖在杯子里搅拌，然后又加入冰块。可黛西想不起来这人会是谁。然而，她的手指却永远记得触摸那些玻璃杯的感觉：薄薄的粉红色玻璃杯上带有凸起的灰色条纹。但她主要记得的还是太阳：玉米面一样黄灿灿的阳光，经单薄的夏季窗帘过滤后洒满整个房间。阳光照在她裸露的手臂上留下的印记，甜丝丝的冷饮灌进嗓子里的感觉，父亲衬衣上像一串泪珠一样闪闪发光的纽扣——起码这些东西还是她能够相信的。

她的双膝像两个小山包在黄色的衣服下凸起来。她父亲的话犹如风暴中的小雪团向她袭来。

那一天，她喜欢上了这个世界。

第三章
结婚 1927

约瑟夫·弗兰兹曼太太昨日设午宴款待布卢明顿的黛西·古德威尔小姐。出席午宴者共十人。

奥蒂斯·克莱因太太于今日午后茶会期间会见了即将于6月份出阁的待嫁新娘黛西·古德威尔。古德威尔小姐毕业于都铎霍尔中学和朗女子学院。

艾尔弗雷德·怀利太太星期四下午在自家厨房为6月份即将成为新娘的黛西·古德威尔举办送礼会。紫藤、喇叭花、彩带把各个房间装饰得赏心悦目。应邀出席的客人有亚瑟·霍德太太、斯坦顿·梅里尔太太、A.卡普托太太、B.格林德尔太太、弗雷德·安东尼太太、拉比娜·安东尼小姐、埃尔弗雷达·霍伊特小姐以及梅里·安妮小姐和苏珊·科尔切斯特小姐。

当天下午，格蕾丝·希利小姐演唱和弹奏了几首优美的歌曲和钢琴曲。

昨晚，采石场俱乐部里举行“喜庆”晚宴，款待布卢明顿的待嫁新娘黛西·古德威尔及其未婚夫哈罗德·A.霍德。菜肴包括月桂扇贝、无骨鳎肉片、奶油洋葱白汁鸡以及做成双鸽状的香草甜味掼奶油冰淇淋。出席晚宴的客人有亚瑟·霍德太太及其公子朗斯·霍德和哈罗德·A.霍德、霍顿·格拉夫夫妇、赫克托·麦克里赖思夫妇、拉比娜·安东尼小姐和埃尔弗雷达·霍伊特小姐、迪克·格林先生、斯坦顿·梅里尔夫妇以及奥蒂斯·克莱因夫妇。布置精美的餐桌中央摆放着各种夏季花卉，点燃着象牙色的细枝小蜡烛。主持宴会的是晚宴的主人、待嫁新娘的父亲凯勒·古德威尔先生。晚宴结束时，拉皮斯坎股份有限公司合伙人、能言善辩的古德威尔先生以时间与巧合的酬报为话题，寥寥数语对当晚的喜庆活动作了总结，令人信服，发人深省。

十五位亲切的伙伴饭后都把自己的椅子往后拉一拉，离开餐桌一两英寸，好坐得舒服些。在明亮的烛光下，他们的五官变得柔和起来。“时间，”凯勒·古德威尔对他的十五位听众说，“时间让我们和‘机遇’那个有趣的老家伙相结合，从而催生了一系列奇迹。归根到底，还是，”说到这里，古德威尔先生伸出一个指头解释说，“归根到底，还是因为有了这片温暖，清澈，吉祥的浅海。大约三亿年前，想想看，朋友们，三亿年前的那次时间与机遇的结合，产生了妙不可言的印第安纳石灰岩，使我们在座的每个人至今受益匪浅。”（说到这里，周围响起了赞赏的掌声。）“啊，假如海水稍微凉一点，”古德威尔先生接着说，“大量的小海洋生物将无法繁殖，它们的贝壳也绝不会再像以前那样在海底沉积。假如那片平静而古老的大海不那么洁净，势必会有大量泥沙及其他沉积物影响海水的沉淀。最后还有一点，亲爱的朋友们，假如那片古老的海域再深一两英寸，海水就会波澜不兴，导致海浪的冲击作用减弱。那样的话，动物的贝壳就不会破碎成大小均匀的碎块散布在几英里见方的海底。简言之，女士们，先生们，今天美丽的白色塞勒姆石头——大地赐给我们的珍贵礼物——就不可能存在。这是个奇迹。我相信诸位会同意我的看法：正是由于上述各种条件于同一时间汇聚在一起，才给我们带来了——挑战，”他戏剧性地停顿一下，“繁荣，”又停顿一下，“幸福。”此刻，杯子里的酒喝得差不多了；夜风从一扇开着的窗户吹进来，美妙的烛光在微风中摇曳不定。古德威尔先生挺了挺壮实的身板，对自己的论点越说越有劲。

“由于交了类似的好运，我的好朋友们，自我携小女来到布卢明顿，到这个月正好十一年了。我常想，我们来这里真是天赐良机，因为，大家知道，过去的十年恰逢石灰岩工业史无前例的蓬勃发展时期。但在我看来，更值得一提的是我和小女受到的欢迎，”说到这里，他张开双臂，做了个高尚的拥抱姿势，“受到了友谊和机遇的欢迎。多年前，当格拉夫先生和麦克里赖思先生——今晚两位先生和他们迷人的太太都在座——邀请我加盟他们的新企业的时候，我当然感到十分荣幸。我相信在座的各位都会证明，幸运之神向我们的冒险事业微笑了。我不能把成就归功于自己，而是需要感谢时间。”说到这里他停住了，缓缓扫视一圈餐桌周围的来宾，轮流与每位客人交流了目光，然后又接着说：“时间与机遇，它们是命运的孪生子，是我们的天命奇妙的旁系分支。”

几位侍者在暗处徘徊。他们渴望晚宴快点结束，好回家睡觉，但古德威尔先生的高谈阔论仍没有结束。

“看看今天晚上我们的这对年轻的情侣黛西与哈罗德——在座的诸位谁会不相信他们也是时间与机遇的受惠者呢？我们正生活

在非同寻常的公元1927年，摩登时代真正开始了。假如我们中间还有谁过去曾对未来心存疑虑的话，那么这种疑虑已在一个月前被小查尔斯·A.林德伯格[1]先生说服了。（听古德威尔提到此人的名字，顿时群情激昂。古德威尔亲自带领大家鼓起掌来。女士们高高举起雪白的手臂，拼命地拍手；先生们则用手拍打着桌面。）“再则，我的朋友们，”（他现在开始结束自己的讲话了。他的结束语节奏铿锵，娓娓动听），“就在历史的这一时刻，一座宏伟建筑的美妙剪影将会屹立在我们帝国州[2]大地上——正如各位所梦想的那样，这是对塞勒姆石灰岩的巨大力量以及人类智慧的极好证明。从这一时刻起，我们别无选择，只能前进。”

“说得好！说得好！”

“现在，我请诸位全体起立，为我们年轻情侣的幸福干杯。机遇让他们结合在一起；时间已向他们俩报以热情的微笑。”

我父亲凯勒·古德威尔如此出色的口才是怎么来的呢？

五十岁的他行动敏捷，精力充沛，仪容整洁，衣着讲究。他身穿英国高档府绸衬衣，白得耀眼，由专业洗衣店洗烫，一天一换。他穿的套装是在印第安纳波利斯或芝加哥量身定做的——因为他买不到成衣穿。就这样，他把他身体的缺陷像长虫蜕皮一样蜕去了——这并不是说坦率而精力充沛的商人古德威尔身上有什么像蛇一样阴险狡诈的东西。他的外貌自然没有什么变化，依旧是那个小短腿，窄肩膀的男人，但他那相当紧缩的身子已经不是原先的样子了。人

1.小查尔斯·A.林德伯格（1902—1974），美国飞行员，因1927年5月20日单独完成横跨大西洋的不着陆飞行而闻名世界。

2.美国纽约州的别称。

们看到他那张狭小，黧黑，五官紧凑，像上紧发条的钟表一样充满了张力的面孔时，想到的是：他是一个生气勃勃的活泼男人。

活力径直从他的眼睛里迸发出来——仍像年轻时一样纯洁，一样专注犀利。他在当地是一个令人钦佩，受人尊敬与赞赏的人物。但只有在他开口说话时，他才会变得极有性格魅力。

他的如簧之舌是如何得来的呢？会不会有人不赞成这样问，认为这一问题问得不那么合适？因为人不是一生下来都能言善辩的，只能指望少数有天赋的人比其他人口齿伶俐些，而那些极具语言天赋的人就是从口齿伶俐的人中间涌现出来的。这可以称之为天道的安排——一种遗传基因崩裂，将一把里拉[1]放进喉咙里，将一把磨出刃角的刀具放在舌头上。懵懂的儿童不需要将天生善辩的人弄得张口结舌，那样想就太狂傲了。懵懂的儿童不妨将干枯的智力驱赶到语言的水井边，让它喝个痛快。

凯勒·古德威尔本人相信（尽管他并没有到处宣扬，甚至也没有暗自承认这一点），他的口才是在他与默西·古德威尔两年短暂的婚姻期间获得的。在那张铺着床单的宽大的羽绒床上，他那粗糙的男性皮肤发现了妻子丰盈柔软的肉体，拥抱她，进入她——就在那时，堵在他喉咙里的那块石头被去除了。一次忘我的宣泄使他的舌头获得了自由，更确切地说，是季节性地发生在肉体曲线上的一系列宣泄解放了他的舌头：这些宣泄或发生在马尼托巴省小小的廷德尔镇秋季凉爽的星期天；或发生在一连串寒冷的正月之夜；或发生在微风习习，空气湿润的春天傍晚——那时太阳仍挂在西边天空，阳光斜照进窗户，掠过灰白色的绣花枕套，洒到妻子的肉体曲

1.古希腊的一种弦乐器。

线上——洒到他亲爱的，亲爱的，心甘情愿的默西身上。那时候，千言万语汇集到他的嘴里；他原先并不知道的词语成了他生命的一部分。那些词语跳出他的嘴唇：他把他的感激、他的热情、他最隐秘的渴望，一股脑悄声灌进了他心上人的耳朵里。而她竟是那样麻木，那样平静，等于给了他无声的鼓励。至少她没有生气，甚至没有惊讶，似乎也没有觉得他的表达方式愚蠢或反常。

我自己倒认为，父亲是在钦定版《圣经》音乐般的华丽修辞中找到了——真正而永远地找到了——自己的声音。自他在我母亲的坟前——在10月份那道彩虹突然出现的时候——皈依基督教之后的数年间，他从早到晚潜心研读《圣经》。《圣经》里记述的故事——留着胡须的国王们和先知们的大游行，他们稀奇古怪的胡言乱语——确实令他迷惑不解。《圣经》里的警示与咒语径直从他那颇具判断力的脑袋上方飞走了，但经文里的节奏韵律、句子结构、修辞色彩以及意味深长的声调，却直接进入了他的身体。不然的话，又怎么解释他说话时使用的正规的古体惯用语？怎么解释他讲话中短语的平衡与运用技巧？怎么解释他那异国情调的倒装和夸张的隐喻？是语言在通过他诉说，而不是像通常那样，他通过语言诉说。

另一种理论认为，此人之所以变得能说会道，那是因为成群结队的人去北方参观他为纪念妻子而亲手建造的石塔。那些参观者中毕竟有相当大一部分是新闻记者。他们站在凯勒·古德威尔身边，手里拿着笔记本和铅笔。就问几个问题，“古德威尔先生，如果您不介意的话。”那些目光敏锐，随时准备大吃一惊的年轻记者们来自北美大陆各地，有的来自遥远的英国伦敦。他们带来了新闻记者的一大堆问题，诸如“如何”“何时”“为什么”等等。于是，凯勒·古德威尔就变成了一个公众人物。他也许有点古怪，是一个天真幼稚的石匠，但不是一个难以接近的人，绝对不是。恰恰相反，只要肯花时间，很容易从他那里探听出消息。这是他最得意的时候，他肯定意识到了这一点。于是乎，他的舌头便学会了跳舞，学会了回避问题、装腔作势、胡编乱造、转移话题等应付复杂局面的办法。你也可以说他是生活在话语里，就像别人生活在家具和手势里一样。与此同时，他也培养出了演说者的耐力，说起话来滔滔不绝，但并不总是（这一点可以承认）言之有物。

近来，他站在讲台上时的耐力越来越令人惊叹了。令人惊叹的还有他的肺——那个折叠式风箱，那些发音器官，那个充满了气体急于外泄的胸腔。他的双手也在起劲儿地为肺伴舞。去年冬天在劳伦斯县举行的实业家午餐会上，他不用提纲一口气讲了六十分钟。他那副非凡的男高音嗓子就像一件乐器，似乎从不会疲倦。据《星凤凰》报道，在贝德福德商会年度抽烟聚会[1]上，他站在前面兴致勃勃地足足讲了一小时十五分钟。就在一年前，6月里一个晴朗的上午，他在横跨俄亥俄河的朗女子学院给毕业生发表了鼓舞人心的演说。他的女儿黛西就是该校的文学学士学位获得者之一。他讲演的题目是“石头里的遗产”。他说这种遗产来自商业与地质神话般的联姻。那次讲演史无前例地长达两个小时。事后有人说，整个讲演期间打瞌睡的女孩子总共不超过五六个人。“那人的嗓子好极了，”该学院院长在此后举行的草莓酥饼招待会上说，“热情洋溢，津津有味。”

但凯勒·古德威尔最长的演说，比这长得多的演说，还是1916年在从加拿大马尼托巴省温尼伯市到一千三百英里外的美国印第安纳州布卢明顿市的火车上发表的。当时，他的听众只有一个人，

1.系指边抽烟边闲谈消遣的非正式社交聚会。

即他的女儿，年仅十一岁的黛西。承蒙凯勒·古德威尔的新雇主印第安纳石灰岩公司的厚爱，他们白天乘坐的是一等休息车厢。绿色的长毛绒座椅宽敞、奢华，还可以调整前后仰合角度，以保证乘坐舒适。一块精巧的桃花心木镶板拉下来就是一张桌子，乘客可以让侍者直接将茶送到这张桌子上。茶碟的边沿放着一牙柠檬。父女二人并排而坐，中间只隔着一个小木扶手。那时候他们事实上还是陌生人，所以俩人谁也没有把手臂放在那个光滑的木头屏障上。他们的旅程持续了三整天——先是迷迷糊糊，紧紧张张地在法戈和芝加哥换车，然后又在印第安纳波利斯换车——一路上父亲说呀，说呀，说个不停。

他大脑里的一个开关也许纯粹是被兴奋的神经移动了，激活了，至少一开始是这样。他以前从未“旅行”过。透过车窗望去，外界的风光要比他原先想象的开阔和稠密。沿途的景物令他惊讶，令他兴奋。在他看来，北达科他州、明尼苏达州和威斯康星州的森林与原野生机勃勃，葱茏茂密，林木高大挺拔，在明亮的雾霭的笼罩下，显得臃肿膨胀。一路上，火车时而下降，时而上升，弄得他惊慌失措。他看见人们这么早就割草晾晒，感到十分惊奇。城镇一座接一座地掠过，相互之间的距离短得惊人，它们的名字也十分陌生。看到男人（女人也一样）能如此轻易地从火车跨到站台上，他感到非常困惑——他们轻松自如，说说笑笑，互相打着招呼，仿佛忘记了地理位置的突然改变，对距离和他们进入的新环境的差别毫不介意。许多人没有戴帽子，衣服颜色鲜艳。他们提着箱子出现了。从他们提箱子的样子——像羽毛一样轻——到制作箱子的材料——稻草、帆布，似乎都在嘲笑他自己的那个几天前刚买来，尚未磨损的深褐色手提旅行包。

火车一直向南行驶，犹如一支银色的箭划破沿途不经意的景物。灿烂的阳光照耀着大地。一英里又一英里在火车的突突声中驶过，古德威尔觉得这个世界的严肃性正在退却。当火车跨过伊利诺伊州边界进入印第安纳州时，休息车厢里传来了一遍又一遍的歌声：“她不可爱吗？”一条条河流、一个个圆顶山包、一条条硬化的道路、一块块围着篱笆的田野从眼前一闪而过。谷仓的墙壁上出现了咀嚼烟草广告。沿途的城镇越来越大，越来越脏。电线像剃刀一样划破明亮的天空。

旅途的头一天是最糟糕的一天。他发疯似的拼命说话，因为他知道，不一会儿他和他的女儿就要被叫到餐车上再坐一段时间了。他很害怕这种新的刺激。在那之后不久，太阳即将从视野中消失，他就得改变方式，面对那个普尔曼式卧铺，把自己的身子安置在一个带有窗帘的小隔间里，把它交给异国他乡的时空微粒。

他之所以要讲话，就是为了应对这种恐惧。

他给孩子讲述自己在斯通沃尔镇度过的童年，为她描述该镇的街道，石灰窑旁边父母的房子的位置，冬天的早晨烧石灰时的气味；他对她说他有时候很苦恼，有时候开心；他给她讲自己简单的娱乐活动；他说他喜欢工作，很容易适应采石行业，还说他与石头和土地有一种奇怪的缘分。

火车不停地往前开。晚餐来而复去。火车左右颠簸，鸡块和肉汁沉甸甸地存在胃里不消化，弄得小姑娘迷迷糊糊地直恶心。在餐车里，她把肉汁撒在白桌布上，留下一片黄黄的痕迹。她的父亲从衬衣领子处扯下亚麻布餐巾，盖在痕迹上。即使他在做这一切时，嘴也一刻没有停。那时他正在谈他死去的妻子，即孩子的母亲：她的名字叫默西——默西·古德威尔。那个年轻女人做馅饼、蜜饯的技术天下第一，管家的能力无人能及。

他的这些话有的小黛西听进去了，有的没有听进去。时间已经很晚了。她睡睡醒醒，醒醒睡睡，但即使是在醒着的时候，她的思绪也一直在向后滑行，滑行到以前大部分时间都在里面居住的温尼伯西姆科大街那所房子的表面——那安装紧凑的门窗和房子的木台阶上。那些台阶往下通向地下室，往外通向克拉伦廷姨妈种着一排排花卉的侧花园。克拉伦廷姨妈的笑脸飘然而过。（那张脸现在肯定已经回归尘土。想到此她颇感安慰，因为尘土她很熟悉，无所不在，很友善，一点也不吓人。）巴克叔叔也该将他的仪器和标本打包，为去渥太华的旅行作准备了。他也是乘火车旅行，不过不是向南，而是向东。他曾经在地图上指给她看渥太华的位置，那是一个位于鸟巢般的水道交汇处的小黑点。

小姑娘的思绪随着时间倒退向后追忆，许多形象也相继复活。她惊奇地意识到，逝去的东西现在又重新出现了；她还意识到，不能因为自己上了火车，朝一个特定的方向奔去，就把它们赶走了事。这种发现使她对未来充满了希望。将来她就要跟自己的父亲一起生活了，尽管这个父亲她以前从未见过；尽管这个父亲曾经把仅仅两个月大的她交给别人抚养。

她瞌睡得睁不开眼睛，但她的父亲仍然在说。她似乎觉得父亲的声音响了整整一夜。但这不可能，因为她曾经醒来过一两次，发现自己独自一人躺在平展、凉爽的床单上，下面铺着厚厚的床垫，周围一片黑暗。

第二天早晨，父亲的话匣子又打开了。两个人在餐车里吃早点（软软的水煮荷包蛋、三角形的奶油吐司），她的父亲说呀，说呀，说呀，说个不停。他的焦躁不安现在被搅动起来，再也无法平息下去了。孩子只好堵上自己的耳朵。她需要的是安静，而不是父亲这种杂乱无章的回忆对她的侵扰。把自己封闭起来之后，她开始在脑海里重构位于温尼伯阿伯丁学校后面的那一片片草地和沙滩，还有那紧贴着粗糙的校园围墙生长的一簇簇灌木丛。她的父亲在继续给她讲述石雕技术如何复杂，怎样选择合适的刀具，应当如何小心翼翼，握刀时应当用多大的力；他还告诉她说，用力过大或凿错了地方，一块好材料就会崩裂和毁掉；并说世界上的每一块石头都有一个中心，中心里封闭着某种东西。

一闪而过的田野里满是绿油油的玉米，一排排玉米摇曳而过，煞是漂亮。每一株玉米都是那么高大挺拔，那么彬彬有礼，活像一位身披长叶的绅士或淑女，在微风中低头同邻居们窃窃私语。此刻，父亲正向她解释砂岩与石灰岩、花岗岩与大理石的区别。她感到父亲的声音渗进了她的静脉和动脉，在她的记忆里扩散开来。

他越来越深地陷进自己的生命之井：一道彩虹、一块墓碑、一道斜射的晨光。

他说话是为了填充那可怕的沉默，是为了阻挡那不确定的未来，但主要还是为了要回自己的孩子。他理所当然地感到，他有责任把不在她身边的这些年的情况一五一十地告诉她；把自己的全部经历告诉她；把自己的生活从陈旧的土壤里挖出来，让它重见天日。他要把过去的每一分钟的经历，每一次感官的震颤都告诉她。他要说的话太多了，一辈子也难说完。

每当我们回首往事的时候，总倾向于认为过去的人们职务比较简单，塑造他们的各种力量是原始而不可削弱的。我们想当然地认为，我们的祖先比我们动机更纯洁，思想更单一。比如说，早先的科学家以百折不回的“献身精神”追求他们的目标；早先的艺术家在某种永不熄灭的“灵感”火焰中进行创作。但这都不真实。其实，我们的先人和现代人一模一样，刚愎自用，不负责任，追求欲望时朝三暮四。些许微风，无论是性欲的还是心理的——就连能给我们带来氧气与活力，令我们神清气爽的自然界里真正的微风——都能够让我们偏离轨道。以凯勒·古德威尔为例，在漫长的一生中，他就在不停地变换着身份：二十多岁时，他是爱神厄洛斯的俘虏；三十多岁时，他是上帝的信民；再后来，他追求艺术；而现在，五十多岁的他又倡导商业。当然，他先前的这些全身心投入的生活阶段都比较接近，自然会有许多地方相互重叠。比如，在他的商业活动中还残留着精神因素；在他的艺术实践中还保留着对性爱的记忆，而这些记忆会使他的艺术品更加柔美。但总的说来，他各个时期对某一特定事物的迷恋都是从同一条苦根上萌发、生长、分枝、繁殖出来的。伴随这些“迷恋”而来的是“节制”：“一次只做一件事”乃是凯勒·古德威尔的生活准则。他像小孩子似的老老实实地遵守着这一准则。

他对自己数次改变角色从不辩解，也很少向后看，连一分钟也不曾向愚蠢无用的怀旧情绪屈服过。“人是会变的。”人们听他这样说。要不就是“如此这般的事只不过是我人生的一个章节而已”。他耸了耸肩膀，挺了挺瘦小而结实的身板，那张小皮钱包似的脸上露出了微笑。在他做采石工的日子里，他毕竟亲自看到过气压钻孔机取代了星头钻，机械化套锯取代了手工横割锯。早在1916年，他还是印第安纳石灰岩公司雇用的雕刻匠，而现在他已是那家分公司的主要合伙人。他见证了石灰岩取代较为松软的砂岩，成为该国最受青睐的建筑材料。（去年，即1926年，有一千三百万立方英尺的印第安纳石灰岩被开采出售，其中大量被用来建造纽约市和华盛顿特区令人目眩的纪念碑式建筑物。）一事连一事，这就是生活。

你应当知道，当凯勒·古德威尔说到（近来他经常这样说）“生活在一个进步的国家”或“作为一个值得骄傲的，自由国家的公民”时，他指的是美利坚合众国，而不是生他养他的加拿大自治领。加拿大连同它的森林、湖泊、辽阔的空域，如同它那贫乏，短暂，令人寒心的历史一样，如今都在月球的另一边。布卢明顿市一些有知识的人——他每天都碰见他们——从未听说过马尼托巴省，即使听说过，也不能把它正确地拼写出来或在地图上指出它的位置。他们以为渥太华是伊利诺伊州中南部的一个小镇；多伦多位于俄亥俄州北部的某一个县里。仿佛有一只巨大的橡皮从天而降，把北美大陆的上端一下子抹去了。但我的父亲整天忙于他的雕刻合同、投资和演说，一分钟也没有为自己默默无闻的国家伤心过。

当然，那个国家根本没有默默无闻，尽管有关该国的新闻只会偶尔出现在芝加哥和印第安纳波利斯的日报上。美国的广大报刊读者所关心的只是本国那些生死攸关，一触即发的社会问题，不能指望他们会对那个像蜗牛一样爬行，彬彬有礼的北方邻居感兴趣，尽管它幅员辽阔，有一个古怪的老国王（这一周他满六十二岁），还是一个温度相对较低的民族大熔炉。加拿大是一个似乎什么事也不会发生的国家，它的人民总是穿着去做礼拜时穿的节日服装。在那里你绝不会要求跳第二曲华尔兹舞。它干净、信奉基督、沉闷、安静。不过，它也在发展。你得承认，自治领在发展。

上星期，七百名移民——几乎代表了欧洲的所有民族——乘坐的四艘杂乱轮船即“利蒂希亚”号、“阿西奥尼亚”号、“彭兰德”号和“伯根夫乔德”号抵达蒙特利尔。你会说，区区七百人在这个幅员如此辽阔的国家能干什么？沙漠里加一粒沙，大海里添一勺水而已。再说，还必须考虑回流移民问题。就是说，有些移民无法适应当地的环境，有些移民过个一年两年，或者二三十年，还会返回他们原先的国家。

马尼托巴省廷德尔的退休采石工马格努斯·弗莱特就是这样一位回流移民。他现在就在回老家奥克尼群岛的路上。那人活得真惨——这是至少十多个熟人提到他时说过的原话，因为他没有一个可以称之为朋友的熟人。一个可怜的人，不幸的人；悲剧性的孤独生命。他生命的血液里携带着传奇性的清苦基因，也许有些人会这么认为。

此人生于1862年，今年六十五岁。他精神受过创伤，牙齿掉光，患关节炎，左耳失聪，十二指肠溃疡，腰板弯曲，头发花白，皮肤开裂，肌肉干瘪，睾丸萎缩，两脚发黄。他从孩提时代就生活在自治领。他给自治领带来了自己年轻强健的身体——那是他的所有财富——以及石匠手艺。这里是他寻找发迹机会的地方。他在这里邂逅邦尼特湖镇一个名叫克拉伦廷·巴克的女孩子——一个农民的女儿——并和她结了婚。他们婚后生了三个儿子：巴克（现在是渥太华市一位公务员，健谈）、西蒙（埃德蒙顿市一位机械师，酒徒）和安德鲁（浸礼会牧师，现居萨斯喀彻温省科里马科斯市，有一个女儿）。你会认为老马格努斯·弗莱特会在这个新国家扎下根来，因为家庭关系与职业约束会把他拴得牢牢的；他还会希望百年之后埋在马尼托巴贫瘠的盐碱地下，上面立一块色彩斑斓的廷德尔石碑。然而，他却拿出相当大一部分积蓄支付返回老家奥克尼群岛的路费。那里既没有他听说过的血亲，也没有多少可以回忆的往事。

他不知道回奥克尼之后怎么办。他鼓足勇气要离开加拿大。他在等待故乡奥克尼光秃秃的景色出现在眼前，届时他也许就会明白下一步必须怎么做。他断定，他过去的经历中会有某种东西——比如某种智慧——出来拯救他的末日。他的这种信念完全脱离实际，没有任何记忆可作为根据。尽管他还隐约记得家乡那光秃秃的山包和溪谷、突兀陡峭的斜坡、到处乱钻的凉风以及其他一些记忆碎片，但他记得最清楚的还是父母那密不透风、烟雾缭绕的厨房、被熏得黑漆漆的天花板，以及他们被呛得喘不过气来的情景。那样严密的厨房安全倒是安全，但同时它也是一种威胁。他清楚地记得，在那低矮的屋子里，父母经常大吵大闹，而且一吵就是多少年，可为什么呢？说不清楚。他的父母和一个哥哥都埋在了桑德维克的教堂墓地里。他想着早晚得去那里和他们相聚。来自泥土，回归泥土，灵魂的聚会，也算是一种幸运吧。

他先坐四天火车到蒙特利尔，然后又坐了八天船到达利物浦。他有积蓄，而且数目相当可观。他有一个箱子，里面装的是御寒的衣服，足够他余生穿的；还有一些他在加拿大四十六年的纪念品：几块石头标本，即廷德尔白云石，非常漂亮，用毛绒内衣细心地包裹着；还有他的工具、他的烟斗、五磅他最喜欢的烟草、四本书——用三层报纸包着——走到哪儿带到哪儿；还有一些家庭文件、移民许可证、出生证（三个儿子的，他的后代，他在这个广阔世界上留下的唯一痕迹）、他妻子的告别便条，那是1905年压在手帕盒子底下留给他的，上面写着“再见”，就这么多。二十五年的婚姻只换来个“再见”，用铅笔草草写成的。

另外还有几张照片：他的结婚照，摆着正规的姿势，1880年照的，年轻的新娘子坐在照相馆的一张雕花椅子上，两只手僵硬地放在大腿上，头发向后梳得平平的，面无表情。而他，一个体形优美的男人——这一点不可否认——六尺三寸高，站在她的身后，左手举到耳垂处，好像是在拧它，要不就是在挠它。莫非是摄影师故意要他那样扯耳朵的？如果是，他为什么要听他的呢？

另一张照片是三个男孩子的合影。巴克六岁，呆呆地望着镜头；西蒙四岁（穿着丝绒短裤。那短裤简直不可想象。从哪儿弄来的？）两腿交叉坐在一个包着垫子的凳子上；还有安德鲁两岁，他在扭动着身子——不会错，是在扭动——在西蒙的身边扭动。他的儿子，他心爱的儿子现在都失去了。

还有一张照片。

那是一张合影，没有标注日期，但他相信那是在1901年或1902年，在妻子变得“古怪”之前，在一切还没有改变之前照的。照片的背后有人——他不认识那人的笔迹——写下这样的文字：“妇女节奏与运动俱乐部。”照片上有六个女人。他认出了那位医生的妻子斯皮尔斯太太。他认出了站在后排的莫德·利特尔和玛米·赫夫特娜。照片上那六个神情专注的女人他全都认出来了。瞧她们那洋洋得意的样子！这一帮人你看着就想笑：大家都穿着一样的裙子，一样的背心，领口上滚着彩色绲边，一条宽宽的饰带缠在腰间。她们的表情轻浮，但又出奇的严肃。她们说话用唇齿音，还耸着肩膀：我们不漂亮吗？我们是不是变样了？他的妻子克拉伦廷·巴克·弗莱特站在第一排，比其他人略矮一些。她苗条、漂亮、调皮、放肆。很难相信她已经四十出头，还生过三个儿子。那模样活像是一个充满青春活力的少女。她轻轻地咬着下嘴唇，似乎生活就是一只美妙的云雀。她很快活，是的，快活得似乎出了格。

这张妇女节奏与运动俱乐部的照片马格努斯·弗莱特看过有

一千遍，从左到右，从上到下，一张脸一张脸地看，最后得出如下结论：事实证明他的妻子很快活。

一幅画会骗人，但照相机拍下的图片绝对真实，他曾听人这样说过。那个时代，他那众星捧月似的被围在中间的小巧玲珑、细皮嫩肉的伴侣，在世界上是占有一席之地的。凡是神志正常的人，看了照片后，谁也不会否认这一事实。证据表明，她已展翅高飞，去追求那得意的时刻，否则就是去追求愚蠢的时刻了。但无论是得意还是愚蠢，结果都一样：她还是他的妻子，包括她放荡的微笑、弯曲的双膝、迎光闪烁的饰带。她怎么看也不像是一个粗鲁丈夫的妻子。她不可能会在长达二十五年里每天二十四小时受压迫，受折磨。这种想法令人难以置信。

他用这种想法安慰自己。

他还记得，她也有某种自尊，即尊重自己的劳动。比如说，她拒绝将做布丁用的李子去核。谁吃她蒸的布丁，就让谁在嘴里对付李子核去。为此，他挺佩服她，佩服她不让自己太累的奇特想法。

他一再否认——可谁会听他的呢？——1903年初秋他不准她去找斯皮尔斯医生治疗她那颗脓肿的牙齿。没有，他原本会很乐意付给她那两块五毛钱的。就在她的牙疼突然发作时，他只是提醒她说，前一年春天他的耳朵感染，没有花昂贵的医疗费就自己好了。（这是事实，可为此他最终丧失了左耳的一半听力，这也是事实。）

在他们夫妻共同生活的那些年间，他给了她一个体面的家，而且总是细心地储存好一大堆木柴，每天早晨动身去采石场之前还会把干燥的引火柴禾抱进屋里。他跟许多男人都不一样，他每个星期都交给她一笔生活费用以购买生活必需品，也一直考虑让她舒适，考虑她作为女人的特殊愿望。有一次他从温尼伯给她带回一面镶着丝带边的U形镜子，可她居然把它送给了隔壁那个肥胖的默西·古德威尔。这算什么样的妻子呢？他买了一台最新型号的冰箱，非常漂亮，本想给那女人一个惊喜，没想到她竟然为此大发雷霆，责怪他乱花钱。

他曾两次主动提出接她回家，全然不顾街坊邻居会说什么，全然不顾她会给自己什么脸色看。她离家之后的几年间，他坐火车去过温尼伯好几次，像罪犯一样隐藏在西姆科大街和阿伯丁大街交汇处的拐角附近，偷偷看着她来来去去，看着她像加利西亚女人一样弯腰曲背在自家的花园里干活。有一回他看见她在那所房子的门道里出现——系着条长围裙，依旧是那样苗条——他听见她喊一声，喊那个叫黛西的姑娘回家，说是晚餐已经摆在餐桌上了，要她赶紧回来，越快越好。她的声音很尖，很快活，温柔而亲切，跟以前完全不同——而那孩子并不是她的亲生骨肉，只是一个死了母亲的邻家小姑娘。

一个女人抛弃自己的丈夫，肯定有其道理，也肯定能讲出道理来。但他的妻子所能说的不过是他在金钱上很吝啬，说话做事很生硬。嗨，她在结婚前就很清楚，他不是那种爱婆婆妈妈，会卿卿我我的男人。

她走了一年之后，他清扫客厅，把地毯、椅子都搬出来打扫尘土，通风晾晒。他在她的针线筐里最下边发现了四本小书。他猜想那是浪漫小说，女人看的书，软纸封面，背面印着定价，一本九分钱，是“九分钱图书馆”的书。他不清楚她是如何弄到这些书的，但他猜想她是从小商贩犹太佬那里买来，自己偷偷看的。好像他连这么点小小的乐趣都不许她有似的。

冬天的夜里，他自己开始读这些书，总比盯着钟表听嘀嗒嘀嗒的响声强；也比听冰块从树枝上落到房顶上的声音强。如今，他已在客厅里安装了一个结实的烧木柴小取暖炉御寒。这是他的妻子一直唠叨的事。他看得很慢。说实话，他一辈子也没有看过一本完整的书，没有从头看到尾过。他一页一页专心致志地读着。想到自己居然能琢磨出大部分词的意思，他觉得很开心。这四本书是：劳拉·珍·利比的《为心而战》、亚历山大夫人的《黄金不能买什么》、佛罗伦萨·沃登的《任凭世界摆布》和夏洛蒂·勃朗特的《简·爱》。这最后一本他最喜欢；故事里的转折总叫他有一种如鲠在喉的感觉，但那是一种甜蜜的刺痛。每当这种时候，他就感到他的妻子离他只有咫尺之遥，几乎伸手就能摸到她裙子里面那光滑的大腿。令他惊讶的是，这些书里全是各种人物，每一本都像一个小世界，有人居住，有家具陈设。你瞧那些书中人是怎么说话的！他们说呀，说呀，似乎是活在舌头上。他们说的很多都是傻话，但又合情合理。说话能使他们制怒。许多短语就像是诗歌，一点也不像平常人说的话。但他还是大声朗读给自己听，并把它们记在心里。说不定哪天他的妻子改变主意回到家里，重新做起家庭主妇来，他也好有个准备。如果这种愚蠢的谈话正是她最大的需求，他准备满足她的需求，届时他就会像水泵一样注满柔情似水，感激涕零的话语：啊，多么美丽的眼睛啊！啊，多么可爱的面容呀！啊，多么白皙的皮肤哇！或者说一些表达心胸激荡、情欲涌动、两个肉体相迎时的突然直奔主题的词语，甚至只是简单的爱情宣言：我爱你，他对着她那急切等待的耳朵悄悄说，我崇拜你的一切。

如果这些话对他来说太难出口——他估计很难启齿——他只需要盯住她的眼睛，叫出她的名字：克拉伦廷。他试着在散发着木头气味的大客厅里低三下四地喊：克拉伦廷，竟感觉浑身上下臊得通红。一开始他喊的声音很小，就像安抚一个突然发脾气的动物。

他压低声音以保持温柔，径直对着那张脸喊道：克拉伦廷！克拉伦廷！那张脸，那张全神贯注的可爱的脸，永远属于妇女节奏与运动俱乐部，而不是属于他的。

后来——那是她在温尼伯市被一个冒失的骑车人撞倒，又被甩到皇家银行大楼的墙基上之后——那个名字变成了他断断续续的哭喊：克拉伦廷，回家吧，回家吧，亲爱的，我唯一，唯一的爱人。

黛西·古德威尔在印第安纳州布卢明顿市举行婚礼的前一周，新郎的母亲亚瑟·霍德太太出于好意，想设午宴款待未来的新娘子，就她们两个人。午餐摆在侧阳台上的一张牌桌上：桌上放着普通的瓷器，牡蛎色的亚麻桌布和餐巾，也许一个小玻璃碗里还漂浮着一枝粉红色的牡丹花。洛贝利亚-梅每星期三来打扫卫生和烘烤面包，届时将会拿出她的拿手菜金枪鱼色拉和一罐冰茶招待她们。然后那个好心的女人就会知趣地离开，留下未来的婆媳俩单独谈谈她们之间那些必须女人处理的事情。

为了不给姑娘造成压力，霍德太太那天着装很随便，身上穿一件印花休闲连衣裙，脚上是一双白色驯鹿皮轻便鞋。

“希望你不要认为我说话不拐弯，黛西。我对你的感情除了爱还是爱，但我对你的爱也确实受到这一事实的影响：你是一个在没有母亲的家庭里长大的孩子。我们知道，在漫长的人生道路上，对你来说，这一点可能是个不利条件。你父亲是一位杰出的绅士，也是一位有爱心的父亲，你不可能再找到比他更好的父亲了，但这个世界的某些个领域是女人支配的。首先，我想对你说的是，你有受过大学教育的有利条件，对文科的某些领域相当熟悉。但我确实希望你不会让这一优势影响和谐的正常婚姻生活。就是说，希望你不要试图在没有选择和你相同道路的人们面前炫耀你的知识。当哈罗德学了一年之后决定放弃工程学专业的学习时，我个人深感失望。但他一向是一个非常务实的人，也确实清楚地看到了他在家庭事务中的位置，尤其是考虑到他父亲死得早这一因素。顺便提一句，黛西，说'死'总是比说'去世'或'过世'要好。由于同样的原因——我觉得这一点我必须提一下——我们要说'请人吃饭'，而不应说'为吃饭请人'[1]。摆餐桌的时候，无论是早餐、午餐还是晚餐，一定要让餐刀的刀刃朝里。朝里，不要朝外。当然，吃色拉的叉子要摆在用餐的叉子外边，不能混放在一起。哈罗德早餐总是吃葡萄圆饼。这是一个与消化和总体健康有关的问题。这一点我想我应该说明白。我说的是肠蠕动。从很小的时候起，他那个部位的功能就不好，所以葡萄圆饼就成了他必需的食品，也是一种非常经济的食品。黛西，我们决不应把节约看成是什么丢人的事。顺便说一下，番茄汁决不能早餐喝，只能在午餐或晚餐前喝。早餐最好喝橘子汁。如果没有鲜橘子或为了赶时间，罐装橘子汁也可以。哈罗德对他的牙刷和梳子很讲究，总是定期清洗。他喜欢用硬橡胶梳子。我总是额外准备一两把放在手头，以备他把自己的那把放错地方时使用。不知道你本人是否使用韦尼蒂安·韦尔瓦护肤液护肤。如果没有使用，那你可就太不在意自己的皮肤了。你这个年龄倒没什么，但二十多岁和三十多岁时，面部皮肤就会很快变粗糙。每天睡前涂一次，仔细揉搓，在脸上画圈圈那样揉。千万别用香皂，千万。你会问：为什么？因为香皂特别吸水。至于洗浴粉，我建议你用丁

1.这里，未来的婆婆是在告诉她，请人吃饭时要说"invite somebody to dinner"，而不要说"invite somebody for dinner"。黛西以前可能犯过这样的错误。

香粉。有些洗浴粉让人受不了，男人们讨厌强烈的气味。我看你盘子里的橄榄还没有吃，黛西，无论什么时候，假如你发现盘子里的哪种食物你不喜欢吃，就把它塞到别的东西下面，以免惹得人家不高兴。现在，你盘子里的生菜叶就很适合。你知不知道床单布可以论码买，做褶边一般都可以免费？白色的鞋子只能在从阵亡将士纪念日到劳工节之间的一段时间穿。注意‘entrée’这个词，许多人以为它指的是主菜，其实不是，它指的是主菜之前的那道菜。哈罗德对他父亲的历史特别敏感，我指的是他父亲的过早死亡。我相信有人告诉过你一些必要的情况。哈罗德一听到有人谈这件伤心事就会心烦意乱。我想，你最好别提他的父亲。我们就从来不提。星期天晚上我们总是待在家里。这是我们家一个非常非常牢固的传统。我们绝对不出门。一定要在两个月之内对送你们结婚礼物的人表示感谢。有些人认为三个月也行，但我很守旧，坚持两个月。最好用普通的感谢卡，周边凸起的那种。有一回，哈罗德刚吃一把爆米花就噎住了。晚上吃爆米花的时候，我总是密切注意观察他。最后说一句你们的蜜月。你以前没有去过欧洲，所以你发现宾馆房间里有一种相当奇怪的器具时会感到惊讶。当然，我说的是法国和意大利，而不是英国。有一种小瓷钵可不能只看外观就认为它是什么。那是欧洲大陆人使用的个人卫生器具。你必须注意别碰那些东西，因为它们带有细菌，里里外外都是细菌，而且是那种最可怕的细菌，粘上了会痛苦一辈子，这种痛苦能传染给别人，甚至能传染给下一代。女人一旦结婚，必须时刻警惕可能出现的危害。她所考虑的不再是她个人。从站在圣坛前互表誓言的那一刻起，一个女人的丈夫就成了她神圣而可信赖的人。”

* * *

“她指的是坐浴盆，”埃尔弗雷达·霍伊特后来告诉黛西说，“女人洗下身的盆子。你在盆里装满水，蹲坐在上面，把下面擦洗干净。”

举行婚礼的前几天，她和黛西、拉比娜·安东尼在马歇尔女装店一个用窗帘隔开的后面房间里相聚，作最后一次试衣。试衣员去储藏室拿一纸板别针。那是一个炎热的下午。一个小电扇吹起了几位姑娘的裙子，使她们觉得很凉快。埃尔弗雷达（弗雷迪）和拉比娜（宾斯）两位伴娘要穿一样的连衣裙：料子是粉蓝色的中国绉纱，袖口与领子镶象牙色花边。黛西的婚纱是缎子拖地长裙，绉纱衬里，上面点缀珍珠和多面形钻石；面纱是带花边的雪纺绸。她的婚礼花束将会由铃兰、兰花和紫萁组成。

去年夏天弗雷迪出去玩了一圈，在船上有过两次浪漫经历，一次是去的时候，一次是回来的时候。其间，她在佛罗伦萨学习了五个星期的艺术史。在一次观摩人体绘画课时，她看到一个青年男子赤身裸体，摆着姿势，伸开四肢躺在台子上。此外，她还去了巴黎，爬上了埃菲尔铁塔顶部，还在凯旋门边永恒火焰的旁边驻足观看。她还在一家小法国餐馆里吃过一个洋蓟，先把叶子一片一片剥下来，在一小碟醋里蘸蘸，然后用后槽牙使劲儿嚼。“关于法国人，”她对黛西和宾斯说，“你们需要知道的是，他们在某些事情上很肮脏，在另一些事情上却十分讲究。对法国女人来说，坐浴盆必不可少。事前用，事后也用。”

“什么事前？什么事后？”宾斯问。

“性交前后呀。”

“哦。”

“她们性交次数很多，常常比美国妇女多得多。比英国妇女也多得多。”

“为什么？”黛西问，“她们为什么要那样？”

“因为她们的性欲强得多。她们认为性交是做女人非常重要的部分。她们非常热衷于做爱，也非常具有创造性。”

“你什么意思，创造性？”

“她们做爱的方式不同。”

“什么？”

“我是说，与正常方式不同。去年夏天，我们住在一家宾馆里。我在这么小的一个梳妆台的抽屉里发现了一本书，是一本小册子，带图画，夫妻做爱的图画，各种不同的姿势。”

“这你以前可没对我们说过。”

“你们也没问过呀。”

“他们到底是怎么做的？”

“谁？”

“图画上的夫妻呀。”

“对呀，怎么做的？”

“啊，”弗雷达低头看看新涂的指甲油，“从那本小书上的图画来看，好像是，”她停了停，“好像是他们在互相亲，亲下面。”

“哪里？”

“这儿。”她指了指自己的大腿。

“哦，天哪。”

“你是说男的亲女的下面，还是女人亲男人下面？”

“都亲。”

“哦，天哪。”

“我可做不出来。”

“我会觉得恶心，我会呕吐的。”

“我这会儿就恶心，想想就恶心。”

“对她们来说，这非常自然。她们一点儿也不像我们美国人这么拘谨。她们都习惯了。当然，你们知道，这是个保证你不会怀孕的办法。”

“我希望迪克对那种事一无所知。”宾斯说。7月份的第一个星期六她就要嫁给迪克·格林了。

“天哪，你们不会认为哈罗德也会试着——”黛西看看弗雷迪，又看看宾斯。在一阵不约而同的沉默之后，三个人突然哈哈大笑起来。

三个人谁也不明白她们为什么会突然狂笑起来；这种情况时不时地就会发生在她们身上，就像突然下一阵雨，刮一阵风一样。“别逗我笑了，”宾斯喘着气说，“再笑我该死的裤子就开缝了。”“我该死的内裤都快尿湿了。”弗雷迪惊叫道。

这三个人总在一起哈哈大笑，就像弗雷迪的母亲说的——起劲儿地笑。黛西有时候想，她和弗雷迪、宾斯就像一个人，坐在同一个母体里，呼吸着羊水漂送的同样的空气，出生后又同样爱嬉闹。她们先是一起在印第安纳波利斯的图德霍尔上中学，后来又一起在朗女子学院上大学，参加了同一个女生联谊会，在6月里的同一天上午取得了毕业文凭。这些年来她们一直都是这样。不知咋的，每当黛西停止嬉笑而想到自己的蜜月，想到自己真的站在埃菲尔铁塔前或罗马大剧院前时，她就会想象着弗雷迪和宾斯也一定会在那里，就站在自己旁边，疯也似的哈哈大笑，又喊又闹。

但今天下午，当电风扇吹起她的丝绸衬裙的时候，她意识到这当然不会是真的。她将会孤单地站在外国那些陌生的地方。只有她本人和她的丈夫哈罗德·A.霍德。

“哈罗德·A.霍德”中间的那个首字母A代表他父亲的名字亚瑟。哈罗德七岁那年，他的父亲在东一街他家的石头城堡地下室里开枪自杀了。

那条街是重要的采石场场主们聚居的地方，凉爽、笔直、清静，两旁绿树成荫，房子离街道很远。霍德家的房子与金西家隔马路相望，英国国内复兴时期的建筑风格，陡峭的斜屋顶，圆锥形的烟囱。整个建筑不仅表面用凿石镶饰，而且全是用结实的石头砌成。窗玻璃上镶着铅框；高大的正门用橡木做成；门周围精美的石雕是霍顿·格拉夫的作品。霍顿·格拉夫是布卢明顿市最著名的雕刻匠。他后来与赫克托·麦克里赖恩和凯勒·古德威尔一起成了拉皮斯坎公司的合伙人。（格拉夫干雕刻这一行时还是个年轻人。他所雕刻的缠枝葡萄被认为是新改良艺术的优秀典范。）

一个星期天晚上丈夫在地下室自杀之后，霍德太太把两个儿子——朗斯和小哈罗德叫到身边，告诉他们发生了什么事。“你们可怜的父亲最近找过一位专家诊治眼病。专家说他很快就会双目失明。他不忍心成为我的负担，于是就选择了自我解脱这条路。”

她怎么知道丈夫很快就会失明呢？眼科医生有证实吗？死者有没有给家人留下遗书解释自杀原因呢？（直到事件发生几年之后，哈罗德才想起来这些问题。）但什么也没有留下。似乎是为了“保险起见”，哈罗德·霍德才给自己蒙上了一层疑云。但霍德太太总是信誓旦旦地保证，她所说的都是实情。她能理解，也能谅解他，死者的两个年幼的儿子也必须如此。

后来，哈罗德在同一所房子里长大之后（因为他们家的那个采石场持续兴旺，一直到经济大萧条为止），他竟听到有人议论说他父亲经济收入不正当，还说他在贝德福德有一个“女友”。他对这种令人不快的传闻并未感到多么惊讶。天生的愤世嫉俗已在他的心里扎下了根，挥之不去。他断定，他的一生将是长期等待可怕的真相大白于天下的一生。对于真相，他既会欢迎，又会恐惧。

与此同时，他渴望了解那一事件的细节，但一无所获。或者说，他觉得自己无权询问。比如说，他想知道：那个星期天晚上父亲去地下室时找的什么借口？他所使用的枪是什么型号？那支枪是他专为自杀而买的吗？子弹留下的弹洞有多大？究竟是在什么部位？头部？胸部？流血没有？流多少血，叫谁去清理的血迹？那致命的扳机是在什么地方扣动的，在炉子后面那一小片阴影里，在水果窖里，还是在挂着窗帘的小窗户下面那个洗涤热水器旁边？他的父亲是当即毙命的，还是又挣扎了一两个小时，对自己的决定感到后悔，并以微弱的声音呼喊过救命？

那天晚上究竟发生了什么事？他需要知道，但同时他的需要又使他感到羞愧。他究竟是一种什么样的病态？这样不合情理地垂涎文件证据岂不是不得体，不健康，不合时宜，荒诞不经？这样做，嗐，岂不是不够男人？非男子汉所为？所有问题最后都归结到这一点。

他父亲的自杀很快就被他的母亲改变了性质，变成了一种牺牲行为——一位有爱心的父亲和丈夫拯救了他的家庭。她还故技重演，坚称她弱智的儿子朗斯具有“艺术天赋”，并把哈罗德被工程学校开除（因考试作弊）归咎于一位教授，说他神经过敏，用心恶毒。她的这些极具创造性的解释对哈罗德造成了很大影响，弄得他觉得终生都像喝醉酒似的晕晕乎乎，昏昏沉沉的。磕磕绊绊地生活在母亲不真实的幻想下，他觉得自己的脑袋几乎总是迷迷糊糊的。从少年到成年，脑袋变得越来越迟钝。他几乎无法清楚地思考任何问题。二十岁刚出头，他便真的喝起酒来，下午喝威士忌苏打水，晚上喝一瓶葡萄酒，而且经常喝两瓶，接着还要喝白兰地，就连1927年6月他和黛西的婚礼，他也是喝得醉醺醺地去的教堂——第二大街上的圣路加圣公会教堂——令他吃惊的是，人家居然肯放他进去了。他的男傧相迪克·格林在仪式进行过程中始终架着他。他醉眼望去，参加婚礼的宾客们变成了一片模糊的粉红色，此刻好像是在教堂的长椅上对着他打哈欠；有些人愚蠢的眼睛里还闪烁着多愁善感的眼泪。

好一个英俊的年轻人！据说是印第安纳州最英俊的小伙子。美国青年男子最优秀的典范。万事顺遂，前程似锦。爱情甜蜜，家庭幸福；既信奉上帝，又具有责任心。祝福！祝福！

每个人的人生历史中都有一些章节外人很少阅读过，当然更没有人朗读过。

身在渥太华的巴克·弗莱特收到了黛西·古德威尔的一封信，说她即将跟一个名叫哈罗德·A.霍德的青年男子结婚。巴克感到他的胸部一直隐隐作痛。他意识到这种疼痛跟良心不安或内疚引起的痛苦相似。他对最后一次见到她的情景记忆犹新：一个十一岁的小孩子，头戴草帽，正登上火车。但他不愿意细说——为什么要细说呢——他那有悖伦理的短暂欲望，即把她那幼小的身躯、优美的双肩、花蕾似的乳房紧紧地压在身下。他已把那种耻辱关了起来，一扇小门咔嗒一声关上了，关进了他的脑袋里，封闭了。

据说，新近被任命为农业研究所所长的巴克·弗莱特的性格，即他的骨气，很有拉丁人特点。他今年四十三岁，仍是单身。有人认为，他对性、性行为和私生活特别冷淡，简直是冷若冰霜。偶尔与职工野餐或晚餐聚会时，他也会乐不可支。但这种愉悦总会被一阵压抑感拦腰斩断。“我已经吞下了很多苦水，”他在自己的私人日记里颇为夸张地写道，“但我发现，这种苦水很合我的口味。”说来也怪，他不善社会交际，但又能显得和蔼可亲；他是一个严肃的人，但又急于让人看着不那么严肃；他那张苍白的苦瓜脸仍被女人认为非常英俊。谈起他收集的杓兰花来——共二十七个品种，每一种都保存得十分精心——他能够滔滔不绝地一直讲下去，但对狐步舞在美国的重要性却一无所知。他太关注自己的事业，除了对查尔斯·林德伯格最近的英雄事迹略知一二外，对其他任何事情都没有印象。每逢周末，他总是孤单一人去乡下长时间地漫步，这起码使他得以保持健康的体魄，四十多岁了头发依然又浓又黑。（在他的毛裤和内裤里面，阴毛丛生，活像一个私家花园。）几年来，市里一直有谣传，说他是同性恋者，所幸的是，这种谣言没有传到他耳朵里。否则，他非被这种传言弄得晕头转向不可。他对男性的身子毫无兴趣，对女人的身子既怀有深深的敬意，有抱有飘忽不定的厌烦感。他偶尔读到过有关这方面的书。他明白，这种厌烦感来源于他对一个母亲的怨恨，那是一个喜欢惩罚、压制、削弱别人的母亲；一个给予乳房，又收回乳房的母亲。

但每当他想起自己那个个子矮小、胸部狭窄、终日忙忙碌碌、一门心思扑在降低购物开支和妥善安排生活的母亲时，他所能感受到的只有温暖。克拉伦廷·弗莱特的道德方面有缺陷。是的，她扭曲并篡改自己的历史，抛弃丈夫及自己的责任。她智力的成长已随着童年时代的结束而结束，随着对创世上帝的轻微不满而结束。上帝，这个任性的父亲，在她的花园里横冲直闯，踩毁了她喜欢的所有鲜花。但仍然……

啊，对了，他经常想起自己的母亲，而且总是充满温情，就像他想起幼小的黛西以及他和母亲照料她的那些幸福而朦胧的岁月一样。

今天，他坐下来给黛西写了一封回信，祝愿她能拥有一个幸福的未来，并随信夹寄一张一万元的支票。他解释了这笔钱的来历。他说他于1916年卖掉了母亲的花卉商店，并颇有远见地用那笔钱作为投资，现在已翻了四番。“这钱是你的，亲爱的黛西，”他写道，“母亲原本肯定也想这样做，因为她相信，每个女人，无论结婚与否，都必须有一点自己的钱。她会简单地称之为私房钱。”

他给黛西寄去一套凯瑟琳·帕尔·特雷尔编纂的手绘《加拿大野生花卉》图册作为自己送给她的结婚礼物。对于一个即将开始新生活的年轻女子，他实在想不起来有什么更好，更合适的礼物可送了。

结婚礼物被安置在霍桑路凯勒·古德威尔家的餐厅里供人观赏。计有暖锅四个，十二人用水晶器皿一套，瓷器两套，镀银及纯银银器若干，蛋奶烘饼铁模一个，亚麻织品数匹，密织地毯数条，大瓷花盆一个，糖果盘，坚果盘，佐料盘各若干，大枝形烛台一个，咖啡用具一套，茶具一套，新郎送给新娘的白金手表一只，凯勒·古德威尔送给女儿装饰草坪用的三英尺高的石灰石雕小精灵一件。

这个小精灵是他亲自雕刻的，也是他多年来尝试雕刻的第一件作品。看来他并未意识到他的这一礼物是多么寒酸，也没意识到他的雕工是多么粗糙——跟镶嵌在马尼托巴石塔上的那个活泼可爱的小美人鱼（现在已严重腐蚀）以及支撑着艾奥瓦州议会大厦中央支柱的塞勒姆石雕天使相比，简直不像出自同一双手。他的雕刻手艺荒废了；他的鉴赏力退化了。不错，他变成了一位成功的商人，但他已多年未接触石雕工艺，对时下流行的新艺术柔和卷须的风格一筹莫展。再说，他也缺少干这一行所必需的机械工具。“石头的奇迹，”一年前，他在朗女子学院毕业典礼上致辞时说，“就在于把一块无生命的大石头从地下挖出来，给它安上翅膀。”

不错，但还需要雕刻家瑰奇的想象力，还有新奇的眼力。

他所雕刻的这个可笑的花园小精灵既无想象力，又无新奇感。它恶作剧似的龇牙咧嘴地傻笑——嘴张成个大圆圈；两只滑稽的眼睛在袋子似的石头面颊上方眨巴——一颗过大的，不男不女的脑袋压在躯体上，让人想起来近亲繁殖的畸形人形象。此外，这种东西本该用水泥浇筑，以保证其表面结构的光滑与柔和。这件“艺术品”也即将成为那些滑稽可笑，毫无情趣的结婚礼物中的一件，就像那只陶瓷龙虾盘和那件糟糕的陶瓷素烧挂匾一样。那些东西很快就会被送进地下室里或垃圾堆里，并最终成为一家人私下开玩笑的笑料或轶事趣闻。

没关系。它是用爱心和单纯的柔情雕成的。凯勒·古德威尔把这个丑陋的小侏儒送给他亲爱的女儿时，眼睛里闪动着泪花。

父亲的真情打动了黛西。黛西也顿时热泪盈眶。但她叹了口气，因为她知道，父亲又该发表语调夸张、空洞无物的演说了。

他没有意识到的是，他的演说天赋也已经枯竭了。他已经进入了自己的巴洛克阶段。无论他以前讲话多么流利，这种流利都已变得对他不利，就像他的动脉后来变得对他不利一样。他的舌头发明的词语变成了一种巧言令色的欺骗。就连一年前他在朗女子学院发表的演说，也曾让头戴浅灰色帽子，身穿长袍的黛西尴尬不已，身子不停地扭动，两手胡乱抓挠——因为他那布道式的节奏、胡乱堆砌的句子、陈腐的观点令人昏昏欲睡。他不是用审美家的目光看待石头——要是那样倒还可以忍受——而是用道德家的目光。千言万语，滔滔不绝，犹如奶油喷涌而出，太丰富，太流利了！难道他就没看见面前一张张打哈欠的脸？难道他就没听见一声声厌倦的叹息？难道他就没注意到女儿极度羞愧的表现？你看看他吧，不停地在空中挥舞着手臂，像一只好斗的小公鸡，自命不凡，夸夸其谈，虚张声势。他是如何变质的呢？她知道答案：交友不慎，误听人言。

6月的那天上午，他一直讲个不停，还踮起脚尖以便能看清整个讲桌。他不断地介绍和扩展自己喜欢的比喻。他告诉对他着了迷的听众说，塞勒姆石灰岩是一种奇妙的稀有石头，易切石头——意思是说，沿着随便哪个方向都同样能切开，因为它没有天然斜纹。“我对你们说，年轻的女士们，在你们走向外面的世界时，请考虑将这种奇迹般的易切石作为你们的生活资料。你们就是石头雕刻家。智慧的工具掌握在你们手里。你们能够把你们的生活雕刻成这样，也能够雕刻成那样。你们的生活可能很甜，也可能很苦；可能很光明，也可能很黑暗；你们可能是一种活力，也可能是一种惰性；可能是战士，也可能是落伍者；你们可能失败得很惨，也可能飞黄腾达。年轻的世界公民们，选择权在你们手里。”

“不要。”她记得曾对他说过。

“不要啥样？”

“不要那样做。”

结婚前几天，黛西·古德威尔与哈罗德·A.霍德到布卢明顿的几个公园里散步。她对他说：“不要用你的棍子那样做。”

哈罗德觉得无聊，就一直拿一根柳木棍在空中挥舞，打掉了许多飞燕草、石竹花、矢车菊和蝴蝶花的花头。

“谁会在乎？”他转过脸来对她说。他那张富有弹性的大脸抽动着。

“我在乎。”她说。

他挥舞得更起劲儿了，一下子打掉三朵花。是近东罂粟，花瓣散落在柏油路上。

“住手。”她说。他这才住手。

他清楚自己多么需要她。他渴望改正，因为爱情就像一把解剖刀，像一条鞭子，是一种能够约束他狂妄的冲动和病态行为的东西。

她真诚地相信自己能改变他，控制他，使他粗野的天性变得高尚。她知道，他渴望压抑自己的脾气。这是他那柔软的男性嘴巴和伤感落魄的表情告诉她的。事实上，这也是她答应嫁给他的全部原因。另外就是，她已到了该嫁人的“时候”——她毕竟已经二十二岁了。她觉得自己的生活正在成形，正围拢在一种等待召唤的强烈欲望周围。她想得到某种东西，但又不知道能得到什么。她想作好充分准备，想使自己坚强起来。

但她却无力阻止自己年轻的丈夫在新婚之夜饮酒。在他们乘火车去蒙特利尔的一路上，他抱着酒瓶子喝了整整一夜杜松子酒。喝了睡，睡了打呼噜，然后就对着他们的头等卧铺车厢里的小盆子呕吐。在乘船横渡大西洋的八天里，他倒是没有喝酒，不过那纯粹是因为他跟她一样，每时每刻都在晕船。现在是6月底，但今年北大西洋的天气极其恶劣。海面上波涛汹涌，大雨倾盆。他们到达巴黎时浑身发抖。事实证明，她在大学里学的那点法语毫无用处，但不管怎么样他们总算找到了维克多·雨果大街上他们预订的旅馆。他们在一张硬邦邦的床上整整睡了三十六个小时。醒来之后，浑身酸疼，口干舌燥。他对她说，他讨厌该死的巴黎，憎恶叽里咕噜地讲法语，在大街上撒尿的法国佬。

他花了一个小时，总算租到了一辆大型轿车，德拉热鱼雷牌的，车身黑得像灵车，后车窗是方形的，活像两只惊恐的大眼睛。他手握方向盘，原先的那个哈罗德似乎一下又重新复活了，扯着嗓门没腔没调地唱了起来，仿佛一场巨大的危险已经过去，尽管他的舌头还散发着淡淡的松子酒味："黛西，黛西，如实地回答我。我爱你爱得快要发疯了。"他从巴黎郊区一直喊到乡下，冲着过路的行人按喇叭，冲着牛群按喇叭，冲着小孩子们按喇叭，冲着法国苍白而空旷的天空按喇叭。他们沿着乡村的林荫道飞驰，驶过一块块令人陶醉的罂粟田，穿过金黄色的峡谷，几个小时后，终于到达了山区。

她一直求他停下来，先是抽泣着请求，然后又大声喊叫，说他不应当这样一边疯狂地飙车一边喝酒，简直是拿生命开玩笑。听到爱训人的新娘子呵斥的话，他几乎高兴得呻吟起来，原来她是一心一意要改造他。

最后，他们终于到达了寂静的阿尔卑斯山下的科普斯镇。车轮在结实的砂砾路面上停了下来。他们登记入住到一家邮政宾馆。一个看起来有点驼背的搬运工搬着他们的旅行包上了两层楼梯，进入一间客房。那间客房非常简陋，天花板倾斜，仅有的一个窗户吊着厚厚的窗帘。

精疲力竭的黛西躺在高低不平的床上。她那被弄得又皱又脏的乔其纱连衣裙铺在身下。她无法想象她到这个阴暗发霉的房间里来做什么，但又觉得这个地方她过去似曾来过，对所有墙壁的表面及其裂缝都很熟悉，仿佛是一本名不见经传的杂志上刊登过的一幅风景素描的一部分。她瞌睡得要命，但极力支撑着。她环顾四壁，想找到某种能给人以希望的东西。她看到，墙上贴着花卉图案的壁纸，这倒给房间增添了一丁点令人舒心的魅力。这壁纸她似乎也很熟悉。现在是晚上七点钟。她仰卧在法国中部的一个旅馆房间里。世界在她的上方不停地旋转。她年轻的丈夫，这个熟悉的陌生人，已把窗户打开，然后又推开百叶窗，灿烂的阳光射进房间里。

你瞧，他坐在窗台上，形成一个人体阴影，挡住了阳光。他一只手握着一个酒瓶子，时不时地喝上几口，另一只手抓一把一分面值的硬币，抛给聚集在楼下大卵石铺成的广场上的孩子们。他在笑。那是一种四分之一音符的，疯狂的咯咯咯咯的笑声。

她能听到硬币落在石头上发出的音乐般的叮咚声和孩子们唱歌似的尖叫声。她的一部分意识已飘向睡眠，在那里她将是安全的；但另一部分正在拉着她。那股力量相当大。她后来想到，那是一种悲剧般的责任感，一股向前方运动的决心。她的眼睛死死地盯着天花板和肮脏的灰泥。她在等待着。

这时候，她忍不住想打喷嚏——她一向对羽绒枕头过敏。那喷嚏打得响亮，有力，突然，像一个爆炸声，迫使她霎时间合上了嘴巴，闭上了眼睛。等她再张开嘴巴，睁开眼睛的时候，窗台上已不见了哈罗德的身影。她所看到的只是一片空荡荡的，耀眼的长方形阳光。这简直就像一个时间的碎片飘然而过，那样微小，那样安静，未能在脑海里留下任何印象。她不相信这是真的，但她眨巴眨巴眼睛，排除了怀疑的念头。就在这时，她突然听见砰的一声，就像一个西瓜跌落，摔得粉碎的声音。紧接着那可怕而讨厌的声音，传来了孩子们的尖叫声和大街上人们的奔跑声。

她记得她平躺在床上至少一分钟，才起来看看发生了什么事。

第四章
爱情 1936

人世间的真正烦恼往往在于男女之间的关系失调——这是我的看法，我个人的一管之见。我现在就学会这样看了。

但我们往往又喜欢对这种失调现象置之不理。我们惯常的做法是把问题搁置起来，因为我们有一种观念，认为男人有男人的行为方式，女人有女人的行为方式。你可能会说，这是我们为自己表演的一个小节目，是我们串通一气玩的一种小把戏，即眯着眼睛看人类的行为。这一点只要想一想我们是如何到处龇牙咧嘴地笑，眨巴眼睛，顺从地点点头或带着明显的好奇心耸耸肩膀就知道了。啊，对了，我们还喜欢心照不宣地用轻快的声调说：那个男人归你了；或者说：女人就是这样的。我们把男女之间的差别以及他们不同程度的愚蠢当作天大的笑话接受了。至少我们早在1936年就接受了。那一年夏季我三十一岁。

那时候，我觉得男人生活中发生的故事总能使他们受到特别的尊重，而女人生活中发生的故事总让她们受到压制。为什么？为什么会这样？为什么男人就可以因其冒险经历而有权趾高气扬，胸前挂满了勋章，而女人只能在其冒险经历的重压下灰溜溜地忍气吞声？女人身上发生的故事会把她们吹得像气球一样大，掩盖了她们日常生活的分量。它们膨胀着，压迫着，来势如此凶猛，竟连简单明了的时间间隔——小时、星期、月——全都在视野里消失。啊，这种对生活的嘲弄也严重威胁着布卢明顿的年轻寡妇黛西·古德威尔·霍德的生存。她三十一岁的生日已隐约到来。她仍然生活在第一个故事的痛苦中：母亲因分娩而死，然后是恐怖的第二章，丈夫在他的蜜月里身亡。应该说是他们的蜜月里。

人们说，她那可怜的心肯定已经碎了。但那不是真的，她的心只是一时被挤干了，拧干了，就像一件旧衣服。

然而，无论她去哪里，人还没到，她的故事总是捷足先登。宣布她的到来，替她发表宣言，抹杀她真正的自我。唉，她多么想开心起来啊。可既已踏上那段乱七八糟的历史节拍，她还能有什么选择呢？

当然，两年前一对普通的加拿大农民夫妇所生的那著名的迪奥纳五胞胎，情况也是一样。人们首先考虑的是她们卑贱的出身，再加上五个女婴居然奇迹般地活了下来，你所听到的故事那样具有说服力，由不得你不信，于是乎那五个小姑娘本人也就消失了，并将永远地消失。我的看法是，消失在错综复杂的传言中。

还有一个例子，不那么具有戏剧性，但很有针对性。一个名叫贝西·珀费克特·特朗布尔（1896—1936）的女人昨天午夜遇害。这一消息刊登在多家早报上。不知什么原因，《布卢明顿凤凰》杂志居然也刊登了。啊，可能因为是夏天，真正的新闻很少。这个人好像是从一辆加拿大太平洋公司运送牲口的车厢里跳下去或掉下去的。离马尼托巴省的特兰斯科纳只有一英里远。她去那个偏僻的调车场干什么呢？她的左臂和左腿完全断开，出事几分钟后就死了。她最后的一句话是："我浑身是血。"就这样，她的美貌、她的智慧、她多年来在特兰斯科纳教育系统颇具灵感的教学经历、她与特兰斯科纳消防队员巴尼·特朗布尔的婚姻——全都消失在历史中。她将永远是那个“跳下或掉下去的女人”（轻率得匪夷所思），而且还是在午夜，在那个不大可能的时间，女巫施魔法的时间，还有她的左臂和左腿——想想看——接着便是那句恐怖的，令人困惑的临终遗言：“我浑身是血。”其他情况无人提及。我们朝那个方向鞠了一躬，但我们的眼睛盯着那个让人愤怒的一触即发的地点。

此事有失公正——仅凭那戏剧性的一幕竟能把一个女人一生的贡献略去。不过，这个世界已被可能发生的突然变故、突然的流血事件以及重新构建简单秩序的紧迫性弄迷糊了。关于黛西·古德威尔·霍德的蜜月悲剧，事情的转化如此奇怪，如此出乎意料，致使她正在继续的生活的正常轮廓变得模糊不清。如果将真相公之于众，她的生活会很平静，很惬意，和旁人的生活根本没有区别。自从在法国的悲剧发生之后，她继续和仍是鳏夫的父亲一起生活，住在维尼格希尔的一幢带有石头支柱，沉闷的大房子里。房子的周围是环形的街道。那个设计得极其拙劣的可怕的花园小矮人就在远处的前草坪上狞笑；它的旁边是一个雪球状的灌木丛。

你也许会认为黛西已经没有了欢乐。其实不然，因为她既生活在自己的故事之中，又生活在自己的故事之外。斗转星移，四季交替：高尔夫、网球、朋友、花园——还有她对自己的身体无助而秘密的爱——一直陪伴着她。说实在话，她所学会的承认痛苦和排遣痛苦的方法挺令人感动的——一切全在同一口气里完成。所以，你可能会说，她能够从自己的生活中消失。她有一种忘却自我的天赋。九年了，从那件事发生到现在已经九年了。她对那个故事的涟漪、回声与变奏的态度变得越来越超脱了，但人们仍然不依不饶。

“她不是那个？”

“在法国一家小旅馆里，要不就是瑞士？反正是二楼。”

“1927年夏天。那场婚礼我记得清清楚楚，就像是昨天发生的。”

“气派。”

“一个气派的男人，风华正茂，像电影明星一样英俊。”

“富可比克罗依斯[1]。两个人都是。当然，那是他摔死之前。但要钱有什么用呢，如果？”

“她听到他摔下去了，脑袋开花，像个熟透的西瓜，她说的。要不就是南瓜？当然，死因也调查了。或许那地方不叫调查，而叫别的什么。”

“天哪，那时候她肯定刚过二十岁？”

“——还是在外国。”

“人生地不熟的，又不会讲一句外语。”

“他在分发钱，你看，给街上那些穷苦的小孩子们分发钱，从窗户往外扔硬币——”

“就是那时候出的事——”

“他们的行李还没有打开呢。手提箱还——”

“她正在休息，躺在床上。突然，她听到……”

“你瞧，她走了。”

1.克罗伊斯（前595—前547），小亚细亚古国吕底亚末代国王，因敛财而巨富。

“那是她吗？”

“那女人夜里一定会做噩梦。”

“毕竟过去这么长时间了。”

“你不可能真正恢复过来——”

“可怜的女人。”

除了黛西，这个世界上还有弗雷迪·霍伊特和宾斯·安东尼·格林两个人知道，她虽然和哈罗德·A.霍德结了婚，但两人从未同过房。“他老是喝醉酒，”从欧洲回来后不久，她直言不讳地对她们说，“不是不舒服，就是没兴趣。”

她坐在弗雷迪的床沿儿上，一边给带有钩针编织的凤梨图案的床罩打褶（可怜的弗雷迪患热感冒躺倒了），一边详细叙述了度蜜月期间他们俩亲近的细节。黛西把一切全都告诉了她的两个值得信赖的，亲密的同窗老友。但有两点她没有说：一是就在哈罗德从窗户摔出去之前她打了个喷嚏；二是出事后她在床上呆呆地躺了一分多钟，两眼直勾勾地望着天花板，觉得自己已在向灾难的另一端漂移。

黛西在弗雷迪·霍伊特的床边对两个人说的体己话重新引燃了她们曾经的笑声——那种笑声是慢慢回归的，先是不安地哼哼，然后突然迸发，笑出声来；弗雷迪和宾斯互相交流着忧虑的目光。最后她们实在控制不住，疯狂地哈哈大笑起来，笑得酣畅淋漓，痛快无比。这笑声搬开了压在黛西心里的石头——确切地说是搬开了压在她胃里的石头，因为她的震惊和悲哀全都储存在她的腹部。

悲哀？为什么悲哀？为哈罗德吗？啊，不是。她是为自己的失误而悲哀；为自己的听之任之而悲哀；为那件她听任发生并将她淹没的大事而悲哀。

“我的——天哪，这就是说你还是个黄花大闺女。”已经不再是处女的宾斯·格林说。她瞪大眼睛，哈哈大笑起来。

“她可是咱们中间唯一的处女喽。”弗雷迪说。她最近刚跟布卢明顿一位著名的美术教授“尝试过”云雨之欢。那个教授是有妇之夫，老得足可以做她的父亲。

布卢明顿还有人知道黛西的处女膜完好无损，只有几个人。黛西对这一情况一无所知，这可真是万幸。这些人有：老马尔迪夫医生。黛西回到布卢明顿后，他曾为她检查过身体。不久之后，这位医生出于好意，将黛西尚未同房这一奇怪的事实告诉了黛西的父亲凯勒·古德威尔（医生似乎认为他有责任坦率地告诉他）。那位医生还把这事告诉了他的妻子格兰迪斯，这回就不能说是出于好意了。他的妻子悄悄把事情透露给了桥牌俱乐部里的熟人亚瑟·霍德太太，还瞠目皱眉地添油加醋，说是她的猜测。于是，亚瑟·霍德太太得出结论，并借每次出席布卢明顿社交活动的机会对外宣布，说年轻的黛西·古德威尔是一个不正常的严重性冷淡女人；她诱骗了一个健康男子即她的儿子的激情，然后又挫伤了这种激情，也许还驱使他采取了那个肯定永远也说不清楚的行动。

黛西所知道的只是，她的婆婆对她很冷淡，她们很少互相看望。事实上，从来没有互相看望过。有人曾劝说黛西放弃对霍德家的财产要求，她爽快地答应了。她不需要钱。就现在的状况她生活得很舒服。她还很年轻，没什么特别不愉快的地方。

早在第一次世界大战那艰难岁月里，我的克拉伦廷·弗莱特姨妈就发现，她的花卉批发生意出人意料的好。而1936年的现在，石灰岩工业处于不景气状态，原有的采石场绝大多数都已倒闭，而石雕艺术却日益兴旺起来；似乎处于艰难时世中的人们需要某些装饰性的和美观的东西减轻生活给心灵造成的沉重压力。这是一个多大的悖论啊！就在世界范围的经济大萧条期间，我的父亲凯勒·古德威尔和他的拉皮斯坎有限公司比以往任何时候都忙，有名望的大项目合同纷至沓来，天天都有：俄亥俄州立大学新图书馆、阿肯色州小石城宏伟的战争纪念碑、芝加哥粮食交易所的装饰带，等等。

古德威尔先生一直抱怨雕刻师太少。老一代的雕刻师逐渐去世，他说，年轻人又太浮躁。最近，古德威尔不辞劳苦，去意大利寻找新人才。他返回布卢明顿时为拉皮斯坎公司带回了三位新雕刻师，也为自己带回了一位新娘子。

新娘子的名字叫玛利亚。一个年轻的那不勒斯新娘子又能叫什么呢？可她到底有多年轻呢？谁也说不准，而且谁也不知道这一问题该怎么问。她的移民文件上说是二十八岁，但谁会相信这种官方信息呢？何况那些文件本身看上去就是伪造的——纸张太脆，印章与签名的颜色太深。她的年龄可能在三十五到四十岁之间，当然不会超过四十五岁。但无论如何，她也比将近六十岁的丈夫年轻得多。

他宠爱她，这一点就像脸上有鼻子一样清楚。

自从1905年第一个妻子生孩子去世以后，没有性慰藉他也这么过来了。他为什么要这样选择不要女人的慰藉，这么多年他又是如何过来的，连他自己也说不清楚。如果有人问他，他会说他很忙。其他需要关心的事占据了他的头脑：他的生意，他要出人头地，他还有个小女儿需要抚养。有人问他，他会耸耸肩膀，淡然一笑，以其特有的喝醉酒的甜蜜样子抬头望望天空。大多数失去爱情的人都会说谎，虚伪，灰心丧气。但凯勒·古德威尔似乎是那少数人中的一员。他很快乐，快乐得可以随风而动。如今，幸运之风给他带来了玛利亚。

这个女人的身体构成错综复杂，令人费解。胸脯宽宽的，脚脖子细细的；柳条细腰配上个大屁股。她走在印第安纳州布卢明顿市绿树成荫的高雅大街上，的确是一个另类。她走路总是急匆匆的，显示出一种目标明确的神态——因为她不仅锁定了目标，而且是在去做交易的路上，总希望能发现什么新奇的东西和减价出售的商品。她往家里走的时候，手臂上吊着个帆布袋子。袋子很沉，里面装满了宝贝——红色的洋葱、新鲜的欧芹、花菜、番茄。她拎着这些东西就像拎着一袋子羽毛那样轻松。她腿肚子上的肌肉表明她已习惯了坑洼不平的乡间土路。她的脸蛋儿则是令一番模样：脸盘儿轮廓优美，一双水灵灵的眼睛，大而细长的鼻子，形状美观的嘴巴。她的左边面颊上有一个难看的伤疤，不过一笑起来几乎看不到。她不屑于涂口红，认为妓女才涂口红。但她那浓密的深色头发闪烁着棕红色的亮光，显然是染过的。只要有人关心地问起来，凯勒·古德威尔就会向他描述他和玛利亚是怎样认识的——那是在那不勒斯的一家海鲜饭店，她受雇在那里当招待员。“只看一眼，”他坦率地对布卢明顿的朋友们说，“就成了。”

她叽里呱啦地说个不停，但说的什么，谁也听不懂一个词——她丈夫除外，他宣称自己通常能听懂个“大概”。听懂个“大概”对他来说显然已经够了。他自己的舌头突然变得安静了。他看着自己的新娘子，惊奇地摇摇头，像所有幸福的男人一样咧嘴笑笑。

当她弯下腰来——因为她比他足足高出三英寸——朝他头顶上谢顶的那一块亲一口的时候，他感到特别幸福。即使在公共场合她也会这样弯腰亲他，比如在他们出席采石场俱乐部晚宴的时候，在布卢明顿基金会举办的市民招待会上。在这种令人尴尬的场合，他的反应就是不停地微笑，似乎夫妻之间这样做很正常。

科拉-梅·弥尔汤这些年来一直替古德威尔父女管家，现在她提出来辞职。她说，不是她不喜欢玛利亚，她只是觉得自己没用了。玛利亚成天像个孩子似的生气勃勃，兴高采烈，早晨六点半就起床折腾；她喜欢在其他人下楼用早餐之前把厨房的地板拖得干干净净，然后又拖着脚步用吸尘器打扫一小时左右的卫生。这时候她穿的是一件红绸子睡袍，露出了棕色长条纹胸衣遮盖着的双乳乳沟。傍晚或者再晚的时候，她会换上一件宽松的棉便服并系上围裙。前门有人敲门时，她也经常系着围裙去应门，有时候手里还拿着水果刀，或垃圾簸箕，或马桶刷子，或任何当时碰巧在手里的东西。她那满口的白牙随时准备欢迎任何来访者，而不是用一个她已经学会的普通英语词。“啊喽。”她喊了一声，兴奋得两只手臂向前向上随便做着手势。她一天到晚都是喝不加牛奶和糖的浓咖啡，那是她自己在炉子后面煮的。到了晚上，她给丈夫和新认识的继女黛西端上一盘盘炖得热乎乎的带汤食物。他们吃饭不是在餐厅，而是在厨房，因为餐厅的桌面上现在铺满了布头以及她已做了一半的衣服的纸样。她不停地说着话，不停地挥舞着双手做各种手势。再来一份？再来一份？如果他们拒绝添加食物，她就会生气；如果他们同意添加，她的脸就会像天使一样乐开了花。一个典型的印第安-意大利女人，古德威尔的一个合伙人在采石场俱乐部里说。这话说得太粗鲁，太不厚道了。

黛西和玛利亚之间逐渐展开了一场错综复杂的竞争。这种争斗绝对不能挑明。

“你们会认为她很孤独，”黛西对弗雷迪和宾斯说，“会认为她在一个外国失去了自我，不会讲该国的语言，没有一个朋友。”“她得到了你的父亲，”弗雷迪说，“也许这才是她所需要的一切。”

“噢，天哪。”黛西转了转眼珠，想起来夜里他们做爱时疯狂的叫声。有她的，也有他的。

“不同的人有不同的需要。”这话是宾斯，也就是迪克·格林太太说的。“她一刻也不会闲着，”黛西对她们说，“做饭、打扫卫生、做衣服。她一直想为我做一件裙子。她使劲儿拉扯我的衬衣，只是拉扯，疯狗似的乱叫几声，皱皱鼻子，然后拿出她的裙子纸样。巴特里克[1]的，举起来瞧瞧。”

“她要是高兴，你就让她做呗。”宾斯说。如今她已为人妻，并且有了两个孩子，所以凡事总考虑让别人高兴。

“也许你应当考虑找一个属于自己的地方了，”宾斯说，“就我自己而言，要我生活在成天上演的小歌剧里，我可受不了。”

“她老是亲我，早晨、中午、晚上，老是亲。”

“亲嘴？”

“嗯。”

“呃。”宾斯同情地打了个哆嗦。

弗雷迪瞪着眼睛说：“喂，告诉她你不想让她早、中、晚一天三遍亲你。”

“当然，肌肤的亲近对某些民族来说是很自然的事。”宾斯一

1.巴特里克（1826—1903），全名埃比尼泽·巴特里克，美国发明家、裁缝、衬衣制造商。

反常态，用解释的语气嗲声嗲气地说。弗雷迪恶心得直想呕吐。

“要我说，搬出去。现在是时候了。你三十多岁了，该是大声说话的时候了。”

“他们俩会很伤心的。”

“他们会好起来的。我搬到自己家住的时候，我妈妈哭了一个月。现在我要是回去住，她会讨厌得要命。”

“啊，事实上——”

“什么？”

“事实上，”黛西看看这个，又看看那个，想得到她们的赞许，鼓励，也想让她们感到意外，“我想出去旅游。”

“一个人？”

“对。”

“你这家伙真幸运。”

“去哪儿？”

“加拿大。”她回答说。

她也让自己吃了一惊。她坐下来，翻看了一摞火车时刻表和旅行指南之后，制订了一个为期两周的度假计划。她的旅行路线很古怪，有相当一部分路段往返重复：先去尼亚加拉大瀑布，再到安大略省的卡兰德去看那五胞胎姐妹，然后代表她的父亲去多伦多参观一个新建的银行大厦工地，最后去渥太华拜访她的巴克叔叔，从童年时代起她就再没有见过他了。她的安排很一般，跟普通的旅游没什么区别。然而她对自己的行程却颇感惊奇，似乎这一小小的冒险旅行乃是一种神奇之旅——也许真是这样，因为她长这么大还从未单独旅行过。除了度蜜月时在蒙特利尔坐过几个小时的轮船以外，她还从未到过加拿大那个她出生并度过童年时代的国家。“我觉得自己好像是在回家的路上，”她在自己的旅行日记里写道。紧接着她又将这句颇具感情色彩的话删掉，换成一句“我觉得我在加拿大会发生什么事”。

时值夏季。她所乘坐的火车穿过密歇根州东部一座座阳光明媚的小镇向北行驶。小镇与小镇之间的浅山上梯田层层，果树成林。她想，那些浅山的远处，那些果树与云层的背后，应该就是加拿大自治领了。自治领——她在心里庄重地默默重复着这个词，让这个词在舌头上滚动着：自——治——领。

但愿有什么事情发生，但愿。

在黛西的想象中，加拿大是一个凉爽而干净的地方；有一位国王和一位王后；皇家骑警身穿红色外套；人们喝茶，互相说话时彬彬有礼。即使这些美好的想象与她记忆中的真实情景——温尼伯那乱哄哄的校园，西姆科大街上的尘土与马粪——大相径庭，她也毫不介意。在那个6月的日子里，当火车最终驶过密歇根州的国界线，进入加拿大时，她觉得就像是到达了一个可以治愈精神创伤的王国。

在这里，没有人了解她的处境，没有人知道她的故事。这里只是多了一位身穿亚麻裙子，外穿短上衣的年轻女子。她站在尼亚加拉大瀑布的栏杆边，一个个小水花喷溅到面颊上，十分惬意。就在她试图贪婪地吞噬这一自然奇观的雷鸣般的响声与雄伟的气势时，她又感到极度的警觉。这令人陶醉的美景何以会让她感到悲伤呢？问得好。那是因为它还不够美，也没有她原先想象的那么大。此外，瀑布脚下那些散乱的岩石看起来也不够整齐。这个景点的总体设计似乎缺少点什么。无论如何它也不像旅游指南里所保证的那样令人“心旷神怡”。可紧接着她又高兴起来，因为她觉察到有一个男人站在她的身边。那人站得离她非常近，她能感觉到他的上衣擦刮着她裸露的胳膊。“天哪，”那人操着纽约口音愉快地说，“看着这浩瀚的大瀑布，会使人感到口渴，对不对？”

她兴趣十足地朝他的衣袖上方与肩膀方向望去，只见远处的天际浮云朵朵，天空湛蓝如洗。她一时冲动，真想靠在那男人的胸脯上，依偎着他，喊出自己与如此亲密的男人不期而遇的愉悦。然而她抑制住了自己的冲动，只是喜欢他那轻松愉快的情绪。她想，只要你乐意，这个世界马上就会变得高兴起来。如果说她那蜜月悲剧里发生的一桩桩事件在她的脑海里留下了深刻的印象，那么这次奇遇带来的欢乐，它那私密的容貌，隐蔽的笑容以及两人的共同眺望在她脑海里留下的印象更令她挥之不去。她的这次尼亚加拉大瀑布之旅有话语相伴，有和煦的微风拂面，有失望亦有欢乐，加之一个男人的工作服衣袖时不时地摩擦着她的肌肤，令她感到心荡神驰。

两天之后，她在安大略省的卡兰德与数百名游客冒着烈日排队等候观看那五胞胎小姐妹。总算快到观察区的时候，有人要求他们不得喧哗，以免惊扰了正在一个封闭的花园里玩耍的那五个孩子。在绿油油的草地映衬下，她只匆匆瞥了一眼一件件白色的裙子和一顶顶遮阳帽。五个孩子中至少有一个在哭。后面的人推着她，她不得不往前挪动。她觉得自己就是这群愚蠢动物中的一员，一群动物去观看另一些动物。于是心里便萌生了有必要与这群脸上阳光灿烂，处处欢声笑语的人们保持距离的想法。你瞧，那些女人们身穿棉布夏装，外套开衫；男人们身穿整洁的亚麻布短上衣。他们全都决心要享受一回。那打扮既有点滑稽，又有辱身份。

那她为什么会感到惊讶呢？在她来观看这些奇观的时候她就知道，最后她会满怀义愤而归——她真的是愤然离开的。

在多伦多的一个像教堂一样庄重的公司董事会会议室里，她递交了一捆父亲公司的工程设计蓝图。银行总裁以屈尊俯就的态度接见了她："你这个小不点儿跑这么远来送资料，真不简单。"银行副总裁却对她提出了非分的要求："在这个美好的夏日下午，这里只有我们两个人，孤男寡女。"

"可我马上得离开这里，"她对他说，"四点钟的火车。"

"你可是刚到啊！"

"我要去渥太华，"她说，"去看一位老朋友。"

"男朋友还是女朋友？"

她狠狠地瞪了他一眼。她真想伸出手来，把那张傻气十足、油光满面的中年男子脸上的笑容一巴掌打回去。与此同时，她又想跟他接着聊下去，看看他的葫芦里到底卖的什么药。

"男朋友。"她大胆地说。

"我就知道，我就知道。"

"你怎么会知道？"这样聊下去太令人作呕，也太可怕了。

"你的脸蛋儿，你的香水味告诉我的。还有你说'朋友'时的表情。我长着鼻子呢，这种事瞒不了我。"

"什么？哪种事？"

"我想，你明白我的意思。"

"我不明白。"她说着转过身去。

"我想你明白。"

当然，巴克·弗莱特去火车站接车了。事实上，为了接黛西，他还特地将自己新买的哈德逊轿车清洗打蜡，然后慢慢地往火车站开去，好像是担心轿车会在他的身下爆炸似的；好像轿车正把他送去接受某种《圣经》里的惩罚似的。

当夜天气很热，尽管有一股惬意的微风从运河那边吹来，钻进车窗里。他一向不喜欢开车，可他还是学会了。正如他后来对黛西所说的那样，他喜欢上了手握光滑方向盘的那种感觉；他也喜欢自己那宽大舒适、平稳安静的轿车在夏季的薄暮中驶过的感觉。此时，紫罗兰色的天际被镶上了一层暗紫色的光环，与他童年时代看到的马尼托巴那突兀的夜光大相径庭。

他想到了黛西，想到见面时他该如何向她打招呼。他的勇气时涨时落，他觉得这与他的记忆时而清楚时而模糊别无二致。他清楚地记得，婴儿时候的她一连几个月睡在一个旧梳妆台的抽屉里，下面铺着棉絮。不知何故，这种安排——那幼小的婴儿以及她那临时凑合的住处——后来常被当作伤感的笑话谈起。在那之后，他的记忆出现了一段巨大的空白，索然无趣，平淡无奇，因为黛西转眼间长到了十一岁，睡在一个黑暗的房间里，正在从一场大病（麻疹？别的什么病？）中康复。她睁开眼睛望着他，但那双眼似乎已不再是孩子的眼睛。另外，他很清楚记忆的空白带来的现实危害，但他仍能够轻易想象出整个情景——尽管他不太相信那是真的：黛西年轻的身子，很可能是一丝不挂的身子，躺在床单下面——这一情景他无法从脑海里抹去。他一遍又一遍地在脑海里演绎那一时刻，不是出于淫荡之心，而是希望他记错了。他已五十三岁了。他最后一次见到那孩子已是十九年前的事了。不，现在她不是孩子了，而是一位三十一岁的女人，一个寡妇。

“亲爱的黛西，”不到一个月前他给她写信说，“我们很久很久没见过面了。得知你计划到渥太华来，我万分高兴。”

他还写了什么呢？

他不记得了。他不是那种每一封私人通信都保留副本的人——他羞于那样做——不过，他很可能还是像往常一样杂乱无章地写了一些客套话，诸如礼貌的祝愿、询问她的健康状况和日常活动、乏味的概括介绍自己的情况、渥太华的天气（酷热难熬或严寒难耐）、对官僚政治的愤懑，偶尔也就自然、人生、进步、20世纪等问题发表一些较高层次的见解；最近几年他越来越喜欢以叔叔的身份给她提出大段大段言不由衷的劝告。那些劝告来自他——她的长者，她的拥护者。他每个月去蒙特利尔发泄一次性欲。他，一个五十三岁的男人，夜里偶尔还会抱着枕头哭泣；他在文山会海里忙碌了一天之后，不得不靠饮酒解除疲劳，平息对行政管理当局的小小怨愤；他对女人始终保持着敬畏的态度，假装尊敬，实则寻求保护。他拼命地给黛西——这个世界上唯一使他牵挂的人写信。而黛西·古德威尔与他没有任何血缘关系，只是通过一次离奇的事件（她母亲的死以及她被他的母亲收养）进入了他的生活；在他的想象中，她的存在始终是对他的慰藉。

除了黛西，他再无人可以写信。他每年给两个弟弟写一次信，是在圣诞节的时候。住在埃德蒙顿的西蒙很少回信；安德鲁倒是年年都回信，但通常都是问他要钱。至于巴克·弗莱特的父亲马格努斯，他好像从一个洞口掉进了地壳里面，至今杳无音信。假如那个老公羊还活着，现在应该有七十多岁了。但自从他离开加拿大返回奥克尼群岛之后，谁也没有收到过他写来的只言片语；谁也没有听到过有关他的任何消息，也没有人知道他的地址。说穿了，没有人会关心马格努斯·弗莱特的下落和他的精神状态，甚至没有人在乎那个爱发牢骚的老人的死活。

谈到马格努斯·弗莱特，人们总是说他活得很不幸。厄运始终追着他不放：婚姻不幸，与孩子们的关系不幸。厄运一直追着他到1927年夏天他从蒙特利尔到利物浦所乘坐的“路易莎”号轮船上。

大家都知道，初夏时节大西洋上是风平浪静的——但也不完全如此——马格努斯·弗莱特乘船横渡大西洋的八天航程里就遭遇了怪异的大风暴。他老人家吃不能吃，睡不能睡，随时都得往开放的甲板上跑，对着搪瓷痰盂呕吐。船上熬过的那八天八夜全都融入了他巨大的痛苦之中。如果有人问他当时的愿望是什么，他会回答说是死。一天早晨，当他俯在栏杆上呕吐的时候，他想起了廷德尔的采石场——阳光普照，晒热了斑驳陆离的岩石表面；一天的工作在等着他。那时他才知道当初离开那里是何等的愚蠢。他吐出了那段记忆，并把它抹去；他吐出自己的痛苦和失望，吐出了他的三个儿子和不忠的妻子。他已吐出自己所有的屈辱，因而，当“路易莎”号最后到达利物浦，他走下轮船，踏上坚实的陆地时，他高兴得像个孩子。他匆匆穿过腥臭的渔码头，饱餐了一顿炖牛肉和马铃薯泥，躺在干净的被窝里美美地睡了一夜，醒来时觉得浑身是劲，多年来从没有这样精力充沛，这样渴望活着。

他去火车站把自己的行李托运到瑟索，只随身带一些换洗衣服、零用物品和他的那本《简·爱》。他在利物浦的旅行用品商店为自己买了一双耐穿的靴子和一只酒精炉，因为他已决定徒步向北穿越英格兰北部和苏格兰荒原。起初他觉得这种行为是一种挑战，接着又觉得是一种被迫行为；后来他又觉得这就像空气一样，是一件简单而自然的事。然而，一想到自己即将采取的行动，他浑身的每一块肌肉都绷得紧紧的。

天遂人愿，昼长夜暖，地干宜行。他靠太阳定位，如此而已。在他沿着乡间道路一路向北行走时，家——这个词一直萦绕在他的耳际，那声音比四处传来的鸟鸣更加甜蜜，听起来就像饱餐了一顿面包与奶油。他在一条河沟里看到一根光滑的木棍，用手拄着正合适。他用这根木棍有节奏地敲打着满是尘土的路面。他的络腮胡子长出来了，又细，又白，又软。

英格兰的山冈丰满而又文雅，但一过卡莱尔，便开始变得陡峭起来。他一感到两腿乏力，就在树下躺个把小时，打开书，自己读给自己听，等腿不疼了，脚上的水泡弄破了再走。这真是个岛吗？他自言自语地说。他望望天空，望望远处围栏牧场里的牛羊。这片辽阔、葱绿、多石的大地明暗交替，相映成趣。一想到从这片原野上掠过的一个个日期不定的严冬、一场场大雪，然后慢慢春回大地，万物复苏，他心里充满了喜悦。后来，他走过因弗内斯，到达了不见树木的沼泽地，他感到自己的脚走在柔软的沼泽地上，就像是踏在上帝宽阔粗糙的前额上。过去沼泽之后则是一马平川，给人一种飘飘然从天而降的感觉。他欣喜万分，紧张的心情也随之平静下来。

沿途的乡村旅馆以平等待人的态度与小题大做的过分热烈的形式欢迎他。他虽然不善饮酒，但走了一天的路已十分疲惫，他还是津津有味地喝起麦芽酒来。他低头把鼻子凑向酒杯，先闻闻酒香，然后再喝。酒馆里的谈话轻松自由，无拘无束。“加拿大那边的情况怎么样？”脸色通红，五官粗犷的农民会这样问他。有一次，在杰德堡镇，一家寄宿宿舍的老板娘跟他睡了几个小时。那女人皮肤已经粗糙，满身褶皱，但散发着香皂的清香。有时候，会有一群好奇的孩子嘁嘁喳喳地跟着他走到镇子外面。还有一位咳嗽得很厉害的年轻的女子陪着他走过两三天，语无伦次地跟他谈耶稣什么的。他挺感动，分手前还给了她几个先令。

他终于到达了瑟索。那是一个荒凉而潮湿的地方，天空低低地压在地平线上。他在一个铁路货棚的角落里找到了自己提前托运来的行李。他一时心血来潮，决定不去认领——里面有什么呢？不过是一些垃圾，扔了也罢，他照样能过得好好的。他一路走来，不是已经证明这一点了吗？他搭乘“圣奥拉”号轮船前往斯特罗姆尼斯。那是一段很短的航程。仁慈的大海风平浪静。他到家了。他深深吸了口气。此时此刻，一个想法涌入大脑：生活毕竟还是可以过得很幸福的。他想在东比京村附近的旷野里找一所简陋的房子——他的童年时代就是在那个村子里度过的——盘一个燃煤的炉灶，支一张暖暖和和的床，如有可能再设法装上电灯，把屋子弄得舒舒服服的；再找个隐蔽的地方把自己积攒的钱藏起来。他会在这个温暖舒适的小窝里生活得像国王一样。他要永远活下去。

这些年来，巴克·弗莱特隔一个月总要给年轻的黛西·古德威尔写一封信。

这样算来，每年写六封信，二十二年共写了大约一百三十二封。他告诉自己，有时也告诉别人，他觉得自己对那孩子负有责任。他没有使用“义务”一词。假如他比她早一代出生，他也许会那样说的。但不管怎么说，他也算是一个有责任心的人。他也很冷静，善于思考，也勇于自我批评。他十分清楚自己天性里那强迫性的一面下面潜藏着什么，那就是希望避开自己不理解的东西，以坚定不移的逃避寻求安全。他完全明白——并为此而感到自豪——古代的隐士们何以能在山洞里终老一生，修士们何以能在简陋的斗室里苦度天年。即便是有一回他在蒙特利尔躺在女人的怀里，朝女人的体内宣泄性爱激情的时候，他所渴望的仍然是一张狭窄的小床和折磨人的孤独。他不得不与野蛮和混乱作斗争。如果不斗争，他就会对一个更虚伪的世界产生悲观情绪，而这种悲观情绪会把他弄得头晕目眩。有时候（并不总是那样），他在渥太华出席晚宴后回到家里，像死了似的躺在床上，嘴里发干。这个时候他就会想：我在这种场合是何等荒唐可笑，活像一个上了年纪的演员，装腔作势，强颜欢笑；而事后却用一杯温威士忌还击这个世界，并试图逃离它。

他知道，他为人处世过分认真，也过分轻信，对于不般配的夫妻以及不合礼仪的性关系造成的荒诞闹剧充耳不闻。为了安慰自己，他便想象着自己的大脑有不同的层面；层面与层面之间存在着空间；在性欲和工作这两种力量之间存在着空洞。他与这些固定的空间有什么关系呢？别人知道，可他从来就不知道。

他的父亲，那个严厉、冷酷、粗野的男人，曾坚持要他的儿子们每天晚上擦洗自己的靴子。弗莱特对这种早期养成的遵守纪律的习惯心存感激。这使得他一直像个孩子那样单纯地活着，给了他生活的激情，并使大量不理解的事情变得井井有条。后来，他还找到了其他方法。

他回忆不起来自己是什么时候学会说母亲花园里的那些植物的名字的，但他记得能准确地说出那些植物学术语令他十分开心。他很早就知道，自己是一个心智贫儿，需要特别的符号喂养自己：植物的、动物的、天上星宿的。不久之后，除了母亲花园里那些家养花卉的名字外，他又掌握了田野与树林里各种植物的名字。无论是普通名字还是拉丁语名字，他都能很快记住。每当他从《斯波顿植物学笔记》的插图里比对上一种标本的时候，他都会觉得很来劲儿。绿色世界里千姿百态的植物给他带来了异乎寻常的耐力，并使他保持着平静的心境。十二三岁的时候，他发现整个世界上的物质已经被分门别类；有人——而不是他本人——已经猜到了这一条理论的必要。这一发现令他欣喜若狂。他特别喜欢"口袋中的口袋"——已知植物的大门类再分解成若干细小的分支。最小，最狭窄的生命形式正顽强不屈地生存在进化过程中弯弯曲曲的角落里。这一微型世界里的黏菌和水藻成了他的特定话题——植物的遗传性，植物奇特而无可辩驳的美。在他所收集的构兰标本集中——他乐于认为那是世界上最完备的标本集——他最喜欢一种最稀有的品种。就其特殊的花朵而言，他又最珍爱花瓣最小的那一种，常常怀着崇敬的心情在显微镜下观察，记住那个最微小细胞的形状，称赞它的位置与功能，并认为它无愧于其尊贵的拉丁语名字。

植物世界的结构全图就像墙上挂着图表一样悬挂在他的意识里。他只能猜想，别人的头脑里也装满了类似的体系：哲学、历史、对数表、教科书，装满了追求要点以及承载并推动这些要点实现的既定愿望，正如他头脑中的生物体的纲、目、科、种及亚种一样。悄悄进入这个体系的还有黛西的情况。而这一体系并不像他原先想象的那样有条理和合乎逻辑。她坐在一个分支的一端，笑着招呼他。他有时候闭上眼睛，希望她走开，但她一动不动地坐在那里，俨然是大自然的一部分。记忆中的性冲动用它微妙的卷须撩得他神志迷乱，他无法再无视她的存在，就像无法抹去兰花或莎草的亚种一样。他在远处与她保持着联系，定期给她写信，等待她的回复。如今，这一节奏已在他的生活里固定下来——这一节奏支撑着他，也令他心神烦乱，成了他证实自己最具人类感情的一种方式。

他的这种写信方式具有某些程序化成分。每个偶数月份——2月、4月、6月，以此类推——的第一个星期天下午，他拿起一支暗红色的沃特曼钢笔开始写信。观察者会注意到，他的腰部和肩膀弯曲成胎儿状。他那安装着高大窗户的书房里静悄悄的。他的胳膊肘边放着一杯正在迅速冷却的淡咖啡。他满脑子想的都是隐秘而尴尬的行为，脑海里充满了令人苦恼的噩梦。但此时此刻，他把这一切全都置之脑后。他正在写信，正在履行自己的责任。他先在信纸的右上角工工整整地写上日期，接着像往常一样，他紧绷嘴唇，在后面的圆括号里写下“公元”两个字，算是跟她开了个叔叔辈的玩笑。

然后，他吸了口气，写道：我亲爱的黛西。那个“我”字使他犯了难。但以前都是这么写，如果这次删去，反而会引起注意。接着，他便用枯燥无味的语言，长篇大论，详详细细地写起来。枯燥乏味和琐事详情倒成功地阻断了他的渴望之情。他写了一页又一页，慢慢腾腾，不厌其烦。他感到越是慢慢腾腾，心里越是踏实，他认为那是他自我克制的象征。潜伏在他的沃特曼钢笔和瓷碟里面的孤独感决不能在字面上流露出来，但俯在纸上的那张脸上显露出来的非分之想却是显而易见的。他渴望在信纸上印满亲吻的唇印，并在落款上写上：爱你的巴克，永远爱你的，你的唯一的。

他实际写的只是平平淡淡的“你的诚挚的巴克·弗莱特”。至少他还没有愚蠢到落款写上“叔叔巴克”的地步，尽管黛西在给他的回信中是这样称呼他的。

黛西的回信来得很快，通常由返回的邮班带回。看来她也和他一样，具有相同的责任感和使命感。

在他剪开那个四方形的蓝色信封时，他的心在胸膛里怦怦乱跳。她用的信纸也是蓝色的，四周印有淡淡的格式化的花卉图案。那种花卉任何植物学教科书上也找不到。亲爱的巴克叔叔，她喋喋不休地写了一页又一页，全是小姑娘式的语言，琐琐碎碎的内容。她写的句子起码有一半不完整，像《启示录》一样，设置了许多怪异的破折号和句号，让他读起来又震惊，又激动，又恼火。她的句子结构不流畅，词义选择不搭配。就在她的蜜月悲剧发生以后，她居然（勇敢地？）写到，她感到“忧郁得可爱”，但希望不久能“好起来”。每看完她的一封信，他都会对她那孩子气的枯燥乏味感到失望至极，一连数日不能自拔。然而过了几个星期，一个月，两个月，等他再拿起钢笔的时候，他的责任心便又恢复了。我们每个人都不可避免地会被误解，这似乎是20世纪智慧的组成部分。

不用说，黛西·古德威尔将巴克·弗莱特的所有来信都保存下来了，现在仍然保存着，尽管她自己也很难说清楚放在什么地方了。在某处的一个抽屉里，抑或是在一个硬纸板箱里。

她写给他的信却没能保存下来。

她的照片也没有一张是在这一时期拍摄的。

尽管如此，你还是能够猜测出，在其前往渥太华的火车之旅接近终点时她会是什么样子——她对这出自编自导的戏剧十分着迷，很可能特别注意修饰自己的形象。比如说，她已经看到自己摘下了帽子——她十分清楚，一个女人外出旅行绝不会不戴帽子——你知道，接下来她会抖开自己棕红色的秀发，使其突然冒出一些浓密的金发来。太阳的余晖射进车窗，聚焦在她那亚麻裙子的褶皱上。（裙子是斜裁的，按照印第安纳州布卢明顿的标准看非常漂亮。）她双手紧扣，放在大腿上，活像《红衣女郎》中的女演员芭芭拉·斯坦威克，显示出生气勃勃的女性的果敢与坚毅。她希望自己的下颌线条也能像嘉宝的那样，显示出相似的性格。

她要对他说什么呢？她的第一句话会是什么呢？

一个场景自动呈现出来：她拉着他的手庄重地握着，脸上又做出略显冷淡的样子，以免惊吓了他。她真诚地低声谈论着自己的旅行。不，她并不怎么累，真的非常愉快。一路上的风景简直美极了。火车跑得飞快。她急于表白自己的善意，又耐心地等待着能直率坦诚表白的机会到来。

要是两人无话可谈呢？要是两人没有共同语言呢？啊，她必须找到可谈的话题。她可得动动心思。

她又把两手紧扣在一起，没有戴手套，没有戴戒指。陌生人也许会猜想她正在默默祈祷。从某种意义上说，她就是在祈祷，因为她的神态专注而虔诚。她去投奔巴克·弗莱特，如同去投奔一位庇护人。沦落到这种地步，有什么法子呢。她不能再回到威尼加希尔去做凯勒·古德威尔的女儿和玛利亚的继女。不能再回那个家，不能再回布卢明顿，在她这个年龄绝对不可能。最近一年里，她险些变成了端茶杯时下面不衬茶盘的怪人或者什么人。她父亲那令人厌烦的“易切砂岩”比喻及其所有沉重的说教又在她耳边响起。他说，一个人的生活就像一块印第安纳石灰石，你可以沿这个方向把它切开，也可以沿另一个方向切开，任你选择。

但她生命中的这一时刻却没有这样的选择。她是一个即将步入中年的女人——或者她自己是这样认为的。一个被人随便取个名字的人；一个被偶然放错了地方的女人。这是如何发生的呢？她被掳入了一个生命变体里，并被牢牢地钉在那里。

她的脑海里产生一个想法：最近不要问自己事情可能会怎么样，而要问还存在着哪些可能性。此时此刻，她显然是在进行一次单程旅行，尽管返程车票正安安全全地躺在在她的皮手提包的口袋里。奇怪的是，她一点也不害怕，她一向知道，恋爱主要是为了躲避伤害。再说，她对各种障碍已经习以为常；只要调整自己的目光，或把注意力集中到一个阴暗的角落里，就能够克服这些障碍。

她闭了一会儿眼睛——可不是嘉宝的眼睛，不，完全没有那么勇敢和冷峻——考虑自己最近几天的旅行。她所见、所做的一切，边沿全都参差不齐。她跟陌生人的每一次谈话一直在她的大脑里萦绕，令她兴奋，也令她疲惫——在大瀑布旁边遇到的那个男人不就是让人无法容忍吗？全都是那样的。

从过分到丧失只有一步之遥。她不能走回头路，她得制订新的计划。这些计划已在她大脑里酝酿，尽管还不成形，但它已经伸出触角，场面与整个谈话已初具雏形。

“能再见到你太好了，巴克叔叔。”

她的嘴唇对着车窗默默地移动。她伸出一只纤细的胳膊，对着空气握手，太高兴了！毕竟这么多年没见面了。

也许现在该告诉你了，那就是黛西·古德威尔不太善于实话实说，直来直去。

她有一个金色的童年。她很乐于这样对你说。她有一个收养她，疼爱她的“姨妈”克拉伦廷，有一个极其喜欢她的“叔叔”巴克。她的童年过得温暖而安全。他们在河边野餐，在满是鲜花的花园里玩耍。十一岁那年她又找到了她的生身父亲，一个自学成才、出类拔萃（人人都这么说他）的男人。他不仅对她倾注了全身心的父爱，还为她提供了丰裕的物质生活。

是啊，人人都愿意记住自己的童年。童年一旦过去，不会留下任何化石，除非是在小说里。你之所以会对黛西所陈述的事件半信半疑，甚至非常怀疑，原因就在于此。

关于她生活中的许多细节，她的说法并不总是可信的。她的许多话都是猜测，夸张，可能性极小。（你会意识到，世界上不可能再有任何人会比她的婆婆亚瑟·霍德太太更无情，更残忍。）黛西·古德威尔看问题的角度有些偏颇；此外，她把未来的声音强加给了过去的事件，因而扭曲了事情的真相。她叙述的事件时间上出现大幅度跳跃，从而漏掉了许多重要情况（比如她接受学费昂贵的私立学校教育，就读图德霍尔中学和朗女子学院的那一段经历）。她生活中的一系列行为都是自定义的结果。她就是这样对自己说的。给巴克叔叔写信，她选择用儿童语言，故作天真，依依不舍，孩子气的不负责任，安然无忧。她看事物有时离得很近，有时候拉开距离。她的确坚持要在阳光下展示自己，让我们很难看到我们大家都经历过的黑暗的不祥预兆。还有，哎呀天哪，她深受孤独女人浪漫想象的折磨，因而她只能承受美好的结局。

尽管如此，她不停地在空气中书写，用看不见的想象的墨水书写，也是独一无二的书写。

早在读过伯特兰·罗素的书之后，巴克·弗莱特就抛弃了对传统道德的信任，但作为国王陛下政府的一名高级公务员（农业研究所行政所长），他又不得不遵守某些世俗礼仪。和一个年轻女子同住一室，那像什么话？

他可以对人解释说是他的侄女，但黛西并不真是他的侄女。她的监护人？不，他的监护人身份从来也没有被正式确认过。他该怎么办？对她的存在他该如何解释？

他突然想起来他的管家唐纳森太太。她每天过来打扫卫生，为他准备一顿冷食晚餐。也许能说服她在黛西来访期间夜里不回家住。他婉转地把问题提出来，征求她的意见。她一口拒绝了。她毕竟有自己的家庭需要回家照顾。他要求的事办不到。

他叹了口气，顿感心里舒展了许多。接着便又发起愁来，他和黛西的生活还没有开始，就遇到这么多棘手的问题需要解决。

❊ ❊ ❊

“再有一小时我就到那里了，”黛西在她的旅行日记里写道，并在“那里”两个字下面画了三道横线。

火车上闷热难耐，但她还是说服列车长帮她打开了一个车窗。结果，她的头发被吹得扑棱棱乱舞，加之渐渐暗淡的阳光照射，弄得她好像头戴一个光轮，又像是戴着一顶用棕褐色毛皮做成的帽子。

为了平息怦怦的心跳，她把旅行日记收藏好——或者她认为收藏好了——又重新戴上手套。她把身板挺得直直的，硬硬的，显示出一种荡涤心灵的宁静，俨然像一个披着狐色秀发的芭芭拉·斯坦威克。

请求原谅的愿望常常压得她喘不过气来，这一次也一样。

天色渐渐地暗下来。安大略的天空布满了煤灰。她觉得这些微粒跟自己毫不相干。沿途那些一闪而过的村庄是那样新奇而又那样不屈不挠，似乎故意对她不理不睬。火车车厢的尾部，过道对面的座位上，四个男人正在热热闹闹地玩纸牌——很可能玩的是拉米牌戏[1]——他们玩得如此投入，互相开着粗野的玩笑取乐，完全沉醉于兴高采烈的娱乐之中，即使她突然遭绑架，他们也不会朝她这个方向看一眼。她明白，火车一到渥太华，他们就会匆匆下车，回到他们平静的真实生活中去，而她本人也要投身于命运为她安排的，正等待着她的机遇中去。她会毫无怨言，毫无异议地接受它。她还能有什么选择呢？

她无权无势，无根无基，手无缚鸡之力——她是一个女人。也许这就是事情的全部：她是一个女人。是的，当然是。

她突然想到，她应当把内心的瞬间顿悟在日记本上记录下来——不然的话，她肯定会忘记的，因为她是一个学了又忘，忘了再学的人——但要记录下来，她就得摘下手套，从手提包里翻找出自己的钢笔和笔记本。这她可做不到。于是，她便强制自己安安静静地坐在那里。这时，火车已驶入祥和、阴凉的渥太华郊区，加拿大自治领（自——治——领）的首府。

他在火车到站之前十分钟就已经在车站等候了。之所以提前来，是因为他知道自己需要一个缓冲期平静地理理思路，也要调整一下自己的仪态。“哈哈，”他计划对她这样说，“这次你可是一举

1.用两副牌玩的一种简单牌戏，基本玩法是形成三四张同点套牌或不少于三张的同花顺。

多得哟，对不对？”他想以自己的热诚冲淡此刻会面的戏剧性。

要不就谈炎热的天气，也许？——他不知道该谈什么。一切都突然显得危险起来，就连他的两条长腿也站不稳了。

即便如此，他也没有想到在漆得锃亮的长凳上坐一坐，没有。他把自己的身子、肩膀、脊梁挺得直直的，两手反剪在背后，在车站大厅里的大理石地面上踱起步来。他停住脚步，抬头凝视着大厅的穹顶。真是一座漂亮的建筑。他仔细观察它的装饰性雕带和带有凹槽和古典三角饰的花岗石柱子。他记住了这些石头表面的图案，两眼死死地盯着观察，似乎以后再不会有机会看这么清楚了。

他的生活正处于变化的顶点。爱情，这个能突然溶解艺术与自然以及语言本身的爱情，也即将征服他的官能。他深深吸了口气，看一眼车站的挂钟。是的，火车正点到达，分秒不差。他对此深感满意，又忧心忡忡。

瞧，她在那儿，正向他走来。

据说，有的人对欣赏踝关节很有眼光。但不是巴克·弗莱特，他根本没有眼光，而且对什么东西该归他或他想要什么也不知道。这一时刻，这一次会面，还是几年前安排好的。

她走过来了。她一边往前走，一边已经把那只戴手套的手伸了出来。他一时相信他真会把那只手抓在自己手里握起来。这是一种社交礼仪。他一边握手，一边喃喃地说：能见到你太高兴了。火车上挤不挤？找到靠窗的座位没有？累坏了吧？

事实上，他没有握她的手，而是一把将她搂在怀里。不是真的拥抱，因为他们的身子根本就没有靠在一起，没有。他伸出双手，轻轻地抚摸她的肩膀，接着又往下滑动到她的胳膊上部（她的双臂胳膊肘以下是裸露的，有点潮湿），然后又往上，用指尖抚摸她的面颊，双手捧着它。他早已把自己的决定忘得一干二净，浑身的血液在燃烧。

坐了这么长时间的火车，她的双膝在发抖。突然出现的火车站的灯光令她心慌意乱，根本想不起来说什么。

“黛西？”他对着她梳成王冠状的发髻几乎是抽噎地问道。下面说的啥他忘记了。

＊ ＊ ＊

在他这个年龄，他已经经不起全套结婚仪式的折腾了。他无法面对那种繁琐、忙乱与紧张的繁文缛节。于是，1936年8月17日，他们俩在一个法官办公室里悄悄地，匆匆地结了婚。举行结婚仪式之前几分钟，他们给远在布卢明顿的凯勒·古德威尔和玛利亚·古德威尔夫妇用过去时发了一封电报：“我们刚结婚。信随后寄去。”

黛西和巴克·弗莱特都对这种宣布结婚的方式感到怯声怯气，局促不安地等待着回音。

性爱王国是我们进入人性未开化的一半的最近途径，巴克·弗莱特这样认为。人类自我中的一部分是无法分类的。这是一个他必须学会接受的事实。敞开胸怀接受情欲来访，无须考虑羞耻感会从每一扇窗户偷偷溜进来。为什么每一件事都必须用善与恶的熨斗熨平呢？为什么？

他向黛西承认，他过去曾经花钱买过女人的关心。她用手指轻轻抚摸着他的头发，也坦诚地向他承认了自己的真实情况：她还没有被碰过（她的原话），她和哈罗德·A.霍德的短暂婚姻出了问题；她也说不准到底错在哪儿了，但很可能过错在她。她的这些话他不想听。在他人生的这一时刻，他需要的是黛西对他的所有强烈感情。

这种坦诚相告，这种与个人贞操密切相关的做法，近看起来几乎总是滑稽的——远看也同样是滑稽的，全都是不必要的自取其辱和自作真诚。事后就会后悔，有必要这样做吗？当然没有。

有一件事令巴克·弗莱特迷惑不解：他不明白黛西的九年寡居生活是怎样过来的（情况大同小异，黛西也无法想象她的父亲在斯通威尔的青年时代是怎样过来的——一年又一年，一年又一年）。他能够想象出，黛西，一个健康，热情的美国姑娘，整天穿着考究的衣服、漂亮的鞋子，戴着好看的手套在布卢明顿穿梭往来，游泳、散步、跳舞、打高尔夫球。可她究竟做了些什么呢？

“我猜想你肯定在研究什么学问，听讲座。”

她摇摇头。

“读书？”

又摇摇头。

“当然，你得替你父亲操持家务。”

“啊，”——她停顿一下——“你知道，这些年来一直是科拉-梅·弥尔汤替我们做家务。后来有了玛利亚。”

“可你肯定利用自己的时间做了点什么吧，”他提示说，“慈善活动？红十字会？”

她一脸茫然。然后又高兴起来。“花园，”她说，“我照管过花园。”

“花园？”

“对。”

“哦，”他说，“哦。”一星期之后，他主动提出购买唐湖附近的德莱夫威大街上的一所大房子。

房子是坚固的砖石结构，坐落在一块够盖三所房子的地上，带有一个荒芜的花园。

* * *

人们对弗莱特与古德威尔两家联姻的议论

自治领总理——他本人也是单身汉——听说巴克·弗莱特已和黛西·古德威尔结婚的消息后说：“结婚是最崇高的事业，其次是生儿育女，再其次是管理国家。”

农业部长在报纸上看到结婚通告时对他的妻子喊道：“天哪，弗莱特结婚了。我一直以为那家伙就像一条弯曲的腌鲱鱼一样古怪。”

巴克·弗莱特的管家唐纳森太太困惑地说：“出了煎锅，进了火炉。”

埃德蒙顿的西蒙·弗莱特给他哥哥寄来一张皱巴巴的五元纸币和一封只有一个单词的信：“好哇。”萨斯喀彻温省克利马科斯市的安德鲁·弗莱特来信写道：“愿耶稣之光照耀你们两人。”

印第安纳州布卢明顿的迪克·格林太太在写给黛西的一封热

情的简短贺信中说："下面是我为幸福的婚姻开出的处方，就一个短语：忍耐与宽容。"

弗雷迪·霍伊特（自言自语地）说："她是昏了头，而不是丢了心。我原以为她会更理智些。相信民间故事里的智慧吧：老夫少妻——灾难夫妻。"

亚瑟·霍德太太说："恶心，乱伦，下流。他肯定很有钱。"

凯勒·古德威尔夫妇的电报说："祝贺你们驶上幸福生活之路。谨致美好的祝愿。"

凯勒·古德威尔对自己说："他几乎和我的年龄一样。他会经常不在家。他会用一个眼神，一句话毁掉激情。我可怜的黛西啊。"

"婴儿，婴儿。"玛利亚一边用两臂比画个摇篮的样子，一边叫道。大家立刻明白了她的意思。

黛西·古德威尔本人对自己婚姻的想法没有记录，因为她已经放弃了保留私人日记的习惯。她的旅行日记最近丢失了——再也没能找到——这使她没少暗自伤心。她不敢设想那本日记会落到谁的手里。准确地说，日记里那些自我放纵时胡写乱画的内容是属于少女时代的——对她来说，那个时代一去不复返了。

第五章
良母 1947

晚餐时间

全世界的人都喜欢把加拿大看作是一块冰雪大地。即使明知事实并非如此，他们也总是抓住这种印象不放。

事实上，7月的渥太华可能热得像地狱一样——这就是为什么弗莱特家的餐桌今晚要摆在装有隔板的门廊里。他们的晚餐将有牛肉冻面包、西红柿片、土豆色拉；甜点是小玻璃碗盛着的加糖紫莓。

你要知道，他们吃的紫莓是弗莱特家自己的园子里种的，一个小时前家里的孩子们才摘回来。三个孩子中的一个，七岁的沃伦的棉衬衫前胸被紫莓弄脏了，妈妈让他去楼上换一件干净的。“快点，”她告诉他，“你爸马上就回来了。”

那两个小姑娘，九岁的艾丽丝和五岁的琼，受到妈妈的鼓励去采了一小束鲜花，拿一个有裂缝的奶油罐子当花瓶，把花插在里面，放在餐桌上。花插得看起来很不均衡，长短花梗放在一起，参差不齐，有些花朵看起来有点不新鲜。“很漂亮。”弗莱特太太说。但接着她便心烦意乱起来，因为那块牛肉冻粘在了平底锅的锅底上，无法完整地铲到她准备好的玻璃盘子里。“该死。”她压低声音骂了一声，生怕孩子们听见。当然，他们还是听见了。“该死，该死。”这一食谱是她从上个月的《妇女家庭杂志》上撕下来的。那是一篇特写，题目叫作“热天冷餐”。她一丝不苟地按照操作指南一步一步地做，直至把甜椒切成条，把做填料用的橄榄切成片，做成装饰菜。“我干吗不干脆买一些冷火腿呢？”她诧异地说。

“我爱吃火腿，”沃伦迷迷糊糊地说。这话不假。他特别喜欢拿一片蒸火腿在手里来回折叠，然后塞进嘴里。他觉得，这样吃起来，那又软又香的肉就像是自己的舌头和腮帮子里面的一部分。

桌布是带有蓝白方格图案的棉布。母亲坐在桌子一头，父亲坐在另一头。这是一个循规蹈矩的家庭。在每个人的位置上，浆果勺的前面都有一个盛冰茶的高脚杯——因为一整天表现都很好，所以今晚连孩子们也允许喝冰茶了。

表现好——在弗莱特家里，表现好究竟是什么意思呢？艾丽丝和沃伦表现好，是因为今天早上他们没让提醒就自己收拾好了床铺；此外，艾丽丝还帮助妈妈打扫了前后楼梯，实际上也就是地毯没有覆盖住的小部分木地板。战前，他们家曾雇用一个女人每星期来打扫两次卫生（即唐纳森太太，以好逸恶劳，说话刻薄而出名，后来沦为滑稽可笑的典型）。如今，除了曼纳里先生来帮助整理整理花园外，只为爱心，不为金钱的帮工已经找不到了，沃伦听妈妈这样说。

小琼表现好，是因为午餐时她吃了鸡蛋炒黄花（只吃了一丁点），然后没哭没闹，乖乖地下楼睡午觉去了；还有，大部分时间她还记着说“请”和“谢谢你”。另外，今天家里发生的争吵最少。弗莱特太太，即孩子们的妈妈，只训斥过艾丽丝一次。有几天艾丽丝觉得妈妈喜欢她，有几天又断定妈妈不喜欢她。艾丽丝总想讨大人喜欢，但她注意到，当她竭力这样做时，她又觉得自己挺没面子，挺吃力的。

最后，牛肉冻的上半部总算带着婴儿吃奶似的吱吱的滑动声落进了盘子里；剩余部分被刮刀匆匆刮了出来——“该死，该死”——甜椒丝下面出现了裂缝；生菜叶出现了褶皱。接着，盘子被用一张蜡纸轻轻盖好，放进冰箱里，让牛肉冻面包硬结，以备晚餐食用。弗莱特太太看一眼厨房里的挂钟。那挂钟的形状像个茶壶，带一个笑眯眯的小嘴巴。她看到时间是五点一刻。她吸了口气。“快把你们的自行车放进车棚里去，”她对三个孩子说，“你们的爸爸一会儿就回来了。”

大约就在这个时候，她突然消失，为晚餐而“打扮”自己去了。

沃伦总是很吃惊，妈妈消失了他怎么没有注意到呢？好像一天中被咬去一小口，快得就像被偷走了似的。片刻之前，他的妈妈还穿着便服，满脸是汗地站在那里。一转眼工夫，等她重新出现时，她穿的却是红白相间的夏季阿尔卑斯村姑裙，外套一件新鲜的白色短上衣，脖子上套着束带。她的头发也会梳得光溜溜的，还会抹上口红，暗珊瑚红色，亮晶晶的，犹如舔过的红枣表面。她就像径直从奥克西道尔广告上走下来的一样，沃伦大概就是这样想的——漂漂亮亮，双眸闪闪，红唇努起，嗓音柔和圆润。有时候她会戴上一副银白色的耳环。耳环紧紧地夹在她的耳垂上，吊在那里。看到妈妈穿戴完毕，沿铺着地毯的楼梯款款走下时，沃伦禁不住为她感到骄傲。

“打扮”是她少女时代使用的词语。她父亲说那是她最爱讲的山地人[1]俗语之一。她还爱讲其他一些有趣的话，比如“等候”某人，她却说“伺候”某人；“睡个午觉”，她却说“小憩一会儿”。她的声音略带沙哑，说话语速慢，但比其他母亲的声音嘹亮。

“今天的晚餐只能算是野餐了，”她对丈夫说，似乎想要限制他的期望，“就这么几样零碎儿。”

有时候他会拿她女孩子似的调皮话当真，有时候不会。他亲亲她的面颊，感觉非常清爽；然后他又弯下腰来，挨个儿亲吻孩子们的额头。这几个快活的小家伙真与他血肉相连吗？他这个老家伙的血真在他们的嫩血管里流动？他的骨髓真和他们的骨髓相匹配吗？他们梳过的头发散发着阳光与泥土的气味；他们的微笑使他们更加可爱，但又显得怯生生的。打从早餐之后，他就一直为他们说话时的羞怯表情所感动。他摸摸亚麻领带上的打的结，想把领带解下来好用晚餐，接着又改变了主意。

数十年枯燥的独身生活，使他变成了一个在自己的生活中刺探隐私者。即使现在，他也是以批判的眼光看待自己的：一家之主，一个男人每天下班后同家人打招呼，端详孩子们的脸庞，然后看看孩子们身后带隔板的门廊；晚餐的餐桌就摆在那里。一束阳光透过后门廊折叠门角上的一块玻璃投射进来。他几乎以封建领主式的不可一世的目光审视他的门廊门，他的那束长方形的金色光芒，“你洗手没有？”他听到自己问那个最小的孩子。小姑娘立刻伸出双手，手心朝上，让父亲检查。他的小琼尼今年五岁。此刻她正屏住呼吸，扭动着手腕，随时会扑哧一声喷出气来。“干净极了。”他赞许地对她说。这赞许既公开而又神秘。于是，小姑娘高

1.美国印第安纳州人的别称。

兴地单脚蹦跶起来，接着又全身打起转转，不禁让人想起战前从日本进口的那种上发条的玩具。

“别转了，小心肝儿。”他说。

向她飘去的声音是他的吗？“你的头会撞到门框上的。”

“不，才不会呢。”

她当然不会。

弗莱特家对晚餐时的谈话没有严格要求。孩子们不必汇报自己一天的情况，不必讨论“时事问题”，也不像托林顿克雷桑的那家人，要求只讲法语。弗莱特家的谈话宽松自由，不着边际，比如中午时分温度有多高，怎样消灭玫瑰花丛上的蚜虫；饭后该谁收拾餐桌了，等等。弗莱特太太（黛西）叹了口气。她突然感到精疲力竭。她注意到，竟然没有一个人要求再加一份牛肉冻面包，尽管厨房里多的是。“累了？”丈夫（巴克）马上问她。“天太热了。”她用手掌为自己扇扇风——好像会有多大作用似的——他提醒她说，明天天气会凉爽些，晚报上说的，冷风正从西方吹过来。“我还是等明天晚上再锄草吧。”他说。

她看了他一眼。那目光叫人难以捉摸：是温情？是愤怒？

他突然比自己想象的老了许多。再过一个月他就六十五岁，不得不从农业研究所所长的职务上退休了。欢送宴会已在筹备，包括讲话、赠送礼物，以及各种各样的喧闹活动——他的妻子很可能会这样说。接下来干什么？这一想法令他不寒而栗。他的父亲六十五岁时突发奇想，没对任何人透露一句，就收拾起行李回他的出生地奥克尼去了，与家人割断了一切联系——他与家人的联系本来就不多。那个老魔鬼如果还活着，今年该是八十五岁高龄了，尽管他是否还活着就很值得怀疑。寒冷的北风不会让他活到今天，要不也早被他本人的坏脾气毒害死了，尽管有人说愤怒使人长寿。他本人会是个什么样子呢？巴克·弗莱特不禁疑惑起来。他和父亲只差二十一岁，但这区区二十一岁却如一条鸿沟把他们分隔开来。如今，那条鸿沟已渐渐变得微不足道了。他们的遗传结构，他和他父亲的，肯定也几乎一样，长长的四肢、黑而粗糙的头发、表情忧伤的嘴巴。现在，除了地理位置，没有什么能把他们分开。若不是那个浩瀚的大西洋，他们两位老人会肩并肩地站在一起，看起来会更像兄弟，而不是父子。他们的血液正变得像水一样稀；他们的四肢也因为无所事事而逐渐萎缩。

无所事事：这种想法吓了他一跳。同样使他害怕的还有两种诱惑：孤独与沉默。

男人一旦丢了工作会发生什么事呢？巴克·弗莱特想起了他的岳父凯勒·古德威尔。他虽然身体十分健康，但如今也沦落到靠毫无意义的旅行和佯装热心于料理后院打发日子。不，他绝不允许自己跌入那种老年昏聩状态。有几位好心的朋友建议他写自传。不，他的生活的表面已经被岁月打磨得光溜溜的，抓都抓不住，要他从哪里开始？他还不如继续搞他的杓兰收集。他已经有好多年没有增添过新品种了。此外，他还有两篇文章一直想写——总体看来学术性不强——渥太华《发现者》杂志的编辑曾请求他写一两篇文章，甚至开一个一周专栏，谈谈渥太华-卡尔顿地区的园艺问题。这样一来，他就得恢复原有的习惯，周末带孩子们出去散步，走在僻静的街道上时，用普通乔木和灌木的名字考他们。他不明白，自己的儿女为什么连自然界这么简单的信息都记不住。

事实上，他很想知道孩子们的小脑袋瓜里究竟装着什么；他还想知道，当有人看见他们跟一个他这样老的父亲在一起时，他们是否觉得害臊。他是一个老得足以做他们爷爷的男人，一个经历过两次世界大战但都没有参加的男人。他几乎没跟孩子们一起玩过捉迷藏游戏，几乎没把孩子举到空中旋转过，睡觉时也没跟他们闲聊过。他是一个晚上下班后累得连草坪都不想锄的男人。

晚上十一点钟，弗莱特一家今天的生活就要结束了。当然，孩子们上床睡觉的时间要比往常早得多。他们身上只盖一条薄薄的床单；床头上还有一条叠成扇形的毛毯，清晨天凉的时候随时可以拉上来盖。月亮即将升起；他们的窗口将会出现一个灰白色的圆圆的桃子。榆树的枝条摩擦着窗帘，那窸窸窣窣的响声直接融入了他们的梦中。在这个仲夏时节的北方城市，空气是那样清新，天空是那样美好。弗莱特一家是何等幸福啊，尽管他们的年龄不同，各藏心事，没有多少共同点。

巴克·弗莱特夫妇躺在带有好莱坞床头板的大双人床上。他在看最近一期的《植物杂志》；她在翻一本《改善家庭与花园》。气氛宁静而惬意。一只蛾子在两人的床头灯之间飞来飞去。半个钟头之后，仿佛听到了铃声的召唤，两个人侧过身来，紧紧地拥抱在一起，并随即关上了电灯。尽管天很热，两人还是很快飘飘然进入梦乡，各自心里都充满了对对方的信任。以后他们还会互相信任的，对不对？

巴克·弗莱特一向认为，他们的睡眠要比别人的睡眠更舒适，更酣畅，内中似有一种像洗净的羊毛似的洁净的东西。他想，他们两人之间的这种虽然色彩如此模糊，但却如此迫切，无须提及即可感触到的物质，会不会就是爱情呢？要不然，爱情就是一种轻飘飘，滑溜溜，无色无味，借助微风周游世界的透明气体。再不然——这一点他越来越相信了——爱情只是一个词，一个试图记住另一个词的词。

他梦见湖边的一片纠结丛生的杂草；他梦见一位少女乳头坚挺的乳房；他梦见一头全身粗毛的庞然大物在一个陌生小镇的街道上追赶他。

艾丽丝

艾丽丝的妈妈曾对她解释过生育的秘密。这可是个可怕的信息，彻头彻尾地令人震惊：男人的阳具插进女人尿尿的地方。这番解释是在厨房餐桌边的一次长时间的紧张谈话期间作出的，比艾丽丝从住在另一个街区的比利·拉伯那里听到的故事更叫人恶心。比利说，男人在女人那里面撒尿。

“不。”艾丽丝的妈妈坚定地说。这事——她停了停——这事与撒尿毫无关系。这里所说的液体里含有种子。如果一个妈妈想让肚子里养出一个婴儿来，那就必须有种子。

男女交媾的具体细节看来艾丽丝是不可能知道的。

“爸爸妈妈躺在床上，”妈妈叹口气，告诉她说，“互相搂抱着。”

“什么时候？”艾丽丝问道。她听见自己的声音很刺耳。

听到这一问题，弗莱特太太觉得很难启齿。两只眼睛之间的那三条细小的皱纹像扇子似的竖立起来。但她还是清了清嗓子说：“啊，通常是在夜里。”

“夜里？就在这儿？在我们家里？”

“真的，艾丽丝。”此刻，妈妈正低头看着自己手指上的角质层。炉子上方那个茶壶状的小座钟正指向三点半。刚刚滚过糖霜的椰子松软蛋糕放在一个粉红色的玻璃盘子里。

“啊？”艾丽丝还在等着回答。她不想放过这个话题。

“我不知道该怎么说，艾丽丝。我也不喜欢你说话的方式、你的态度，还有你阴沉的脸色。”

气氛变得越来越糟。但艾丽丝还是不依不饶。“真讨厌。人干吗非得做这种令人讨厌的事呢？”

“这是真的，艾丽丝。”

“太可怕了。”

“不，不可怕。那是男女之间一件美好的事。”

“可它让我想呕吐。”

“啊，你相信我就是了。那是一件美好的，美好的事。”

艾丽丝能够感觉到她的五脏六腑都在抽泣，但她还是抑制住了这种抽泣声。那个万里无云的夏日就这样被毁掉了。一切全都变了样，再不会恢复原状了。这个家被弄脏了，特别是楼上父母的卧室，卧室里那股污浊的，香粉似的怪味以及那张铺得硬邦邦的床垫，带有栽绒床头板的大床。男人和女人都不干净；一切都是那么荒诞怪异。她的母亲每天早晨在盥洗室里梳洗打扮的时候，都要留个门缝透光，转过身去穿内裤，戴紧身褡，穿尼龙长袜。夜里，母亲真就把自己的身子对父亲长着黑毛毛的部位开放了——艾丽丝曾不止一次瞥见那黑暗中的情景——她容忍了这种无法启齿的事情发生。这简直就是个肮脏的笑话，她所听说过的最肮脏的笑话。

她母亲说那种事是美好的，然后就喋喋不休地大谈美术馆里那些裸体雕像，说它们也很美。

其他人肯定也做这种事——拉伯太太、哈塞尔太太、她的老师斯特朗太太。那么埃丝特·威廉斯，或黛博拉·蔻儿，或英国的国王与王后呢？他们也都做这样的事吗？也许还有印第安纳的古德威尔外婆。她和外公。

“女人不想要孩子也做这种事吗？”她小心翼翼地问妈妈。

“啊，”——这次她停顿的时间更长了——“啊，有人做，有人不做。”

艾丽丝觉得房间里的平衡发生了变化。她和妈妈都心甘情愿地在餐桌旁坐下。眼看她们就要把比利·拉伯在邻里间散布的谣言揭穿了，但就在这时，两人之间的这场讨论却似乎要结束了。此时，母亲正扯着大拇指指甲，把一小片死皮拉了下来，然后她又抬头看一眼窗户，只见风把窗帘吹得直往屋里飘。艾丽丝觉得，再问最后一个问题应该是可以的。

“那么你——你和爸爸——还做那种事吗？”

“噢——”

艾丽丝屏住呼吸，等待回答。

“啊，是的，”她听见妈妈说。接着，她的母亲又补充一句，“有时候。”这句附加语来得勇敢而又紧凑，似乎是拉紧了一个袋子上的束带。

艾丽丝快要把中午吃的龙须菜汤里的奶油吐出来了，她知道。她拿不准是否应站在洗涤池旁边，以免吐得到处都是。

“不过，艾丽丝，你必须保证不把我们今天讨论的事告诉沃伦和琼妮。他们还太小，不懂这种事。”

沃伦和琼正在院子里玩国王和王后游戏。艾丽丝隔着纱门能听见沃伦对琼喊叫，要琼把他的王冠拿过来。她听见琼喊道：“是，陛下。拿来了，陛下。”

今天本来该艾丽丝扮演王后，但今天下午她不想出去。让他们想玩什么玩什么吧。

啊，她爱他们，她的弟弟妹妹；以前她从未意识到她爱他们爱得多么深。他们俩健康，漂亮，完美无瑕。他们不知道这件可怕的事，因而也没有受到伤害。他们仍将能一如既往地直面他们的父母，看着他们的脸对他们微笑，和他们谈话，好像什么事也没有发生过。

沃伦

“你多大年纪了？”沃伦问妈妈。

她正在餐厅的桌子上叠床单、枕套和厨房用的毛巾。“我也正想知道呢，你可得搞清楚了。”

“你是哪一年出生的？”

她想了想说：“1905年。”

“现在是1947年。”

“对。”

他想了一会儿，说：“我是哪一年出生的？”他过去经常问这个问题，可总是忘记答案。

“你出生于1940年，大战的早期。”

现在他想起来为什么老用这同一问题纠缠妈妈了：他是想听到那个令人战栗的短语——大战的早期。在他的想象中，一轮初升的太阳在他的眼前冉冉升起，血红血红的，就像比利·拉伯钉在他的卧室墙上的日本国旗。他还想象，哒哒哒哒的枪声打破了紧张可怕的夜晚的沉寂；时断时续的枪声背后，则是更加深沉的，雷鸣般的隆隆炮声。大战。第二次世界大战。

“是不是珍珠港事件那年？”他喜欢“珍珠港”这个词，并为自己能记住这个词，并能正确地说出来感到自豪。

“你是在珍珠港事件之前出生的，整整早了一年。”

“我为什么在那时候出生？”他问。

“因为你就是那时候出生的。”

“艾丽丝是大战前出生的？”

“对。”

“那琼呢，琼是什么时候出生？”

今天，他妈妈的头发被一排排鬈发夹拽得紧紧的。吊窗射入的光线把扁平的发夹照得亮晶晶的。她在数枕头套。他能看见妈妈一边用大拇指往下数那一摞整洁的枕头套，一边用舌头报出数目：一、二、三、四、五。“琼？”她心不在焉地说，“琼是在大战中期出生的。”

大战就像一条宽阔，浑浊的温水河，整个世界就在那条河里游泳。自从胜利女神驾临，直到现在，什么也没有了。对于沃伦来说，战争与和平没有什么两样。他的身子还是那个身子；他那磕破了皮的小腿和膝盖、瘦瘦的双脚仍跟原先一模一样；他的小脸儿从大厅的镜子里看还是那样圆乎乎的，带着惊讶的神色。但有时候，夜里他会被胃疼疼醒，喊着要妈妈。妈妈会给他一杯冒着气泡的东西让他喝，并告诉他说他患了消化不良；只要以后吃饭别狼吞虎咽地吃那么快，他就会好的。但他知道，是大战让他胃疼的：战争一结束，再没有什么东西能够支撑他，让他轻松愉快了。

他和艾丽丝、琼就像艾丽丝从报纸上剪下来的三个小娃娃似的拼凑到了一起。关于他自己和他的姐姐妹妹，他就是这样想的。他排行老二，永远居中。他是大战早期出生的。他必须努力牢记这一点。知道这一点就有一种毛骨悚然的感觉。其中也有值得赞扬的地方，那是一个专门为他，为出生于血红血红的大战初期的沃伦·马格努斯·弗莱特准备的地方。

他几乎从未考虑过未来，尽管他也迷迷糊糊地知道自己会慢慢长大，会用梳子沾上水把头发往后梳，会跟大孩子们在后面巷子里玩“小猪往前挪”游戏。他突然想到，也许还会有个小宝宝，一个战后宝宝，出生在他们家里。他无法想象为什么以前从未考虑过这种可能性；他对自己有一次刚开始胃疼时的表现感到恶心。他想问问妈妈是不是再要一个孩子，但又觉得这个问题似乎有点傻。他不知道该如何提起这件事，该用什么词。妈妈会笑话他，要不也许会放下手里正叠着的毛巾说：是呀，当然还会有个孩子。他期待什么呢？

再来个小宝宝会把一切都搞糟的。让他睡在哪儿？给他取个什么名字？他生出来会很弱，身上没有肉，又弱又病，难以成活。

妈妈似乎正琢磨他的心思。她以前就琢磨过，今天，在这个令人昏昏欲睡的夏季下午，她又琢磨起来了。“我和你爸都太老了，不会再有孩子了。”她说。

听到这话，他心里喜不自胜，不是因为她保证不会再要战后宝宝了，而是因为妈妈向他提供这一信息时态度平静而认真，这可是他以前从未见到过的。过去妈妈跟他说话时的那种戏弄的语气没有了；通常的那种责备与哄骗没有了；那种连唱带咕哝，哼哼唧唧的声调全变了。这种声音是从其他声音中迸发出来的，是一种偏离常规的声音。然而他立刻就明白，他所听到的，也许是平生第一次听到的，是妈妈真正的自我在说话。

“什么？”他问。

"你是想让我再说一遍？"

"请再说一遍。"

她仔细打量他一番，明白了他的意思，于是就又说了一遍："我和你爸都太老了，不会再有孩子了。"

琼

琼满脑瓜装的都是秘密，有时候她认为自己哪一天非爆炸了不可。夜晚妈妈把她抱到床上，俯下身来亲吻她的两个面颊，对她说一声："我的宝贝喜鹊。"她做梦也不会想到，她的小女儿的脑袋里竟装满了秘密。

五岁那年，琼就已经明白了，她注定得过两种生活，一种是周围的人看得见的生活，另一种是在她的头脑里秘密生长的生活。

她知道各种各样的事情，各种别人无法想象的事情。

比如说收音机。起居室里有一台北方电子公司生产的落地收音机——她父亲说那台收音机是战前产品。有一天，她居然挤进了那台收音机后面那个满是灰尘的狭窄的地方，透过网眼状的后挡板，看到里面有一排排的电子管。那些电子管犹如排列在山腰上的村庄里，放着红光，发出嗡嗡的响声。这件事她自然没有对任何人说，也许只对妈妈嘀咕过一两次。

她已经发现如有空闲时间，自己该如何填补。每逢闲得无事可做时，她都可以步行到托灵顿克里森特大街和德里弗威大街的交会处。那里的布里格曼太太的褐色大楼前有一个小山坡横穿前草坪，她可以从绿草如茵的小山坡上滚下去。没有人说过不许那么做，似乎也没有人想到过能不能那么做。事实上她也很少到那个街角去滚过山坡。但她希望保留这种可能性。她还可以沿着自家房子前面的人行道跳绳。学会跳绳能使她在生活中能控制自己。每当她感到心情郁闷时，她就可以全身心地投入这种愉快的节奏，走一步，跳一下；跳一下，走一步。这样做时，脑袋似乎与身子分了家，她会觉得头晕乎乎的，一切不愉快的想法全都被抛之脑后。她不知道世界上是否还有人了解这一诀窍。很可能没有，尽管妈妈有时候会在窗口朝她挥手，一边挥手，一边微笑。

洗澡间的衣服篮盖子上有一幅贴画转印图——一只黑天鹅正从绿色的芦苇丛中游过。她还记得她是看着妈妈把这张装饰画印上去的：先在一满池水里将贴画纸浸湿，然后把背后的透明衬纸整整齐齐地揭掉，将天鹅贴在带铰链的篮子盖中央，再用湿布把画抹平。琼认为那一时刻非常美好。然而，每当她发现洗澡间里只有她一人的时候，她就用大拇指指甲刮那只天鹅。迄今为止，图画的四周都已经被刮松动了。她随时准备着挨骂，同时她也知道，她有的是力量，能够逃脱任何危险。

弗莱特太太的侄女

弗莱特太太的三个孩子似乎总在吵架——她的印象反正就是这样。她说，这使她很伤心，因为她长这么大也没有个兄弟姐妹可以一起玩。

但事实上，艾丽丝、沃伦和琼妮很长一段时间都是和睦相处的，特别是在夏天邻居家的孩子都外出度假的时候。他们三个要么一起玩悠闲的游戏，要么建造什么东西——就在上个星期，他们还把地毯挂在葡萄藤架上当帷帐，并用硬纸板、装橘子的板条箱以及从妈妈的缝纫柜里找来的旧布条装备了帐篷。三个人躲在里面，在经过篷布过滤的昏暗光线下，拿橘子箱当桌子，跪在那里吃全麦饼干，喝冰水，亲亲热热地回忆起往事来。

他们对往事的眷恋非同一般，每个人都觉得自己有说不完的话。他们谈呀谈呀，谈了将近一个下午。三个人轮流发言，比较或重复他们各自的或共同的经历。每当有什么新的东西被从记忆中发掘出来，他们都会乐不可支。他们想：生活在过去的那些冒险经历中是多么美好啊！他们想起来在布法罗湖里游泳，湖底像沙滩一样松软；湖水像浴缸里的水一样温暖。后来他们又走到冷饮小卖部买上面浮有冰淇淋的姜汁汽水喝。他们想起来，在展览会的费里斯转轮上，琼吓得脸都青了。（“我真会吓成那样？”琼惊讶地问。不过，想起这事，她觉得挺快乐的。）他们想起来那次去看望装有人工呼吸器的赖特曼先生。口水从他嘴巴里流出来他都不知道。他们想起来比利·拉伯在背街的巷子里从自行车上摔下来，碰掉了一颗门牙。他母亲开车送他去医院，他把汽车的后座位弄得血糊糊的，可他们从未擦洗过血迹。他们想起来有一次在杰克逊家用刺果打仗，珍妮·杰克逊的妈妈不得不用剪刀把落在头上的刺果从头发上剪下来。她那金色的头发又长又美，像公主似的。

每一次经历的边缘都折射着记忆的光芒，像斜面镜里的形象一样被固定在那里。

在他们的回忆过程中，爱指挥人的艾丽丝非常兴奋。她领头，沃伦和琼补充、确认、充实，也难免虚构。当他们对那些戏剧性事件的回忆达到白热化程度时，三个人激动得浑身战栗，内心对记忆的加倍放大性感到敬畏。这种加倍放大性犹如电线或婴儿时期的耶稣头顶上的光环一样控制着他们。记忆可以用棍棒拨弄，可以像棒棒糖一样放在嘴里品味，叫你永远也不会感到腻味。

他们还记得贝弗利堂姐那次来拜访他们吗？最后他们的话题

总要归结到贝弗利堂姐的来访上。那次来访已是很久以前的事了，一年前，甚至可能是两年前。

谁也不知道她要来。一个秋天的下午她突然来了，身上穿着英国皇家海军妇女服务队队员的制服。她按响前门的门铃，对他们说："喂，你们好。我是你们的堂姐贝弗利，从萨斯喀彻温来。"

当然，他们听说过贝弗利，她是六个堂姊妹中的一个——其他五个是朱亚妮塔、罗萨丽、阿琳、莉莲和达芙妮。她们住在萨斯喀彻温省一个叫作克利马科斯的地方。她们的母亲是范婶婶，也就是父亲的那个做浸礼会牧师的弟弟安德鲁叔叔的妻子。孩子们的母亲弗莱特太太每年圣诞节都要寄一个圣诞大礼包给萨斯喀彻温的堂姊妹们——新棋盘游戏、法兰绒睡衣、毛线手套、一个又大又圆的水果蛋糕——当她把她们小小的名片系到礼物上时，她总是摇摇头说："那一家子呀，什么时候日子能好起来呢。"

这不，贝弗利来了，长成大姑娘了——这一点弗莱特家的孩子们可没有想到。她坐在长沙发中间喝起茶来。"这茶很好喝，"她对伯母说，语气开心而友善，好像两人很熟，经常就像这样坐在一起喝茶似的。艾丽丝和沃伦坐在贝弗利两边。（那天下午他们的父亲到哪里去了呢？可能在多伦多或蒙特利尔——他似乎经常乘火车去外地，一去就是几天。）

贝弗利堂姐的军帽戴在头上整齐利落，不过他们还是能看出来，她满头都是短短的鬈发，很可能是烫成的定型波浪，要不就像秀兰·邓波儿的头发那样是自来卷。她刚从英国回来，她说她在英国"忙得不可开交"。说到这里，说到忙得不可开交，她哈哈大笑起来。"嗬，好家伙，"她仍在笑着说，"忙得连眼睛都睁不开。"

她让艾丽丝试试她的帽子。要戴这种帽子需要用扁平发夹夹住，可她一点也不嫌麻烦。“嗨，你戴上漂亮极了，”她对她说，“俨然一个活的玩具娃娃。”

“你救过人吗？”沃伦问她。他先是小声问，然后又不得不大声重复一遍。

她一听便哈哈大笑起来。“啊，我猜想我救过自己两次。”这是不是俏皮话？艾丽丝拿不准。

但贝弗利堂姐脸上的俏皮表情立刻消失了。她悲伤起来。过了一会儿，她开始给他们讲盟军在反攻日的情况：空军士兵们黑夜里执行飞行任务，轰炸敌人。接着她告诉他们说，一位飞行员驾驶的飞机在英吉利海峡上空被击落。“那个可怜的飞行员不知何故没能找到降落伞的拉绳，”她说，“后来人们找到他的尸体时，发现他的皮夹克上竟然被抠出一个洞来，可见当时他找拉绳找得有多苦。”

用人手硬是在皮夹克上抠出一个洞！就在他从天空下落时那生死攸关的一两分钟里。这种事你们如何解释？啊，这是一个奇迹，贝弗利堂姐说，尽管不像大多数奇迹那么幸运。另一个士兵的双腿被炸掉了，但他起码还活着，至少他的脑袋没被炸得稀巴烂，就像她认识的一个小伙子一样……

他们本可以听贝弗利堂姐讲一整天战争，可惜他们的母亲打断了他们。“告诉我你爸妈的情况怎么样，”她说，“还有家里你那几个姐妹们的情况。”接着她又说：“你回去的火车究竟什么时间开？我们得保证你有足够的时间去火车站。”

从那以后，艾丽丝总是禁不住想起贝弗利堂姐来。堂姐的来访就像电影似的一幕幕掠过她的脑海：她的美丽、她的鬈发、她的红唇、她的棕黄色的长筒袜和锃亮的皮鞋、她的短裙军服、她的欢快兴奋的笑声、她说到那个飞行员从空中落下以及用手在皮夹克上抠了个洞时耸动她那小巧玲珑的肩膀时的样子。贝弗利堂姐知道很多可怕的故事，但她仍能高高兴兴，潇潇洒洒地穿梭于世界。她预先连个招呼也不打，说到就到了，径直走到他们这条街上，按响了门铃，说一声：我来了。但片刻工夫——也就一两个小时——又走了。（“再见，孩子们。电影里见。”）萨斯喀彻温有多远呢？夜里，艾丽丝躺在床上，似乎听到了遥远的嗡嗡声，那是内心的寂寥在震动。她想象着自己能闻到萨斯喀彻温省波涛翻滚的空气的气味，那是一种香料的气味，严寒的气味。

“贝弗利堂姐还会回来吗？”有一次艾丽丝问妈妈。不知什么原因，母亲很长时间才反应过来。

“要是我，我是不会把钱花在这上的。”弗莱特太太慢腾腾地说。

“她很了不起，对不对？”艾丽丝问。

“啊，”弗莱特太太沉吟了半天，最后说，“不管怎么说，她很有吸引力。”说这话的时候，她向上瞟了一眼，像是一个人试图回忆一个古老故事的结尾，然后长叹了一声。

当艾丽丝朝那声叹息观望，或者说，朝那声叹息的四周观望的时候，她明白，那叹息声里暗藏着责备和克制。那是一种至关重要的信息，等她“长大了”才能告诉她。噩梦、耻辱、启示、审判、一连串的失败——这一切都在等待着她。她不忍心考虑将来，这就像一个人专注于自己的呼吸，你一旦开始考虑吸进和呼出你的身体的空气，你的呼吸就会在喉咙里卡住，让你懂得倒地而亡是何等容易。

弗莱特太太梳妆台抽屉里的一封折叠着的信

亲爱的黛西：

这封信是要告诉你，我们的女儿贝弗利在长途火车旅行之后，已于昨天下午回到家里。火车上挤满了回家探亲的军人。刚走到温尼伯郊外，火车上的暖气就坏了，结果她患了重感冒，流鼻涕，嗓子痛得厉害。我不得不告诉你，在你们家里时你对她的态度伤害了她的感情。你既没有留她吃晚饭，也没有留她过夜，就这么把她打发走了。这就是她的感受。如果她的伯父在家，也许情况就会不一样。谁知道呢。如果她坐第二天上午的火车回家，就不至于病成现在这个样子。她感到无法理解。她原以为，你看到自己从未谋面的，为国家作过贡献的侄女大老远地从西部跑来，一定会很高兴的。这件事她爸和我也无法理解。也许是因为东部待人接物的方式跟这里不同。我们这里可是谁都欢迎的。

你诚挚的弟妹

范·弗莱特

弗莱特太太年迈的父亲

凯勒·古德威尔已年届古稀，这可是个能带来好运的年龄。他的妻子（即第二任妻子）玛利亚刚刚庆祝完她的……嗨，反正谁也不知道她的真实年龄。原先的职业雕刻师，后来成为印第安纳州著名企业家的古德威尔先生，现在也已经退休了。他和妻子最近卖掉了布卢明顿漂亮的老房子，在离城大约二十五英里远的莱蒙湖边买了一所小房子。他们为什么要舍舒适的豪宅而换湖边的村舍？那是因为玛利亚想住在乡下，那样她好在前院里种蔬菜而不会招致邻居们嗷嗷抗议；而凯勒·古德威尔则想要后院有足够的空间，好在那里建一座金字塔。

他的金字塔已计划了一年，打从他和玛利亚巡游尼罗河归来就开始筹划了。他们在埃及的时候，他几乎每天都给远在加拿大渥太华的外孙、外孙女寄明信片。"亲爱的艾丽丝（要不就是沃伦或琼），你应当来看看他们这里的金字塔，最大的一座用了两百万块石灰岩，每块石头重达两吨半。"

他还给他的女儿黛西写过一封信，告诉她说古典金字塔的形状是根据夕阳的霞光洒向地面时的形状设计的。

"胡扯，"黛西的丈夫说，"太阳的光线是垂直射向地面的，没有角度。"

"嗨，别在意，"黛西闪烁其词地说，"随他怎么说。"

他规划中的金字塔两码见方，是按原物缩小的复制品。他以埃及大金字塔为样板计算出来各种比例，再根据比例缩小每块石块的尺寸（比他的指头肚还小，八分之三英寸见方），一把手能抓六七块。外边的覆面他准备用纯白色的印第安纳石灰岩，但内部则打算用砂岩、大理石、花岗岩、石板岩或其他石料。用不用砂浆呢？他决定用，用一种很稀的混合物，事实上跟胶水差不多。建真的金字塔可以不用砂浆，但他的石块太小，因而也太轻。他的目的是用遍全世界的石头。他从他和玛利亚度复活节的夏威夷群岛带回了火山岩；他已收到了从马尼托巴省、安大略省、田纳西州、密歇根州，佛蒙特州，法国（勃艮第）、意大利、芬兰以及不列颠群岛等地寄来的石头样品。他听说南非有石灰岩矿床，他和玛利亚现在正好在那里度假，一边看风景，一边睁大眼睛寻找新采石场和新石头品种。这里凸出的岩架尚未开发过。阳光照射着它温暖的表面，反射出熠熠光辉。这光辉照亮了他的思想，也照亮了他的梦想。在这些新发现的采石点，他渴望用锤子敲下一块样品，然后用揉皱的报纸包好带回家去。（他最喜欢的一个笑话是关于一个铁路搬运工的。那个搬运工问他手提箱里是不是装的石头，死沉死沉的。）

“他着了魔了。”他的女儿黛西说。不过，她说这话时挺开心的。总的说来，她相信，老年人对什么事着了迷，要比无所事事，空虚无聊好。

他建金字塔做什么呢？许多人问黛西这一问题，她也不知道如何回答。他是打算做自己的坟墓？不对，他和玛利亚已经在布卢明顿买好墓地了。作为纪念物纪念什么东西？噢，有可能。但迄今还没有人向她提出过这一问题。

他是一个自信的男人，他期待别人能为自己奇特的工程叫好。这次他是不慌不忙，稳打稳扎。这是一项大工程，二百万多一点的小石块都要安置到位。正中心位置的地基下面埋藏一个时间胶囊。他曾写信让渥太华的三个外孙、外孙女贡献藏品。他说：东西要小，能代表这个时代。小琼在父亲鼓励下寄来了一枚带有国王头像的面值两便士的邮票；沃伦寄来了一片压平的枫叶；艾丽丝经过考虑，寄来了从当地报纸上剪下来的一条新闻标题：**伊丽莎白公主将于十一月份与菲利普亲王结婚**。

凯勒·古德威尔把这三样东西——邮票、树叶和报纸的通栏大标题放进一个密封的金属盒子里。他的第二任妻子贡献的藏品是一个装有茴香籽的信封。那个古怪的老糊涂古德威尔本人在最后时刻把他前妻的结婚戒指也加了进去。

那是一枚黄灿灿的金戒指，边沿经过精心抛光。内侧镌刻有他们的结婚日期1903年6月15日以及新娘、新郎姓名的首字母。古德威尔还清楚地记得那枚戒指的花费：四元二十五分，18K金。那是他通过伊顿首饰目录订购的。他记得，两年后当他的妻子分娩去世时，他曾苦苦思索过要不要在葬礼前把那枚戒指摘下来。通常的惯例是什么？别人都是怎么做的？他一无所知。

还是那位医生的妻子，斯皮尔斯太太，劝说他把戒指摘下来留作纪念。她还帮助他往下摘：先在死者的手指上擦一点猪油，然后慢慢往下脱。斯皮尔斯太太帮忙摘戒指的时候，声音一直十分温柔，脸上全无算计的表情。“保留着，古德威尔先生，”她说，“等你女儿长大了也好送给她。”

这也正是他一直打算做的事：把戒指送给自己亲爱的孩子，举行一个仪式，使它成为一个大放光彩的时刻，借此机会将两根断开的生命之线一劳永逸地接起来，并向女儿宣布他有大海似的福分。

但最近他感到，他的生活已经迷失了方向。年纪大了，手脚不灵了，脑子迟钝了，这件事最终也没能做成，再往后甚至连想也没精力想了。他该说些什么才能使这一时刻富有意义呢？他的女儿又会用什么话回应呢？说声“谢谢”肯定不行，感激本身就不行。光是讲话和做手势是不够的，在他所居住的这个空气稀薄的世界肯定是不够的。而将这枚宝贝掩埋在石头的重压之下反而会省去很多麻烦。他的金字塔结实、厚重、复杂，充满了秘密。它是一种机器，也是他最后的陈述。若非如此，或许只能耸耸肩膀交出戒指。

弗莱特太太的老校友

早年在印第安纳州的时候，弗雷迪·霍伊特和黛西·古德威尔一起上中学。他们坐在布卢明顿市古德威尔家的前门廊里分享一袋袋炸土豆片。上大学也是一起，参加了同一个女生联谊会——阿尔法泽塔。从那之后，她们一直保持着联系。也就是说，她们一年要通三四封信。每逢生日和圣诞节，她们都要互寄滑稽礼物。事实上，她们已经多年未见面了，但1947年8月，弗雷迪终于坐上火车去了渥太华，准备在那里待一个星期。

在渥太华期间，她想：这就是黛西·古德威尔，有一个杰出的丈夫，有一所管理得井井有条的大房子，还有三个漂亮的孩子。女人所向往的东西黛西都得到了。而我呢，我却失去了所有东西，没有丈夫，没有孩子，没有一个真正的家，只有一小套房子，连个花园也没有。嗬，瞧人家黛西的花园！那才叫花园哩。如果她喜欢剪枝、锄草、移栽、给世界带来美，她可以从早晨起床，一直在里面忙一天。而我则整天坐在办公室里上班，被拴在了办公桌和钟表上。枉做了一回女人，什么也没有得到。

弗雷迪也可能会这么想：啊，可怜的黛西。天哪，她长胖了！也挺受人尊重，然而，穿着这种不成体统的阿尔卑斯村姑裙走来走去，谁还会尊重你呢？——我是不是应该说点什么？给她点小小的暗示？还有她的皮肤。我想，这十年里她可能没有读过一本书。还有，天哪，瞧瞧这间客房——到处都是令人讨厌的粉红色贝壳图案，快把人闷死了。还得待四天呢。再看这钩编床罩，还他妈自豪得不得了。现在谁还用钩针编织的床罩？摸一摸都会做噩梦。我真想把这些讨厌的东西全都撤掉；我做得到，只需轻轻一拽就行了。那些小孩子真要把我逼疯了，一天到晚大哭小叫，到处乱窜，而到了晚上等待那个大人物归来的时候，又一个个打扮得像漂亮的小木偶似的。他们的生活中，每天都要上演这样一出虚伪的把戏。

我能对她说什么呢？还有什么可说的呢？我看到你仍然活着，黛西。我看到你仍在使用伍德伯里香粉扑你那个鼻子。我注意到你丈夫老是去多伦多或蒙特利尔“开会”。不知你是否想过他去那些地方会出什么事。我注意到你仍然是早上起晚上睡，瞧，多有意思啊！我相信你还会继续活下去，你的生活也仍然会一如既往，对不对？罢了，罢了。

弗莱特太太与丈夫的亲密关系

弗莱特太太深切地，热忱地，诚心诚意地想做一个贤妻良母。《好管家》杂志她每期必读。

她也读《麦卡尔斯》和《加拿大家庭指南》等杂志，并时不时地会在化妆品广告和烹饪法专栏之间碰上关于女人如何在床上取悦丈夫的文章，而且经常能看到女人写给杂志的信，询求解决特殊性问题的建议。最近有一位妇女写道：“星期一夜里我丈夫从保龄球联合会回来，总想和我搂搂抱抱地做那种事。不巧的是，我每逢星期一要洗衣服，到了晚上已是精疲力竭，没有做爱的热情了。”杂志上给出的建议很短，但很实在：“改在星期二洗衣服。”弗莱特太太读后哑然失笑。事实上她笑得声音很大，希望她的朋友弗雷迪能听得见。另一个女人写道：“我丈夫的性欲很强，希望夜夜做爱。这正常吗？”回答：“性生活的模式无所谓正常不正常，已婚男女卧室里做的事是神圣的。”弗莱特太太对这条建议不甚满意，事实上她也没有完全弄懂意思。

但她的确相信，“夜夜”做爱叫人受不了。

然而，她还是时刻准备着，以防万一——把避孕用的子宫帽放置到位，虽然她对那东西很排斥。那东西看起来黄得像腐败的菜叶，还得用冰冷的、闻着恶心的避孕胶冻涂抹边沿。真是多此一举，十有八九用不上，但看起来还得忍受。“要让你丈夫相信，你随时准备答应他的请求，尽管他真正做爱可能是不定期的，难以预测的。”杂志上如是说。

不可预测，的确如此，尽管有两个时间弗莱特太太能够完全肯定两人会上演激情的一幕：她的丈夫去外地之前（她有时候认为，那是给她打预防针）和回来之后。这不，今天夜里，九月中旬的一个星期三，在温尼伯逗留了几天之后，他就要乘夜车回来了。家里已经收拾停当，孩子们已经入睡，她自己也已经洗完了澡，扑上了香粉，已准备好子宫帽，她也换上了睡衣。“女人因为穿睡衣，不知把多少男人驱使到别处寻花问柳去了。”杂志上说。

她不知道他的情绪怎么样。

最近他的情绪很低落。他倒没说过什么，但她能感觉出来。他的六十五岁生日已经临近。她知道，退休一事令他很烦恼。退休以后的大量空闲时间他得想法子打发。然而，比无所事事更糟糕的，乃是被这个世界遗弃的感觉。最近一段时间，他经常谈到在加拿大西部的两个弟弟，而且一提起他们的名字，心里又难免一阵酸楚。埃德蒙顿的西蒙是个酒鬼，已经多年没有联系了。巴克与他在萨斯喀彻温的弟弟安德鲁之间关系已很冷淡。过去安德鲁经常给他写信，当然，通常是向他祈求施舍。但近两年来，只是偶尔寄来一封语言尖酸刻薄的短信或节日的问候。

弗莱特太太还知道，她的丈夫经常想念远在奥克尼群岛的父亲。他不知道是否应该写信问问情况。但几个月过去了，他一推再推，始终没写，似乎不忍心了解所发生的情况。黛西也经常想起她的公公马格努斯·弗莱特。她和公公从未见过面，但在她心目中，那是个悲剧性人物。妻子抛弃了他，三个儿子不认他，没人看得起他，无依无靠，孑然一身。从某种意义上说，她爱公公胜过爱自己的丈夫巴克。马格努斯·弗莱特究竟做错了什么，竟遭受如此惩罚？这个问题一直困扰着她仁慈的心灵，久久不肯离去。

可是现在，他的巴克渴望和他团圆了——太晚了。

近来，巴克·弗莱特家的另一条纽带，最重要的生命纽带，又重新连接起来了——那就是母子间的纽带。前几天巴克去温尼伯不是像往常那样为了开农业会议，而是去出席克拉伦廷·弗莱特园艺温室捐赠仪式。那是一座巨大的玻璃顶建筑，坐落在阿西里博伊恩公园中央。捐赠人名叫瓦尔迪·古德曼森，著名的百万富翁、肉类加工业老板兼金融家。（巴克·弗莱特的母亲克拉伦廷·弗莱特1916年被一辆超速行驶的自行车撞倒后，不治身亡。那个骑车人就是瓦尔迪·古德曼森。当时他还是个十七岁的孩子。）

“当时那种可怕的负罪感至今一直压在我的心头，”古德曼森先生在马尼托巴俱乐部的晚宴上对弗莱特先生说，“一时大意，夺去了一条人命。如果我在街角转弯时下车，那该多好啊。如果我骑得速度慢一点，也不会出这样的事。当时的情景将伴随我终生，无论是睡梦中还是清醒时都无法摆脱。您的母亲那可怜的身子无助地倒在皇家银行大楼的底座上，头磕在墙角石的边沿。假如那块石头圆一点该多好啊，可它，唉，偏偏又像刀刃一样锋利。那件事改变了我的生活。我向主祈祷过；我也试图以自己的方式帮助他人。我绞尽脑汁，冥思苦想，想为她造一个适当的纪念物。”（说到这里，他抽出一块雪白的手帕揩鼻子，对着那块上过浆的、折叠着的手帕使劲一哼，发出一声雁鸣般的响声。）“想来想去，最后总是归结到一点上：您的母亲爱花。您也许会说，给我们这个大城市带来鲜花，让大家在这种不宜居住的气候里感受自然美的恩惠，这是她的责任。当然，我永远无法完全弥补自己的过失，但我确实希望，这一小小的仪式能够证明我对您的母亲之死深切而又持久不衰的悔恨之情。我唯一遗憾的是，您的妻子，我知道她的名字叫黛西，今天未能和我们在一起。当然，我充分理解，让她把孩子留在家里，长途旅行，穿越大陆来到这里有多难。我也理解，这对她是一个多么容易情绪激动的场合。我们对那些在我们的幼年关爱过我们的人负有义务。前人的逝去无可挽回，但我们与他们之间的纽带是割不断的。”

然而此刻，远在渥太华躺在床上等待丈夫归来的弗莱特太太，想得更多的不是收养她的亲爱的克拉伦廷姨妈，而是分娩几分钟后就死去的她的亲生母亲。现在看来，她和母亲的联系纽带是多么纤细，多么脆弱，几乎是不合情理的，因为弗莱特太太所保留的母亲的遗物，只有一张模糊的结婚照片和一枚磨损得无法辨认的小小的外国硬币。据她父亲说，那枚硬币是她出生时放在她额头上的——谁放的，出于什么目的，她都无法想象。她从来也没有体验过每天触摸母亲曾经摸过的东西必然会带来的乐趣。没有日记，没有婚纱，没有手工缝制的漂亮的洗礼服，没有任何种类的小纪念品。几年前，她的父亲曾经对她说过有一枚结婚戒指以后会给她，可从那之后他再没有提过。也许他已经把那枚戒指送给他的妻子玛利亚了；再不就是他把这事给疏忽了。今天夜里，她躺在薄薄的毛毯下，等待丈夫——一个名叫巴克·弗莱特的男人——归来时，想起了那枚丢失的戒指。事实上，失去了戒指就等于失去了这个世界上她和母亲的一切联系。此时此刻，她忘记了自己的孩子，忘记了年迈的父亲；就连她的名字也已收缩成了一个模糊的音节。她好像突发了一种传染病，浑身直打哆嗦。

她以前曾经历过这种阵发性的悲伤。她患的这种病叫作孤儿症——发作起来就像一般人偏头疼发作时的感觉一样：这不，现在又发作了——以后还会发作——她躺在那里，陷入困境，没有性别，没有年龄，孤单一人。

泪水在眼睛里打转，她用毛毯的镶边擦了擦。房间里越来越黑。

每当被孤独包围，置身于孤独的重压下的时候，对于弗莱特太太来说，就是最恐怖的时候。令人惊异的是，这时，她想起了自己年轻时站在那里凝视尼亚加拉大瀑布时的情景。她的衣袖擦到了一个男人的上衣袖子，原来有一个陌生人站在她身边。他说了些什么话，逗得她哈哈大笑。可说的什么呢？什么？

她的失忆又给她带来了一阵恐慌。

然而，就在她的焦虑之中，蕴藏着一种宝石般珍贵的绝妙而神奇的本领，那就是：她能够偶尔清晰地观察世界。她的眼前突然变得清澈起来，宛如一片小小的星辰。她明白这一点，并认为那是意识玩弄的把戏之一。它的周围包裹着近乎奢华的东西。叙事的迷宫打开了，并允许她从中穿过。她有可能会被从自己的生活故事中排挤出去——她知道这是真的，而且一直都知道——但作为一种补偿性的天赋，她拥有从另一角度叙述故事的惊人能力。比如说，她能感觉出孩子们难以管教的秘密，能够感觉出父亲笨嘴拙舌地同周围的世人讨价还价的样子，能够感觉出弗雷迪·霍伊特对她的那种既鄙视又嫉妒的态度（自夏天来访之后，弗雷迪连一封感谢款待的信都没有来过）。今天夜里，弗莱特太太甚至为连接她和已故母亲默西·斯通·古德威尔的一丝感觉所打动。这一时刻肯定是短暂的，不牢靠的。它所能留下的印象不会比一次呼吸、一个手势、一丝光线留下的印象更深刻，记忆中不会让它占有一席之地。然而，这一时刻突然神奇地翻转自身，闪现出一个扭曲的景象——弗莱特太太生了她的母亲，而不是母亲生了她。

至于弗莱特太太的丈夫——啊，他的情况如何呢？再有一个小时左右她的丈夫就回到家了。他会像往常一样从火车站搭出租车回家。他会在黑暗的卧室里脱下裤子，整整齐齐地搭在椅子背上。他的裤子会有一种神圣的气味，两条对称的裤线像八字胡一样折叠在前面。然后他会解领带，脱衬衣，脱内衣。他对妻子用毛毯绲边擦眼泪以及妻子在这个九月之夜的极度孤独毫无觉察，于是就趴到了她的身上，还小心翼翼地不让她的身子承受太大的重量（杂志上说："一位绅士总是用胳膊肘支撑着自己"）。他会闭上眼睛，将硬邦邦，热辣辣的阴茎插进她的体内，接着将会是几分钟有节奏的抽动。

他们会这样一直做着，做着。此时的弗莱特太太就像印刷字体与精神错乱交织而成的一条螺旋线，正努力回忆着最近一期《麦卡尔斯》杂志上的那条建议的原话究竟是怎么说的。那条建议说的是，一个妻子有责任对丈夫表露出激情迸发——即用一个微妙的单一肢体动作同时表现激情与顺从。但那可能吗？

弗莱特太太的大脑、心脏和骨盆都在试图解决这一矛盾。

她的婚姻生活的碎片如雨点般洒落在她的周围。结婚纪念日、怀孕、度假、三餐、疾病与康复，这一切全都起源于她和婚姻伙伴（即她童年时的男神）之间的戏剧性——有人会说是乱伦——关系。

在她看来，这数年的时光已经钙化，凝结成了一个坚定的决心：她决不会再对任何事情感到惊讶了。这一决心几乎变成了雄心。这难道不正是关于修复爱情的文章答应过她的吗？难道不正是它创造并维持着她对巴克的爱情，使她得以避免粗野的惊讶表情吗？她丈夫那每况愈下的长腿，还有她本人那像熟透了水果似的在身子下面摊在坚硬的床垫上的屁股，这些不都是可靠的证据，证明她对一切都已见怪不怪了吗？室内盆栽植物尚能脱离地理环境与气候条件而茁壮生长，她为什么就不能呢？

当巴克·弗莱特仍在她身上前后晃动的时候，她很可能会想到去年夏天弗雷迪·霍伊特来访期间她去看过的一部电影《黄金时代》。那是一部战后拍摄的史诗般的电影：一个士兵从战场上归来，双手没有了，取而代之的是两个粗糙的铁钩。

自己的身子若不是被人的手指，而是被一双冰冷的钩子抚摸，那会是什么感觉呢？让一个男人重重地压在身上，把自己死死地钉在这个世界上，那又会是什么感觉呢？她会认真考虑这些问题，仔细品味她这条纤细的螺旋线可能会怎么样。但接着，她的思绪将会被喷射的液体打断；然后又是第二次喷射——这一次喷射的是丈夫感激的话语。那感激的话语里还会夹杂着丈夫窘迫的战栗：不好意思，老了，不中用了；身子变得蜡黄了；说不出什么甜言蜜语了。想不到男人和女人竟是这样被拴在一起的！真是造化弄人。

他会说："睡个好觉，亲爱的。"那意思是说："原谅我，原谅我们。"

弗莱特太太家的房子与花园

德里弗威大街583号的这座四方形的大宅院笼罩在一种朦胧的气氛之中。室内的家具、窗帘、地毯、厨房里的地板——全都在战争期间变得破烂不堪。如今，在战后巨变的年代里，又出现了世界范围的油地毡短缺，尽管有人预测这一短缺问题很快就会得到缓解。（弗莱特太太已经在梦想弄到一种红、黑、白三色，长方形的阿姆斯特朗样式的亚麻油地毡了。）餐厅里的玻璃纤维窗帘虽然被多次清洗，但她（弗莱特太太）已经在谈论订购用带有花卉图案的织物做成的下垂式窗帘（或称“帷幕”，这是她刚学会说的词），用它来“打扮”餐厅，给它带来点生气。此外，她也腻味了起居室里带有一排排蓝色、黄色、粉红色牵牛花图案的壁纸；她正计划下次换成单一色彩的，比如威廉斯堡绿，再配上白色磁漆家具与之形成对比。那块破旧的地毯令她沮丧，一溜接缝全破了，露出了衬底，难看死了，近看就像一个人露着头皮。说实话，整个房间看起来就像个营养不良，娘不疼舅不爱的孩子似的，唯有那张咖啡桌能使她禁不住产生点自豪感。最近她把上面的胡桃木饰面板换成了一块玻璃板，玻璃板下面压着三个孩子的照片和她的一张略微泛黄的结婚公告：

> 巴克·弗莱特夫妇
>
> 已于1936年8月17日在渥太华喜结良缘
>
> 特此敬告

她布置咖啡桌的创意来自《加拿大家庭与花园》杂志上的一篇文章：“将您的气质融入您的装饰。”

房子里的所有房间，包括楼上的浴室，窗户上全都摆放着蕨类植物：掌叶铁线蕨、鸟巢蕨、矛状耳蕨、田园车轴草（1947年，利用这些室内蕨类植物装饰房间被认为是一种过分装饰的陈旧风格，尽管其美观性和普遍性到60年代中期注定会达到一个更高的层次）。实际上，除了这些绿色植物和那张咖啡桌外，弗莱特太太对她的房子并不怎么感兴趣。她觉得，房子结构的严谨呆板正好反映出了她自身的短处。那天花板高高的八个房间楼上四间，楼下四间。每个房间都绝对是四四方方的，且窗户过大，形状单一，整体结构简单得像乡村农舍。从这些窗户射进来的光线非常刺眼，冬天墙壁冰冷，楼下房间的角落里还有穿堂风。

她是为夏天而活着，为太阳的热而活着——说穿了，她是为自己的花园而活着。那是个多么美丽的花园啊！

弗莱特家不讨人喜欢的砖结构房子坐落在一块碟子似的绿地上：前后左右都是绿地，总面积是房子占地面积的三倍。这在该市的这一区域是十分罕见的。春暖花开时，番红花的根茎像圆圆的鼻子从各处钻出地面。茁壮的波士顿常春藤，拉丁语名P. tricuspidata，如今已长满了房子外墙的四分之三（北面墙壁上的长得不旺，可那又有什么关系呢？）还有窗口花坛，五颜六色，生机勃勃。此外，弗莱特太太还煞费苦心地种植了日本紫杉、杜松、矮山松、矮云杉，并新设置了个朝鲜花坛，用以掩饰房子难看的石灰岩底座。还有她漂亮的丁香花呢！你知道，有些人随便到外面买一些老丁香花，往地上一插了事。而弗莱特太太则是按照整体的大小和花色的搭配通盘考虑的，比如将白色的“莱莫因夫人”与淡粉色的波斯丁香和暗蓝色的“林肯总统”混栽。这些不同的丁香花品种是她精心“分类”的，而不是“随意插栽”的。房子旁边的那个狭长的花坛里，蓝色美国石竹花中夹杂着黄灿灿的金鸡菊。可以毫不夸张地说，这种搭配绝对是艺术家的手笔。一簇簇荷包牡丹被放置在——现在尚未放置——淡蓝色的风铃草附近，简直完美无比！后院里的苹果树每季都要喷洒农药，预防花被虫蛀，所以，它们的叶子整个夏天都会在漂亮的灰白色草坪上投射出万花筒似的美丽图案。在这里，夕阳的余晖在罂粟花丛中嬉戏。还有大丽花！——弗莱特太太的丈夫拿她的大丽花开玩笑说，那些花朵大得只能侧着放才能从后门抬进屋里。一条两边种着藿香蓟的石子路通向葡萄架，然后蜿蜒曲折地爬向岩石园。岩石园里种植着从欧洲订购的低矮的多年生植物和特种高山植物。弗莱特太太的这个花园草木茂盛，景色壮丽，舒适怡人——具有英国的魅力、法国的整洁、日本的节俭——另外还有弯弯曲曲的石子路上的曲线形憩息处，那个用印第安纳石灰岩雕刻的龇牙咧嘴笑着的花园小矮人，还有那突然建成的“大众丁香”雕刻墙。那堵墙充满了极大的智慧，甚至可以说是一种悟性。另外还有木莓，这里也必须提一下。在本世纪中叶这个平庸、保守、毒性弥漫的年代里，巴克·弗莱特太太为北美大陆的渥太华这个困难重重的北方城市创造了奇迹。她本人是否理解这一奇迹呢？是的，这一次她充分理解了。

多么伟大的奇迹啊，她的好朋友也许会说——但似乎没有人提到过弗莱特太太有多少好朋友，好像是她有点过于内敛，没有出息，根本不配有朋友。(传记，甚至自传，常常充满系统性的错误和漏洞；这些漏洞互相连接，像地下河一样纷乱纠结。）事实上，这个城市里有许多人打心眼里喜欢弗莱特太太，喜欢她的谦虚，赞赏她的技能，尤其赞赏她高超的种植花木技能。这些好朋友说，她的花园芳香扑鼻，青翠碧绿，宁静怡人，景致布局稳重，光线与阴影相映成趣。走进花园，世间的一切烦恼都会抛之脑后。参观者站在这座花园里，有时会感到他们的心瞬间就会平静下来，尽情地领略朦胧的上帝创世的原始景象——它就是伊甸园；它就是真正的天堂。

你简直可以说，这个花园就是她的孩子，她最亲爱的孩子，她最漂亮的后代。它很听话，但又保持着足够的距离以及植物的顽强意志。也许她渴望了解这座花园的真实状态，但她更想成为其奥妙的一部分。也许她只理解它的绿色秘密的四分之一，仅此而已。而花园却对她一无所知，不知道她的历史，不知道她的名字，不知道她的心愿，什么也不知道 ——这正是她对它纯情挚爱，张开双臂拥抱它，接受它的自然状态：它的每一片叶、每一根茎、每一条根、每一种特征的原因。

第六章
工作 1955—1964

W.W.克莱因哈特，法务官

渥太华，1955年4月25日

亲爱的弗莱特太太：

我欣慰地告诉您，您已故丈夫的遗嘱业已归档；所有财产均已分割完毕。如我在电话里向您解释的那样，鉴于该文件的意图十分清楚，且无任何棘手的附加条件，故而事情办理得相当快捷。我相信您会发现，一切事务均已处理妥当。

如有问题，请随时同我联系。您的已故丈夫生前曾来函，嘱我将一封密信转交给您。现将该信连同我们的结案报告一并寄去。

您的真诚的

沃利（克莱因哈特）

渥太华，1955年4月6日

亲爱的：

我的时间不多了。肖特克里夫大夫说也就是几天的事。他是这样说的吧？当然，这不是他亲口对我说的，而是昨天夜里我被转入普通病房后，我听见他悄悄对你说的。说来奇怪，我的耳朵一如既往，还是那么灵。

我的头脑虽已不是那么敏锐，但我对我死后你和孩子们的经济来源是放心的。当然，房子你是不必担忧的——因为我相信你不愿意离开熟悉的环境，尤其是你的花园——孩子们将来受教育的费用也是绰绰有余的。

不过，你将来旅行是需要钱的——我们以前怎么就不知道出去旅行呢，我和你？再说，你买一些小小的奢侈品也需要钱。我突然想起来，你可能希望将我收集的杓兰标本卖掉。我敢肯定能卖个好价钱。我建议你跟波士顿大学的伦纳德·勒梅博士联系一下，我的袖珍日记本里有他的通讯地址。我预料你看了这个建议会失望得叹息，因为我知道，杓兰属花卉不是你所喜欢的种属，尤其是“女王”和“无茎”两个品种。你会记得我们俩的那次争吵——我记得那是我们唯一的一次争吵——因为你讨厌杓兰花的形态，你觉得它的茎长而沉闷（你的原话），袋状的唇瓣怪诞可笑。我当时指出（并非非说不可），杓兰的唇瓣功能奇巧，昆虫能够很容易地爬进去，但再想逃出来可就难了。你看，我们俩的谈论一直持续了这么多年。我这个当教师的声音总要严厉地压制所有轻率而古怪的观点。我叹息着写下这些话，哀叹我们之间过去的那些来言去语纯属浪费口舌。我曾想，假如我们能够更直率些，我们两个人会谈论些什么——你感觉到没有，亲爱的，我们之间次数微不足道的交谈肯定取代了什么，它究竟取代了什么呢？

回想起我们关于“枸兰”的讨论，理所当然地导致我产生这样的疑问：你是否对我们的婚姻也持有相似的看法，认为那是一个没有安全出口的陷阱？我们两人之间几乎从未提到过“爱”字。我有时候纳闷，是不是因为我们俩年龄太悬殊，使我们觉得那个字傻乎乎的，抑或是我们本性中的拘谨与羞怯使我们说不出那个字来？我对此深感遗憾。我希望我们的孩子们将来能够大量使用这个字，并希望他们能敞开心扉，接受这个字的力量。（尽管我对艾丽丝确实很不放心。她的性情太粗暴了。）

去年十月份我第一次头痛发作，疼得要死，你还记得吗？我在厨房里找到你，你围着一个难看的新塑料围裙。你立刻抱住我，用手为我揉太阳穴。那一刻我是多么爱你啊。你的围裙碰到我的身体时发出噼噼啪啪的响声，就像是在用歌声回应我心中的渴望；即使在那个时候，我也仍然能感受到那种渴望。那响声又仿佛是某种东西，在悄悄催促我们不要再浪费时间了。我当时真想和你跳舞，从后门跳到花园，从花园跳到大街上，一直跳到天尽头。啊，亲爱的，我原以为我们还有更多时间呢。

爱你的

巴克

渥太华，1955年5月20日

亲爱的弗莱特太太：

在您不幸丧夫之际，请接受我真诚的慰问。近几年里，我有幸结识了您的丈夫，并很快认识到他每周寄给

《记录者》的稿件的价值。您可以相信，这一栏目的很多读者——他们人数众多——会深切地怀念他们敬爱的“园艺技师先生”。他的文章格调庄重，为该栏目带来了难得的学术性，然而又从不居高临下，板着面孔训人。

为感谢您的丈夫对本刊的贡献，《记录者》全体职员将他的文章汇编成册，并特地装订出两本，一本送国家档案馆保存，当然需要征得您的同意，另一本想在我们计划举行的一个非正式悼念仪式上赠送给您和您的家人。悼念仪式将在梅特卡夫街我们的办公室里举行。时间定于六月一日下午四点三十分。这一时间对您是否合适？敬请告知。

同情您的

杰伊·W.达德利，编辑

又及：弗莱特先生在这个时候去世似乎特别令人痛惜，因为每年的这个时候正是郁金香映红全城的时候。他关于一年一度的郁金香节的文章乃是他最热情奔放的文章之一。

萨斯喀彻温省克利马科斯市，1955年5月24日

亲爱的伯母：

收到您的来信，得知巴克伯父去世的噩耗，我们深感悲痛。爸、妈和我们姊妹几个对您表示深切的同情。我想告诉您，我们在祈祷的时候，也会求神保佑您全家和伯父的英灵的。但正如妈妈所说，伯父的去世对您的打击可能不会太大，因为他比您的年龄大得太多了。最近我一直在想，您也太不容易了，需要照管三个半大孩子和一所大房子。如果我没记错的话，那可是个真正的大宅第，可惜我

只去过那么一次。事实上，回想起来，好像是做了一场梦。所以，近一阶段，如果您碰巧发现家里需要一个帮手的话，您可以给我来封信。我正考虑搬到东部去，因为我和丈夫已决定结束争吵。他的主要问题是酗酒，而且特懒。我这样一个充满活力的人竟然会被一个游手好闲的人逼得走投无路。只要管吃管住，每月再给四十元工钱，我愿意为您干活。如果非要我自己说的话，我是一个相当不错的管家，而且我特别喜欢烤蛋糕、烤馅饼、烤面包什么的。我还会洗衣、熨烫等等。此外，您会看到，我还会打字，每分钟能打三十五个词。那是为了通过一门函授课程考试，否则的话，兴许我还能打六十个词呢。

爱您的侄女

贝弗利

又及：妈妈不知道我给您写信谈这件事，所以，您如果回信的话，请寄422信箱，那样就不会寄到他们那里了。

印第安纳州布卢明顿市，1955年5月29日

最亲爱的黛子：

我真希望自己能往这个信封里灌上柔美的欢欣之情寄给你。我知道这些日子你是多么凄苦难熬。啊，不，我知道的并不那么确切——我怎么会知道呢？不过，我可以想象出，这些年来你一直和巴克共同生活。如今巴克去世，只剩下你孤苦伶仃，你该是多么痛苦。那是个什么滋味呀！——我就是这样过了二十年。天哪！它的确会过去的，我说的是时间，那个卑鄙的窃贼。艾丽丝明年秋季就该

去外地上大学了！自从你爸去世以后，时间过得多快呀。

我不会一直像这样“在祈祷中求神保佑你”了。（哈哈！）还有什么“时间是镇痛的膏药”以及诸如此类的言不由衷的欺人之谈，你会从可爱的老宾斯那里听到很多——她变得越来越虔诚，越来越迂腐了。我妈死的时候，她向我灌输了许多陈词滥调，在我心灵的洼陷处橐橐橐地整整践踏了一个月。老伙计，我写这封信只是为了提醒你，你往后的日子还长着呢。就我个人而言，我发现五十岁的年龄远不像人们所说的那么可怕，连一半也没有——这张老脸也许会有点肌肉松弛，皱纹密布，但“所有关键器官”仍运转正常，无灾无难。所以，你千万不能爬进寡妇的帐篷里，任凭自己枯萎下去，年轻人！今年冬天我们去芝加哥逍遥一个星期怎么样？届时我们可以看各种表演，住帕尔马宾馆，像猪一样猛吃一通。1月份我有时间——我们美术馆将在1月份的最后一周闭馆，头儿“鼓励”我们开溜。天哪，还记得三年前，也许是四年前，我们在纽约的那段时间吗？简直棒极了——瞧那兴高采烈的服务员，还有他那活蹦乱跳的小龙虾！——我想知道，你是不是把这一切全都告诉了巴克，一件一件地？是，还是不是？你不必回答——我会猜的。

所以，让我们向芝加哥城进发吧，给我们的生活注入点活力。怎么样？肯定会有人替你照看几天沃伦和琼妮的。你考虑考虑。

爱你的

弗雷迪

渥太华，1955年5月29日

亲爱的弗莱特太太：

很高兴您能来出席我们为您已故丈夫举行的小小的悼念仪式。我还想补充一句，如您的孩子们也能出席，我们将十分欣慰。

多谢您对郁金香节的新闻报道问题提出的建议。如果您能为郁金香节写几句话，写五百字为宜，我们将十分荣幸。既然传言说您是一位当之无愧的著名园艺家，假如我当初聪明一点，亲自征求您的意见，那该多好啊。

谨致诚挚的美好祝愿

杰伊·W.达德利，编辑

印第安纳州布卢明顿市，1955年6月1日

我亲爱的老朋友：

这些天来，我们仍在为你感到心痛。你的负担之重一直无法言表。四月份刚失去父亲，为他的灵魂祝福，现在又失去了你心爱的伴侣。我深信，你们共同生活中的许多美好记忆、你所爱的那些活着的人以及你的亲密朋友的祈祷，都将会在未来的黑暗日子里给予你力量。时间确实能治愈创伤，这一点你一点要记在心里，尽管我们真的不能忘记那些在我们的生活中发挥过更大作用的人们。迪克和我有同感，匆匆数语，以表达我们对你的同情。(迫于压力，他已同意调往设在克利夫兰的总部。现在我们不得不面对卖掉心爱的老房子的残酷现实——不幸的是，房地产市场又一直低迷。看来，石灰岩只能卖出柠

檬价了。)

爱你的

宾斯

渥太华，1955年6月5日

亲爱的弗莱特太太:

昨天您在我们的小悼念仪式上发表了亲切的讲话。谨致此信向您表达我的谢意。我相信可以这样说：您对本刊的评论使我们大家都深受感动，尤其是您谈到您的已故丈夫对《记录者》的关切以及它在我们社区里的象征意义那一部分。

就我个人而言，能与您和您的三个可爱的孩子会面，我感到异常高兴。您千万别以为您的女儿艾丽丝所说的有关我的领带的话冒犯了我。我知道，十来岁的孩子有时候说话欠考虑，事后又后悔。我急切地盼望读到您关于郁金香节的文章。我记得我说过，有五百个字就可以了。但如果您觉得有必要的话，您也可以随意扩展或压缩。我们那里有很多园艺工作者，他们急于了解您的想法。

您的诚挚的

杰伊·W.达德利，编辑

渥太华，1955年6月5日

亲爱的弗莱特太太:

今致信告诉您，您的首次飞行(如您所说)将于下周六在“运动与家庭”栏目里“着陆”。我们发现，您寄来的稿件内容扎实精深，妙语连珠，堪称第一流的新闻作品。我最喜欢您对种植稀疏的郁金香的描写，说它们看起来像是“傻瓜向野餐进军”。正是如此！

假如您同意，我们认为可以用“园艺技师夫人”作为您的署名。我对这一建议颇感惶恐，不知它是否有点缺少感情色彩。当然，这不是我的原意。如果您有什么保留意见，请务必告知。

真诚的

杰伊·达德利

渥太华，1955年6月15日

亲爱的园艺技师夫人：

祝贺您发表关于我们这个美丽城市一年一度的郁金香节的报道文章。我发现，文章写得公正，全面，令人喜爱。为什么说它令人喜爱呢？那是因为您独具慧眼，挑选了芬登大道上的那个特别值得称道的前庭加以评论，说您看到了一处“以灰色栅栏为背景，绚丽多彩的伦勃朗风格的花坛。”（第四段）读完这篇文章，我和妻子就一直说服自己相信，文章指的肯定是我们家的那座伦勃朗风格的前庭和最近才刷成灰色的栅栏。我们的那个前庭和栅栏引起了您的注意，从此将以文字的形式永世长存。

在果树发生虫疫之后，如何利用杀菌剂给土壤消毒？如有高见，请不吝赐教。

多谢

阿尔文·A.麦金托什

渥太华，1955年6月18日

亲爱的园艺技师夫人：

很高兴看到了您以女性的目光评论郁金香节的文章，令人耳目一新。我喜欢您关于二年生花卉的评论。应该有更多人讨论这一话题。希望您继续为《记录者》上的专栏写文章。坦率地说，我经常发现，前任园艺作家，即园艺技师先生，对有病斑品种这一问题不感兴趣，对肥料问题也谈得不清不楚的，华而不实。

此致

多丽丝·格里斯沃尔德

又及：在菘蓝与单色花卉混种问题上，我百分之百同意您的意见。

萨斯喀彻温省克利马科斯市，1955年6月25日

亲爱的伯母：

这些天我一直在祈求自己交好运，能收到您的来信。但时间一天天过去了，好运却仍然没来。实话告诉您，我现在正变得越来越神经质了。原因是，我不妨对您直说吧，我怀孕了，只是周围没有人知道而已，尤其是我的家里人。他们要是听到风声，非火冒三丈不可。事情是如何发生的，说起来话长了。可现在我的肚子已经显露出来。我不得不赶紧采取措施，否则大家就会说长道短，添油加醋了。我想要做的是，远离这里，找个地方重新开始。等孩子生下来，我就把他送给别人收养，再凭我的打字技能

找份工作。我只知道，一切都会好起来的，可我不知道该如何开始。您懂我的意思吗？就像有一个大轮子需要我让它转起来，但我似乎没有力量能转动它。正因为如此，我才希望您帮我几个月。上次写信我提到过管吃管住，一月四十元工钱，其实我真正需要的仅仅是食宿而已。事实上，能有吃有住我已经感激不尽了。

爱您的

侄女贝弗利

渥太华，1955年6月29日

亲爱的弗莱特太太：

您可以从附信中看出，您关于郁金香节的文章大获成功。包括我本人在内，大家对您"布局更大胆些"的呼吁，以及您文章结尾的话"美需要勇气；勇气本身也需要勇气"反应非常热烈。您说得太好了。

我们真诚希望——我是在代表全体职员——您能够再写一篇这样的文章。您能否酌情为我们办一个每月一期，甚至每周一期的专栏？我知道，您的丈夫刚刚去世，对您提出这样的要求有点为时过早，您也很难立刻作出肯定的承诺。但就我的经验而言（我的妻子三年前刚去世），我相信工作正是医治丧亲之痛的最有效方法。

现将您好意退回的支票重新寄去。我们坚持给每一位作者支付稿酬，这是理所当然的。只是钱太少了。若能更多一点就好了。

您的诚挚的

杰伊

萨斯喀彻温省克利马科斯市，1955年7月7日

亲爱的伯母：

匆匆此信。我急于要见您和那几个小家伙。您给我寄来的火车票我不知该如何感谢才好。

大爱无疆——我在绝望之际得到了这种奇妙的感觉。我的生活就要重新开始了。下周三见。

贝弗利

波士顿大学，1955年7月12日

亲爱的弗莱特太太：

我确实非常感谢您的来信。信中谈到您有意转让您丈夫精美的杓兰花标本集。那个标本集我曾经见过，也非常欣赏，但收集还不够齐全，恐怕我们不会考虑购买，而且也达不到我们博物馆收藏的标准，尤其是缺少一些比较古老的品种，比如蒙大拿杓兰，还有蒲包花。

致最美好的祝愿，最诚挚的慰问

伦纳德·勒梅，植物学会主席

渥太华，1955年8月17日

亲爱的园艺技师夫人：

我已按照您上周的文章所说的做了，给我的杂交茶树和杂交四季开花蔷薇周围除草松土，并按照您的建议施了骨粉。到目前为止，情况良好。现在这个时候给多年生紫菀立桩支撑是不是有点早？不知您对此有何高见。

您的真诚的

S.J.普罗沃斯特

渥太华，1955年8月18日

亲爱的弗莱特太太：

多谢您又寄来一篇绝妙的专栏文章，字打得也很专业！您的确很善于处理短语：“薄脆多汁的苹果叶。”真的很好。

希望您能安然度过盛夏的热浪。

致最美好的祝愿

杰伊

安大略省珀斯市，1955年9月12日

亲爱的园艺技师夫人：

这里，给您的读者一个小小的建议：给重瓣金光菊剪枝，能使它第二次开花。事实上，我是从八月份开始这样做的。多谢您关于白百合花的建议。我已将我的白百合花托付给了土地，还举行了隆重的祝福仪式——给它们施了一次肥。但愿会有最好的结果。

谢谢

唐纳德·富尔捷太太

马萨诸塞州北安普顿市史密斯学院，1955年9月15日

亲爱的各位：

哎哟，嗨，我终于办完了注册手续。我现在觉得，我什么都不在话下。总算被俄罗斯文学专业录取了。那个教授——大家都叫他宙斯——说，他难以相信我高中只学过两年俄语，竟能达到这个水平。

是的，真是这样。这里的每个人都整天穿着百慕大宽松运动短裤，上课穿，下课也穿。如果贝弗利想找点缝纫活干，那就再给我做两条短裤吧。（嗨，贝弗利，希望你感觉良好。）我考虑过，一条漂亮的棕色花呢短裤（跟烟叶颜色差不多的那种）跟我那件细毛运动衫一定会很匹配。最好是带淡蓝色与白色方格的花呢，但格子不要太大。

我想，“园艺技师夫人”的名气会越来越大。真的很了不起，真的。我说的是真心话。我曾说过另找个人代替我爸，把我爸从记忆中抹去以及诸如此类的话。但老实说，那不是真心话。整个夏季我心情都很糟糕，顶着炎热待在家里不出门，连出外买东西也不愿去。我真的认为，这个专栏可看作是妈的一种自我实现。你要明白我的意思。不算去贝蒂·克罗克商场买东西，您以前真的什么事也没有做过。也许您真有深藏不露的能力，我是说在写作方面。

我得赶快走，不然图书馆就关门了。现在我确实觉得自己正逐渐接近契诃夫了。我是说接近俄罗斯语言里的契诃夫了，仿佛突然之间看到了他的作品的神韵和深度。这些在人们所容忍的那些愚蠢的译本里尚未体现出来。

爱你们的

艾丽丝

渥太华，1955年10月5日

亲爱的园艺技师夫人：

好家伙，您上周发表的关于果园害虫的专栏文章的确给我带来了极大的乐趣，包括那句“邻家的小淘气鬼祸害苹果树”。还要感谢您关于如何对付沙果树的有益建议。我最喜欢您上次提出的建议——干脆把它们抛弃。好主意。

贝蒂·辛格（一个真正的园艺迷）

印第安纳州布卢明顿市，1955年10月6日

亲爱的弗莱特太太：

我们希望您的已故父亲的事务能在不太长的时间内得以圆满处理，但您知道，他的证券投资组合比大多数人的都要复杂。这几天，我试着用电话联系他的遗孀，但没有人接听。关于财产分割已按她的意见办理；按照她的意见，分割方案将您父亲的金字塔作为他生命的“永久性纪念物”给予了充分保护。我们现在急于取得她在与遗嘱相关的几份文件上的签字。您是否知道她现在是不是在旅行？如果是，她何时能回到布卢明顿？

您的真诚的

卡尔文·K.科普斯（布雷格纳姆和科普斯）

印第安纳州布卢明顿市，1955年11月1日

亲爱的戴子：

匆匆写此短信。寻找玛利亚无果。我和乔治奥（我新交的朋友）星期六开车来到了莱蒙湖，找到了她家，却发现她家大门紧锁。邻居说他们有个把月没有见到她了。下一步再往哪里去找？告诉我。

去芝加哥的事我已经全准备好了，还订好了宾馆

房间，高档的。干吗不住好房间呢？——你买好火车票没有？

爱你的

弗雷迪

渥太华，1955年11月4日

亲爱的弗太太：

您提出要写的关于芝加哥园艺温室的文章，听起来放在1月份那一期上发表绝对合适，还有关于莫顿植物园的那一篇。我本人还没有去过那座名城，但我知道它是个极其美丽的城市，尽管那里因歹徒流氓横行，贪赃枉法肆虐而声名狼藉。我想告诉您，假如您什么时候发现自己无法主办一个专栏（因病或其他不便），我们随时都可以让这里的职员平基·福尔汉姆代替您。虽然他平时只负责公民事件的评论工作，但他也酷爱园艺。顺便说一句，他还是您专栏文章的极力赞赏者。

此致

杰

马萨诸塞州北安普顿市，1955年11月8日

亲爱的母亲：

我直说吧，在婴儿这件事上您完全丧失了理智。我认为，贝弗利的全盘计划是把她送给别人收养，然后她自己开始新的生活。现在沃伦快十六岁了，琼也快十四岁了，您绝对没有必要把一个哇哇叫的婴儿弄到家里。很快他们

就要去上大学了，您也就可以自由自在地同你的那些“老姑娘”朋友到处游玩了。这不正是您多年来所盼望的吗？坦率地说，我认为贝弗利是在利用您的善良。我知道她能帮我们的忙，特别是在您即将去芝加哥期间。她也确实能帮您打字，做其他事，可您也得想一想她得到了什么。食宿免费，还轻而易举地得到一张火车票。我真不明白为什么那个孩子还得睡到我的房间里。我圣诞节回去怎么办？如果我的问题不过分的话，我想知道究竟让我在哪儿睡觉？我的卧室里弄个维多利亚，她就是个小贱货。

请快点把我的红色毛线衣寄来。

爱您的

艾丽丝

渥太华，1955年12月14日

亲爱的园艺技师夫人：

您那篇关于圣诞花木的文章写得太棒了，把我看得哈哈大笑。但读到您跟长茎一品红作斗争的那部分时，我又哭了。我这里有些建议，您可能愿意传达给您的读者：别让那些需要编结的植物沾上汽油或接触油烟，要远离散热器，这样一冬天都会长得很旺。事实上，周围都是那种植物你也会讨厌的。哈哈。还有，时不时地用厨房里的火钳松松土。

祝假日愉快；感谢您每周写的那些充满智慧的话语。

霍利斯·桑德森

印第安纳州布卢明顿市，1955年12月29日

黛子：

匆匆写信告诉你，你将会收到宾斯的来信。她决定要和我们一起去芝加哥了。你得相信我，我实在找不出理由拒绝她。她弄得我很尴尬。详情你很快就会知道——我想，还是让她自己给你说吧。

还有，我向你保证，我们从律师那里弄到了莱蒙湖那所房子的钥匙，在屋里翻了个遍，没有找到任何线索表明玛利亚究竟出了什么事，没有字条，也没有别的什么，但看起来她的衣服好像少了些（壁柜里面的一些衣架是空的）。你已经知道了她取款的事——整整两万元。但据律师说，她实际取款的数目可能要大得多。顺便说一句，你父亲后院里的金字塔新覆盖了一层雪，看起来漂亮极了。乔治奥认为里面可能住着小松鼠。怎么可能呢？——古怪的松鼠小法老。

圣诞礼物真逗。我肯定是印第安纳州，也许整个西半球唯一一个拥有这种台灯的人。用长颈鹿的脚做台灯——你究竟是从哪弄来的长颈鹿？我想你是老糊涂了——但我希望你能明白自己在干什么：收养个婴儿。哎哟哟！

不久见

弗雷迪

印第安纳州布卢明顿市，1956年1月10日

弗雷迪肯定把事情告诉你了，就是迪克的那位克利夫兰的小“女朋友”。算了，明信片上不能详谈。只想外出

两个星期——摆脱这些该死的记忆，我把房子从房市上撤回了——好歹这也算是个决定。下周二帕尔马宾馆见。

爱你的

宾斯

渥太华，1956年2月2日

亲爱的园艺技师夫人：

我只想告诉您，您的关于芝加哥花园的专栏按下了我丈夫的魔力按钮。那位大人讨厌像大家一样出外旅游，但自从读了您关于莫顿植物园的文章之后，他决定我们亲自去看看。于是，我们打算4月份开车过去。您回来了，我很高兴。那个叫平基什么的人连哈里森黄化病和波斯黄化病的区别都不知道。

您的诚挚的

一位忠实的读者

马萨诸塞州北安普顿市，1956年4月6日

亲爱的各位：

很抱歉，最近没给你们写信。这段时间我的俄罗斯文学学得很糟糕，跟那个教授（一个讨厌的家伙）和我的室友雪莉关系处得也很不好。雪莉被她的男朋友——另一个讨厌的家伙——弄得情绪很低落。另外，这里一直在下雨。我正在考虑改换专业，也许会改学西班牙语，或者社会学，或者教育学。但我觉得这些专业似乎又都不合适。

爱你们的

艾丽丝

马萨诸塞州北安普顿市，1956年4月20日

亲爱的妈妈：

只想告诉您我感觉好多了。我真的很感谢您能来，尤其是当我知道您以前没有坐过飞机，对飞机失事怕得要命的时候。我认为您说得对，我心情沮丧是因为我爸。他去世才一年，刚刚一年。关于这件事我跟我的俄语教授长谈过。他说他真的很理解我的感受。他还说，像这种亲人去世周年纪念的事对人的感情打击很大；我的学期论文如果不能按时完成，迟点交也可以。

我决定留在俄罗斯文学专业。我们现在讲到果戈理了。那人有一个伟大的灵魂，是俄罗斯伟大灵魂的化身。

请向沃伦、琼、贝弗利，特别是维多利亚转达我的爱。告诉他们，我很快就会给他们写信的。

艾丽丝

又及：忘记评论您的新发型了——最最漂亮了，把您的脖子也衬托得细了。您有没有想过把白发染一染？

渥太华，1956年9月3日

亲爱的弗太太：

不知道您是否愿意和《记录者》的职员们一道参加我们一年一度的晚餐会。地点是新闻俱乐部；时间是九月二十日晚七点。平基·福尔汉姆总能筹办出一顿丰盛的晚餐以及优美的歌曲和滑稽短剧。如您有意光临，我可以开车来接您。请务必告知。

杰

渥太华，1956年11月14日

亲爱的园艺技师夫人：

终于有人帮我解决了植物黑胫病问题。关于蓟马虫害，您有何建议？

一位忠实的读者

马萨诸塞州北安普顿市，1956年11月20日

嗨，大家好。期中考试前的一段时间一直埋头学习。只想对维多利亚说一岁生日快乐。真想马上再见到她。

艾丽丝

印第安纳州布卢明顿市，1956年12月20日

希望圣诞节你能收到此信。祝大家节日愉快。我和宾斯想二月份去新奥尔良。怎么样？我和乔治奥的关系完全结束了。我厌倦了成天亏待肚子，在他面前装得跟扭捏作态的小姑娘似的。

祝平安，快乐

弗雷迪

渥太华，1957年1月15日

亲爱的黛西：

《记录者》的职员很喜欢您的那篇关于如何嫁接仙人掌的文章——对于冬季的园艺工人来说，那是一个绝妙的话题。平基·福尔汉姆还画了几幅插图（我已随信寄去，请您过目），他认为这有助于读者按照您的文章完成较为

困难的步骤。他对我说，很早以前他就是个仙人掌迷。他对树木也很有研究。

您的亲爱的

杰

渥太华，1957年2月7日

亲爱的园艺技师夫人：

谢谢您对那些仙人掌插图的赞扬。不是我吹牛，我想我们的读者真的会非常喜欢，因为它使版面活泼起来了。至于您去新奥尔良期间由我替您主办这个专栏一事，我很乐于承担。我随时愿意助您一臂之力。一个人老写地方选举以及学校董事会争吵的事，会让人腻死的。

您的诚挚的

平基·福尔汉姆

渥太华，1957年6月30日

亲爱的园艺技师夫人：

我喜欢您的《坚持种好福禄考植物》一文。我已将它剪贴收藏，还为我在卡尔加里的弟媳另买了一本。她看了一定会很高兴的。

诚挚的

罗斯·亨宁，一个正接受培训的

羞怯而坚定的园艺工作者

汉诺威，学院，1957年9月19日

宿舍很嘈杂，我无法思考。但我还是想告诉你们，我已经安顿下来，而且生活得很好。这里的天气好极了。贝弗利学商业，这可真是个大好消息。她会学得很好的。

爱你们大家，尤其是维姬

沃伦

又及：您说过明信片也可以。

渥太华，1958年12月2日

啊，亲爱的园艺夫人，我亲爱的技师夫人，
我是多么爱你啊，那是因为
你的善良、你的园艺、你的技艺、
你的喷壶、你的肥料颗粒。
啊，我多爱翻动这柔软的书页，
在邮戳与桥梁之间总能找到你，
在诀窍与宗教之间总能找到你，
还有你的园艺，你的善良。
啊，就在上个星期，你用湿漉漉的衣服
擦干净那碧绿碧绿的叶子；
它们是那样明亮，那样光洁，
嫩绿的毛孔轻轻地开放给空气，
你说，那就像清洗孩子的双手。
亲爱的园艺技师夫人，
我多么希望成为你的孩子，
用光和善良把自己擦洗得干净纯洁。

即使我什么也不需要，我也会快活爱你。

啊，我多么爱你，需要你，

和蔼可亲，干净利落的园艺技师夫人。

无名氏

印第安纳州布卢明顿市，1958年1月15日

黛子——你会恨死我的。不过，2月份我是去不成佛罗里达了。猜猜为什么——我要结婚了。是的，结婚！希望你还会站立，会呼吸。宾斯说我的脑子出了毛病，但我认为你会喜欢上梅尔的。他是一位实验室导师，离过婚，头发很漂亮，在理发店四重唱[1]中唱男中音。情况就这些。所以，你别去佛罗里达晒太阳了，何不来印第安纳参加我的婚礼呢？结婚仪式只打算在法院五分钟完事，不穿礼服，但随后的盛大宴会会让你开眼的。成桶成桶的香槟，简直是酒的海洋。

爱你的

弗雷迪

印第安纳州布卢明顿市，1958年1月17日

草草此信。你终于打算来参加婚礼了。然后我们两个老姑娘（你和我）可以动身去南方，到佛罗里达待上一个星期。（弗雷迪说你现在已经不怕坐飞机了。）我需要晒晒太阳。希望梅尔能适应弗雷迪。他人不错，可他已经离过

1.即理发店男声无伴奏四重唱，起源于19世纪末期。

两次婚了。

宾斯

渥太华，1958年3月4日

亲爱的黛：

您的那篇关于棕榈树的文章《神秘的树》好极了。读者对平基的插图反应也很热烈。

不知您是否愿意去看《茶叶与同情》演出。有人给我两张票，三月十五号的。

杰

渥太华，1958年6月2日

亲爱的园艺技师夫人：

您对天竺葵的赞美触动了我的心弦。那些茁壮、顽强的宝贝们陪伴我度过了五十年的婚姻生活。在我削土豆皮准备做晚餐时，它们坐在窗台上为我欢呼打气。我丈夫活着的时候，晚餐盘子里必须有土豆。如今，我住在一个他们所说的退休老人福利院里，叫作什么“落日庄园”——听听这名字，简直叫人难以置信。我现在不用再削土豆皮了，但我仍然在窗台上摆满了鲜亮美丽的小花草。我和您一样，也喜欢用手指捻凋谢的花朵，闻它们的香味。只是我没有告诉过任何人，觉得这事听起来挺古怪的。

您的诚挚的

艾丽丝·W.基弗太太

渥太华，1959年4月27日

亲爱的黛：

多谢您邀请我共进复活节晚餐。您真幸运，拥有一个多么美好的家庭：艾丽丝红发如云；沃伦羞怯腼腆；琼温柔可人；还有您的侄女贝弗利和小维多利亚。我几乎忘记了与一个真正的家庭坐在一起共进节日晚餐的乐趣——那可是一顿丰盛的晚餐哟！请您不要以为艾丽丝要求“仔细看看我”让我难堪了。

您的

杰

又及：希望下周二一切顺利。

印第安纳州布卢明顿市，1959年11月14日

黛西：

你的律师前天在电话上跟我谈了莱蒙湖的财产问题。他终于找到了一位感兴趣的买主，但只有拆除了金字塔，重新填平那块地方以后他才肯购买。我们还继续往下谈吗？出售那里的房产显然不需要玛利亚的签字。万一她什么时候冒出来，他们也能想出补偿办法。

爱你的

弗雷迪（梅尔向你问好）

印第安纳州布卢明顿市，1959年12月13日

黛子：

我和梅尔祝你圣诞节快乐。我已把你的意见转达给了

那些房地产商人。不，我认为你没有疯。如果你不需要用钱，干吗要急着出手呢？不过，我可能得提醒你，那座金字塔似乎已引起了故意破坏文物者的注意，不是被那些人毁掉，也会被霜雪毁掉。祝你今后的十年里一切都好。谁能想到，我已经变成“已婚小女人”，你已经变成“职业女性”了。不管怎么说，你还是很适合做职业女人的。我和宾斯在别的问题上没有一致过，但在一个问题上达成了共识，那就是——你找到了适合自己的职业。

爱你的

弗雷迪

渥太华，1960年4月3日

亲爱的园艺技师夫人：

哇，您真的说过，好像是在“植物的养料——要还是不要？”一文里。我和妻子对这一问题已争论了多年。现将我清除睡莲池塘（假如您有的话）里的水藻，杜绝其再生的配方寄给您（附在信里），以示感谢。告诉您的读者，在任何苗圃或干货店里都可以买到硫酸铜。

再见，谢谢

罗曼·马特柳斯基

渥太华，1960年8月12日

亲爱的园艺技师夫人：

真的很喜欢您与蚂蚁军团的戏剧性斗争，还有您写的那些关于欧洲叶甲虫的富有启发性的话。您具有将普通事物故事化的天赋。

谢谢您

南渥太华一个对杂草和昆虫厌烦的人

印第安纳州布卢明顿市，1960年11月4日

嗨，我刚收到艾丽丝的婚礼请柬。我会打扮得漂漂亮亮的按时到场的。我将按你说的，带“一位客人”过去。我们不坐火车，而是乘飞机去。他很有钱。

宾斯

渥太华，1960年12月15日

亲爱的黛：

刚跟平基谈过，他说他很高兴暂代专栏，直到您女儿的婚礼结束。我明白，这种事需要做大量组织安排工作。平基搞到一些有趣的蕨类植物资料，看来蕨类植物又要成热门话题了。如有需要我帮忙的地方，请告诉我。

你的

杰

渥太华，1961年1月22日

亲爱的黛：

请原谅，但我必须将此付诸文字。谢谢，谢谢，谢谢。

杰

英国汉普斯特德，1961年4月20日

亲爱的母亲：

我们在这个小房子里非常快乐。我做梦也没想到过我会如此快乐，就连地址听起来也像是诗：布里韦利胡同一号。怎么样？我觉得我一辈子都有点疯疯癫癫的，可现在我突然不疯了。我打算永远待在这里，生儿育女，撰写关于契诃夫的文章，过舒舒服服的小日子，保持健康的身体。谢谢您寄来的维多利亚的快照。一想到她我的心就会兴奋。听说您和宾斯还有弗雷迪决定今年去百慕大，我很高兴。本和我一道向您问好。

艾丽丝

印第安纳州布卢明顿市，1962年5月25日

黛子：

很高兴我们能赶上参加洗礼了。艾丽丝看起来很好，她成熟了——小本很帅（我猜想他们已经回到汉普斯特德了）。再说，终于见到杰伊了，挺高兴的。是的，你说得对，他的笑声的确意味深长，老于世故。还有，一个人居然知道“伊凡·斯卡文斯基·斯卡瓦[1]”的所有歌词，也挺招人喜欢的。他跟梅尔有许多共同之处，这一点令我非常高兴。到了我们这个年龄，大家居然都有了男友，是不是有点荒唐？尽管我觉得梅尔被称为男友不太符合条件，因为他现在已经结婚做了丈夫了。顺便告诉你，宾斯和布里克

1.1877年爱尔兰歌曲作家珀西·弗朗奇（1854—1920）写的歌曲，后被配上音乐。

已经在谈婚论嫁了。我希望对他热乎点，但又做不来。你觉得呢？不仅仅是因为他的名字和他的那些令人恶心的领带，对不对？也许是因为他嘲笑肯尼迪一家时的样子；也许是因为他戴的那枚西格玛奇戒指；也许什么都不好。

爱你的

弗雷迪

渥太华，1963年6月6日

亲爱的园艺技师夫人：

我完全同意您的观点：牡丹虽美，但很愚蠢。最愚蠢的是它们憎恨被人移动——我和丈夫欢迎您上星期的建议，原因就在于此。多谢。您是最棒的。

奥德丽·拉罗什（太太）

渥太华，1963年8月15日

亲爱的园艺技师夫人：

您的那篇关于蜀葵的文章好极了。我喜欢其中关于蜀葵的“带荷叶边的紧身连衣裙”和它们那“羞怯，迷糊的花茎”那一部分。我的院子里已经有好几年没有种过蜀葵了，但读过您的专栏之后，我立马跑出去买回一串种子，尽管今年再种已经太晚了。

送您一束感谢

莉迪亚·尼高

渥太华，1963年11月25日

最亲爱的黛：

电话联系不上您，所以匆匆写封短信。因为报道肯尼迪[1]的事，下星期“运动与家庭”专栏的大部分版面将被撤销——所以我们只能下下一周刊用您的石头庭院的文章。这是什么世道，一切都崩溃了。

您的

杰

渥太华，1964年1月25日

亲爱的黛：

我对这次误解深感遗憾。当然，我现在意识到，在电话上告诉您那件事是一个错误。我知道您会很失望，但我没想到您会把此事看得那么重。您一直在说您需要给自己留更多的时间，需要更多的时间出外旅游，可能会去英国看望您的女儿。希望我们能像往常一样于星期二聚一聚，像两个理智的人一样谈谈这件事。

您的

杰

渥太华，1964年2月6日

亲爱的弗莱特太太：

我认真阅读了您的来信。我可以向您保证，我理解您

1.指美国第35任总统肯尼迪于1963年11月22日在美国达拉斯的迪利广场遇刺身亡事件。

的感受。但我相信杰伊向您解释过本社的政策，即全职职员可以优先选择栏目。您很清楚，我以前也时不时地替您做过园艺栏目，就是您外出的时候。实话对您说，我已收到了许多读者写给我的赞扬信。他们特别喜欢我做的栏目带有插图，代表了男性的观点。就我个人而言，我喜欢这样的感觉：一个地区性报纸乃是一个有生命的，充满活力的机体，而不能陷入僵化的模式。要这样考虑问题：我们的读者一直在变化，我们也应当变化。在做了九年的园艺技师夫人之后，我断定您也会欢迎变化的。

致最美好的祝愿

詹姆斯（平基）·福尔汉姆

1964年2月20日

亲爱的黛：

对于这一切，我深感遗憾。我确实同意您的看法，报社的政策荒唐可笑，但这一政策从我的前任时就一直在执行，这跟您作为撰稿人的能力无任何关系。这一点您不会不知道。问题是，平基作为全职职员，有权优先挑选任何固定栏目，只要他能表现出在该领域的才干来。我无法对您说清楚我对这一切是多么抱歉，但恐怕我也爱莫能助。

希望我们能尽快见个面，谈谈其他事情。恕我直言，您对此事太过情绪化了。

您的

杰

1964年2月28日

亲爱的弗莱特太太：

谢谢您的来信，不过，这次恐怕我不会改变主意了。坦率地说，我做市政报道已大约十年，需要改变一下了。就连我的私人医生也建议我改变改变。我认为，您干了这么多年，恐怕也急于改变一下吧。变化能使人保持年轻。

您的诚挚的

平基·福尔汉姆

又及：正如我以前所说，希望这次争论不会影响我们的友谊。

印第安纳州布卢明顿市，1964年3月28日

黛子：

我和宾斯想知道你是不是摔断了手腕。我们俩都很长时间没收到你的信了——写一两行行不行？

弗雷迪

英国汉普斯特德市，1964年4月10日

您有好几个星期没有来信了，希望一切安好。春天已到英国，景色美极了。朱迪已长到十二磅了。一切都好吧？我有点担心，您一连几个星期不来信，过去还从没有过。出什么事了？

爱您

艾丽丝、本、本杰和小朱迪

第七章
忧伤 1965

1965年是弗莱特太太极度消沉的一年。

这种情况多少像是一夜之间发生的。她平时那种镇定自若的天性一下子土崩瓦解，先是变得迷迷糊糊，不知所措，然后是沉默寡言，孤僻冷漠；最后竟至动辄勃然大怒，似乎是受到了什么伤害。家人朋友只能站在一旁眼睁睁地看着而束手无策。这一阶段她已无魅力可言，绝望的情绪与她的外表极不相称。善是无力与恶对抗的——你知道，我说的是过分的善，过分愚蠢的善。一个人一次只能睡一两个小时，饮食习惯完全被打乱——这样的人身体很快就会垮下来——你一定见过这样的人。弗莱特太太也一定见过。他们或步履蹒跚地沿着公共公园的边沿溜达，或坐在吹风机下面吹头发；他们面部肌肉下垂，衣服不整，看起来总像是需要好好梳洗打扮一番。你想赶紧冲到这些失落者跟前安慰他们，但他们的周围笼罩着一种令人气恼的衰竭气息，几乎是一种气味。

1965年的春、夏两季是弗莱特太太最难熬的月份。她沿着一条从无可奈何开始的轨道一天天地向下滑落，后来严重到郁郁寡欢，沉默不语，继而又进入一个讽刺抱怨，与世隔绝的阶段，渐渐疏远了她周围的人们，疏远了她的儿女、她的孙子孙女、她的许多好友和熟人。

究竟是什么使弗莱特太太发生了如此彻底的变化？

人们很可能首先会想到妇女绝经这一生理现象，可是不对。1965年黛西·弗莱特已经五十九岁，几乎是六十岁的人了。据一些人说，她的激素生成机构从来就不特别活跃；据另一些人说，自四十九岁生日以来，她的内分泌一直像钟表一样稳定，而且她也不像是如她的家里人所怀疑的那样患有缓发哀伤症。她满怀深情地怀念她心爱的丈夫，这是理所当然的，而且她还以这种怀念为荣，无论它意味着什么。每当她在手掌里揉搓着杰根斯润肤液的时候，她都会笑眯眯地想起他，自己也随之飘回到那一时刻——一个她永远也不会对人说的，非常隐秘的时刻，尽管她把它记录在了这里——就在那一时刻，他赞美了她的关节柔和的手指，把它们比作漂亮的，柔韧光滑的鱼。

鱼？这个想法太惊人了。当时，她虽不完全赞同这种比喻，然而她至少理解了丈夫大胆表白的对诗歌的爱好。但她真的怀念死去的伴侣吗？真的怀念他们简单而乏味的爱情赋予她的那种宁静吗？在她能够支配的时间里，究竟有多少被用于回味他们婚后二十年的共同生活呢？

老实说，很少。你瞧，我把它说出来了。

她现在的情绪低落，心灵与大脑的躁狂混乱，理性的崩溃，健康的衰退——所有这一切全都起源于某个神秘而痛苦的核心。这个核心是什么？她周围的人只能留意、揣摩、思索。

艾丽丝的看法

十九岁那年，就在我即将成为某一种人的时候，发生了一件事。那件事改变了我，使我走向了另一个方向。

“自我”不是雕刻在石柱上的东西。前不久，我读到——很可能是在星期日的报纸上——一个美国女人的故事。一天早上，她起床后开始练习一种新的书写形式：所有字母均向后倾斜，而不是向前，重点集中在将圆圈写得更小，更密集些。这简直就像画画。她用这种变异的方法将自己的名字写了十几遍，然后又写宪法序言和葛底斯堡演说。到了中午，她变成了另外一个人。

在我身上发生的变化，要比书法给那位妇女带来的变化深刻得多，也远远超过诸如新式发型或饮食养生法给人带来的表面变化——尽管我十九岁那年也曾决定留长发（在50年代中期，长发并不是流行的发型），后来又放弃了吃肉和白糖，并戒了烟。

那时候是夏天。上大学一年之后我刚回到家里。事实上，那是我回家后的第一个早晨，还是住在我们家在渥太华的那所安静、破败的大房子里。那天我醒得很早，两眼直勾勾地望着天花板。天花板上有一条长长的圆形裂缝，形状酷似一个干瘪丑老太婆背上的、隆起的肉，顶部又高又圆，下部逐渐变窄。那个裂缝打我记事时就在那里，还是我很小很小的时候。我早上一睁眼首先看到的东西是它，夜里睡觉时最后看到的东西还是它。这个吓人的，灰泥做成的碑刻似的东西一直悬在我的上方，面目狰狞恐怖。我害怕的倒不是它那女巫似的形状，上帝作证，真的不是——我十分清楚，把它看作人形只不过是一个人主观想象出来的。我还知道，别的人，比如那些比较快乐的人，看到的可能是一条河，而不是病态的，高高隆起的脊椎，或者是一幅被历史掩埋的次大陆的地图；假如再有点想象力的话，看到的或许是一座顶部有中国宝塔的高山，或者顶部是一团掼奶油。你想看到什么它就是什么。我们的感知直接从最深层的需求中飞出，这一点心理学概论中讲的多了，这在我们大学里是必修课。不，对于这个天花板上的裂缝，我所害怕的是它的执拗。它总在那里，执意要跟我奉陪到底，变成我的一部分。

我从地下室里拖来一架梯凳，希望能够到它。（我们那所老房子的天花板高得出奇。）我在花园棚屋里的一个架子上找到一盒抹灰工用的油灰，便把它和成黏黏的一大团，又从厨房抽屉里找到一把刮刀，把梯子一步一步地往前挪，硬是将油灰抹到了天花板的裂缝上。过去我从未干过这种活，但我仔细阅读了盒子上的说明，最后干得干净利落。我一向都特别整洁。我的教授在我的期末论文下方的批语是“卷面非常整洁”，还有“重点突出”和“充满了激情”。

半个小时后，油灰干了。我用砂纸把它磨光，任凭细小的沙粒撒落在我的头上、脸上。我吸入一些粉笔末似的微尘，用舌头尝尝它的味道，倒不觉得感官多么难受，反而挺舒服的。到那天下午四点钟，我已用一个带有伸缩柄的辊子刷完了整个天花板，又在当晚睡觉之前涂了第二遍。

然后，我在黑暗中躺下。浓烈的乳胶气味向下涡动，在半空中与我心中飘然升腾的强烈幸福感相会合。我可能有点陶醉了，很快便进入梦乡。我欢迎我的梦乡。我急切地等待着早晨；我想在晨曦中醒来，精神饱满地观察我给这个房间带来的变化。

这一事件，这一启示，真的发生过！我家里那么多人，没有一个人对我决心修理和粉刷我卧室的天花板提出过任何异议，甚至没有人问过我为什么需要梯子，为什么要在工棚里到处寻找涂料辊子，也没有人问过我的行为是一时冲动，还是一种饱含寓意的姿态。全家人都准许我做这件事，这令我大为吃惊。当然，我母亲在全神贯注地为当地一家报纸每周一期的园艺专栏写文章（她用的署名是“园艺技师夫人”)；我的弟弟妹妹兴致勃勃地在一边观看，也许还有一点嫉妒——他们为什么就没有想到修缮一下自己卧室的天花板呢！一年前搬来和我们同住的贝弗利堂姐帮我往地毯上铺报纸，还就怎样刷难以够到的犄角旮旯提出了一些有益的建议。至于我父亲，如果他还活着的话，他会阻止我干这种枯燥肮脏的活，特别是在我回家后的第一天，尽管我不禁想到，也许他会理解促使我义无反顾的那种冲动的。

我在一天之中改变了自己的人生：由此可见，我的人生是可以改变的。这一简单的原理并未要求对其加以解释，没有。它是直接进入我体内循环的血液中的，就像海洛因一样强大。我能够感觉到它在喷薄，在涌动；能够感觉到它是如何将我的血管冲洗得像玻璃一样明亮的。那天早上我是在狭窄的宿命中醒来的，而此刻我正在自己意志的风暴中入睡。早晨睁开眼睛，我的眼前将会呈现出一片生长着“可能性”的平坦的白色原野。原先的那个曾经嘲笑我的天花板，现在已萎缩成了记忆中的事物。我不仅把它掩盖了，而且把它抹去了，仿佛它压根就不存在似的。

事过之后，我打定主意要做一个善良的人。我这个人本非善茬，但我相信我能学会。

首先，我在壁炉里烧掉了过去的所有日记以及我上大学期间写给家里的信；那些信件充满了装腔作势，矫揉造作的不实之词。当时，妈妈发现了，对我表达了她的关切。她说：你会后悔的。以后你会想回头看看自己十岁、十二岁或者十六岁的时候是个什么样子的。

但我知道，我不需要那些日记和信件去刺激我的记忆。我曾是一个尖酸刻薄，飞扬跋扈的小孩子。我很自私，喜欢伤害别人的感情。我管我妹妹琼叫“有声裤子小姐”，管我弟弟沃伦叫“脓疱鼻子”。我对贝弗利呼来唤去，好像她就是一个契约仆役；在她的女儿出生后的前几个月里，我抱怨她的小姑娘老是在哭。其实，那时候她女儿只是肚子疼，而我却编排出许多理由，说那孩子受到了虐待，很可能大脑受到了伤害等等。我经常将有关节食的文章剪下来给母亲看，还用冷酷诡诈的腔调读给她听；我还一贯地把她为报纸写的那些文章称作“狭窄的破布片”。我记得我原来的样子。人们喜欢把记忆看作低洼的港湾，而我自己的记忆则更像是一个碧浪翻滚的湖泊，不停地撞击着我想成为的人——一个善良的人，一个关心别人的人。

我集中注意力，仔细倾听我脑袋里那台时响时停的发动机。它就像是在串珠子，那是一项精细的工作。进入1955年夏天的时候我还是个姑娘，等夏天结束的时候则变成了女人。我听说，女人需要残忍，但她们不需要卑鄙。

令我惊奇的是，对于我的所作所为，家里的回响声微乎其微，就像是远处偶尔传来的钟声——仿佛这些年来他们一直在为我说好话。他们说：艾丽丝成熟了；艾丽丝如今是一个真正的年轻女子了；艾丽丝很有特点；艾丽丝平静下来了；艾丽丝不再寻衅找事了；不再那么趾高气扬，尖酸刻薄了。但那时候，大家在背后始终把艾丽丝看作是一块黏人的黄油，对不对？啊，现在她变了一个当面背后都为人称道的好孩子。啊，艾丽丝可以指望了，什么时候都可以指望。

哎呀！

这里有一张我父亲去世前后我们家庭的示意图。

在他去世前（脑肿瘤，恶性的），我们家是一个非常甜蜜的小家庭。具有爱心的父母和三个健康的孩子。我们的父亲是农业研究所所长，他对杂交谷物的研究得到了普遍认可（归尔甫大学和衣阿华大学曾授予他名誉学位)。退休之后，他也不是无所事事，而是为渥太华《记录者》每周一期的园艺专栏撰写文章。我母亲比我父亲整整小二十三岁。这一年龄的差距倒成了她的爱好与职业：做老夫的少妻——这使得她一直保持着姑娘的性格，成了少女塔楼里的长期住户。她住在里面，既安全而又有人疼爱。她足不出户，照看孩子，做做针线，打扫卫生——尽管她请得起帮手，但她还是喜欢亲自整理花园。那是她自己的花园。那个花园在她的日常生活中，也在我们的日常生活中起着某种调节作用。她每天做的晚餐是烤肉、煮蔬菜、馅饼和布丁，或用模子做果冻当甜食。这些食品都是预先计划好的，而不是随便凑合的。餐桌摆好后，一家人围桌儿坐。我母亲总在设计新颖的餐桌中央的装饰品。在餐桌中央装饰方面母亲似乎是一个传统的女人。我们几个孩子在餐桌上很守规矩，说话声音很小。饭后，琼妮、沃伦和我不用提醒就会自觉地去做作业。星期三晚上我们上钢琴课。教我们钢琴的是一个名叫莫娜·拉斯姆森的女人，我们背后都管她叫“皇家紫莓”——这一无害而温和的绰号在很大程度上表明了我们是什么样的孩子，能捣鼓出什么花样来。星期六我们全家一起散步——据我们所知，全家一起散步的只我们一家——散步途中，父母自然而然地教我们如何识别附近街区或实验农场里的各种灌木、树木、植物、花草。

父亲去世后——甚至就在他接受诊治的那几个月里——我们家的情况很快发生了变化。晚餐不是推迟就是提前，有时候就在厨房里，而不是在餐厅里吃。那时候，我们吃的是咸罐头牛肉泥或烤奶酪三明治。母亲似乎从没有解下过围裙；假如我们不提醒她，她会系着围裙跑到外面去。她顾不上用吸尘器打扫房间，什么都顾不上，就连她最心爱的非洲紫罗兰，她的那些蕨类植物也都枯死了。部分家务被忽略可以用母亲的悲伤或不知所措来解释，那是自然的，但促成这种变化的还有其他原因。安葬过父亲仅仅两个月之后，母亲接过了《记录者》的园艺专栏，成了“园艺技师夫人”。她一下子变成了另外一个人，一个有工作的人。正如在那个稀奇古怪的年代人们所说的，一个“出外工作”的人。而事实上，她的文章都是在自己家里写好，寄给该报纸的专栏的。每星期三下午，她要步行到托灵顿克里森特大街拐角处，将稿件投入邮筒，以供星期六的报纸刊用。那个专栏是编辑邀请她做的，还是她自告奋勇做的，我始终不知道，但突然之间，她就坐在起居室的角落里父亲留下的一张旧写字台前忙起她的文章来。她用圆珠笔刷刷刷地写着，偶尔抬起头来，用手揉揉前额，仿佛是要绞尽脑汁，寻找一个既不违背植物学原理，又能迎合读者感情的答案。有时候，她会起身走到窗前，在那里站一会儿，然后再回到写字台旁边，让自己日渐宽大的臀部在椅子上坐得更舒服些，便又接着写起来。她似乎对这种写作很有技巧。这令所有人都惊讶。好像她突然改变了航向，驶入了自己的生活。

然后，堂姐贝弗利坐火车从萨斯喀彻温赶来了。她已有六个月的身孕，肚子大得像谷仓。她来后住到了三楼的储藏室里。贝弗利的计划是，等婴儿生下后，把它送给别人收养。但这种情况并没有发生，这事也再没有人提过。维多利亚出生了。那是一个漂亮的足月婴儿，后来就一直待在我们家。起初她睡在我房间里的一个筐子里，后来贝弗利把楼下的日光浴室改造成了育婴室，将带有羔羊和挤奶女工图案的壁纸糊在了常春藤图案的旧壁纸上。

在一切发生得很快。到了1954年，我们家还是一个幸福的普通家庭。弗莱特夫妇和三个听话的孩子。然后——就像有一道闪电击中我们家——突然之间只剩下了一个母亲（心烦意乱而又全神贯注），还有一个未婚妈妈和一个患有结肠病的婴儿，以及三个十几岁的少年：诡计多端的琼、郁郁寡欢的沃伦、自私刻薄的艾丽丝。

如果你认为，面对这一切变故，我母亲一定会心神不宁，那你可就错了。她把1955年我们家的这场混乱看作是一个能吞没一切的友好巨浪，听任它径直从自己头上滚过去。她从水面上冒出来，圆圆的脸庞面对着这阳光，露出幸福的微笑。

我们不是没有为父亲的去世悲伤过。

父亲个子高大，有点驼背，长得一表人才。他年过七十，仍是满头浓发。他把头发从前额径直往后梳，梳成个古怪的美洲大陆发型。他的脑门平展，洁净，颜色白皙却生硬冷漠。他的脖子粗粗的，扣上领子，打上领带显得很有派头。但他那长长的四肢和不知进退的正直无私又时时提醒你，他曾经是一个乡下孩子，出生在另一个世纪，在马尼托巴的乡下长大。尽管他脾气温和，也很有耐心，但我发现他是一个令人局促不安的父亲。他太过于讲究礼貌，太爱清嗓子，身体太令人不舒服，太老。但他去世之后我还是很怀念他的。

我母亲也怀念他。刚刚安葬过父亲之后的日子里，她浑身无力，昏昏欲睡，好像在隔着一层不透气的薄膜拼命呼吸。她的历史、她的婚姻、她的一切都在顺着陡坡往下滑。但在那之后，转眼之间她变成的“园艺技师夫人”。她原先的自我就像一件过大的上衣一样从她身上滑落下来。

这些年来，她每天上午穿着拖鞋、睡袍，坐在写字台边，用普通书写法撰写她的专栏文章。先是初稿，然后是第二稿、第三稿，然后校对贝弗利堂姐打出的文本。锈灰色的蓬松鬈发散落在她的额头上、耳朵上——有时候她工作前用梳子梳梳头，有时候不梳。她工作起来全神贯注，甚至连电话铃声也听不见。我们几个谁也没有想到她会如此专心致志。比如说，她这一周写半边莲插枝繁殖，下一周写如何用空中压条法培植橡胶树苗。不写文章的时候，她就给读者写回信——一星期平均要写至少二十封，或者就构思新的计划或将园艺资料信息存入我父亲的旧档案柜里。就这样，她整整干了九个年头。可是现在，这一切突然结束了。

她失去了工作。一个名叫平基·福尔汉姆的男人接管了她的专栏。而我的母亲，五十九岁的她，被解雇了。她拿到了解雇通知书。她被打发走了——被扔进了比对丈夫的去世或孩子们的胡闹更深，更剧烈，更宽阔的绝望之中。一年前，她还坐在那张写字台边，头发像一种活生生的东西曲卷在她的头上。圆珠笔沙沙沙地划过纸面。她是“园艺技师夫人”，是当地的知名人物。可现在，她又退回到了弗莱特太太的身份。她只在一个短暂的时期领略到了有份工作是什么滋味。那是一种自我满足的体现；那是一种将打字稿折叠起来装进信封里的感觉；然后是收到寄来的稿酬支票的感觉。如今，她就像一个可悲的大百货商店，被摈弃，被忽略，空留硕大而沉寂的橱窗，没有生意，大门落锁。

我住在数千英里以外的英国——确切地说是汉普斯特德——但我离开心爱的丈夫本整整三个星期了，还撇下了我们的两个小孩子本吉和朱迪。我不远万里回到家里，就是想看看情况如何。我发现母亲坐在花园里，双手紧握一张柳条椅的扶手。她的下巴奇怪地凹陷了，老了，圆圆的嘴巴无助地说：“现在的情况我习惯不了。我过不去这一关。”

弗雷迪·霍伊特的看法

你不会认为艾丽丝·弗莱特·唐宁会相信她母亲目前的情况是真实的，对不对？

她是真爱她的母亲，她也真是个好女儿——她这不是漂洋过海来哄她高兴，帮她摆脱沮丧的现状了吗？问题是，艾丽丝不知道从哪里开始。奇怪而具有讽刺意味的是，艾丽丝了解她母亲的时间不够长，不像我对她的了解。从小时候在印第安纳州布卢明顿市时我就了解她。那时候，我们是两个扎着马尾巴辫的十一岁的小丫头——事实上，扎马尾巴辫的是我，黛子的头发是自来卷。她恨自己的鬈发——天哪！她管自己叫“会滚动的马勃[1]”。后来，鬈毛狗发型流行起来，她非常开心。但那时候，即40年代后期，她已经到了加拿大，嫁给了一个名叫巴克·弗莱特的男人，并成了三个孩子的母亲。最大的孩子就是艾丽丝。

艾丽丝克制不住自己，一门心思要工作。她不像我们那个时代的年轻姑娘。她在传统与反叛之间摇摆不定。她有自己的重大利益。关于这一点她不愿多谈。她二十八岁了。你可能会认为她会跟那些“花孩儿[2]们”混在一起，对不对？成天叫嚷着和平与爱情，拨弄着吉他，吸食大麻，在公共场所闲逛，让生活一直快活到下地狱。不。她做得很恰当，嫁给了一个小小的经济学教授，住在童话般的英国房子里，生下两个聪明健康的孩子，出版过一本颇为成功的著作《契诃夫的想象力》，现在正撰写另一本书，旨在探索契诃夫的女性一面——关于这一新选题的内容，她在塞在圣诞节

1.一种球形真菌，可以食用。

2.即佩花嬉皮士，主张“爱情、和平与美好”，以花朵象征其主张。

贺卡里的一封信里给我扼要地介绍过。关于艾丽丝，还有一件事：她每年都寄圣诞贺卡；她有一种冲动，想把分布在各地的家人与朋友紧密地联系起来。她的这种仁爱延伸到了她母亲做姑娘时候的老友身上，主要是我和拉比娜·格林·杜克斯。拉比娜最近搬到了佛罗里达。她曾经在我面前将艾丽丝称为“圣洁的正直小姐”。

艾丽丝在她的短信和贺卡里称我为弗雷迪“阿姨”。在这个阿姨称呼语里，我能读出她对我这个被称为阿姨者的要求，还有善意的尊重，而且还有爱。我最近一次见到她是在渥太华为小朱迪举行的洗礼仪式上——那次洗礼仪式是对艾丽丝心灵的又一次奇特的撞击：她是一个不可知论者，但她还是为她的孩子做了洗礼。事实上，她是带着他们穿越大西洋，用纯洁神圣的加拿大水，当着纯洁与不纯洁的家人与朋友的面为孩子们洗礼的。她说，仪式是社会的黏结剂；仪式将人们最粗浅的冲动涂抹得大大的；仪式将大脑和小脑隔离开来。艾丽丝对每一株灌木、每一粒纽扣、人类的每一手势都有一套理论，有时有几套理论。

朱迪在渥太华那个美丽的花园完成基督教洗礼仪式之后，我和艾丽丝端着香槟酒杯，站在那里就《女性的奥秘》一书闲聊了一会儿。我敢说，她知道我读过那本书时，非常惊讶。

跟许多年轻人一样，她相信我们这些老家伙们早已关闭了阀门，对于将来听天由命了。当我开始对贝蒂·弗莱顿[1]将工作拔高为“救度”的说法提出异议时，她瞪大了眼睛。“我们就是工作！”艾丽丝叫道，“工作和自我是不可分的。”

啊，天哪！我张开嘴巴，想提出反对意见。

---

1. 贝蒂·弗莱顿（1921—2006），美国作家，上面提到的《女性的奥秘》一书的作者。

"瞧瞧我妈。"艾丽丝打断了我。她压低嗓门，但压得还不够低。她用手指指那盛开的丁香花。黛子正站在一圈朋友中间。她的身体胖得腰都长到十八号了，真够健壮的。小朱迪正偎依在她的胳膊弯里。"在我妈成为报纸专栏撰稿人以前，她根本就没有自我价值的意识。一点也没有，什么价值意识也没有！你想想看，她在这个社会里就像个奴隶一样，真的什么价值也没有。没人给她工钱，没有人看得起她。她只是个默默无闻的小人物。现在你看，她已经变得"——说到这里，艾丽丝停下来寻找恰当的措辞。她向着在微风中晃动的丁香花挥挥手——"她已经变得，你知道，像个真正的人了。"

我想告诉艾丽丝，工作就是工作。难道我连这都不懂？工作不仅仅是坐在图书馆昏暗的角落里，每两年摆弄出一部漂亮的小专著来。工作就是黑暗而寒冷的冬天早晨闹钟响了，而你忘记了熨烫搭配灰色套装的那件绿色罩衫；汽车出了毛病，而这个月又没钱去修理，因为门罗县美术馆行政董事会四年前就说考虑给你加薪，甚至临走还丢给你一句表扬话，但至今仍没有动静。除此之外，美术馆经常是整整一个上午没有一个人进来参观；即使有人来，也只是站在那里对展品抱怨一通，对展品的简介咯咯地讥笑一番，好让你知道，他们幼儿园的小朋友只需一瓶指画颜料就能画成这个样。再则说（哼哼），这种东西都是纳税人出钱办的，可他们真正喜欢的——只是他们还没敢这么说——是美丽的风景画：原野、天空、看着像是地平线的地平线。还有什么也可以算作工作呢？啊，和董事会见面；结算账目；搞不知怎么回事老是失败的宣传活动；消除资金赤字；寻找放错了地方的财产转让申请表；解决印刷厂交回的展品目录延迟问题；还有那些疯子不停地给你打电话，请求你去看一眼他们的代表作，要你去你就得去，好像你欠他们的。你是谁？不就是一个被捧上了天的美术馆管理员吗？

然后呢——至少自从梅尔走后，最近的情况是这样——下班回家，喝一杯波旁威士忌，吃一个炒鸡蛋，也许路上会在图书馆停停，看看它们也没有进什么新书，然后早早上床睡觉，因为你头痛得厉害；有时候就在你刚想闭上眼睛，就又想起来远在加拿大，领着孩子单身过日子的老朋友黛子，想象她终日如何不紧不慢地忙碌着，到处传播她的福音书《好管家》，将别人的成就看成是对自己的奖赏。别人当然会给她戴上桂冠，并告诉她他们是多么感激她。他们回想起来，她是一位真正的母亲。她一天到晚忙忙碌碌地工作不是为了挣几块钱，不像印第安纳州布卢明顿市她的那位老朋友弗雷迪·霍伊特。

啊，一个家庭应当经常听听外界的评价，否则，依我看，它会被童话般的灰尘所掩埋，从而直接导致谎言和虚构的故事从其家族历史的碎片中泄漏出来。以弗莱特家为例，这个家庭一向夸大职业道德。巴克和他的谷物杂交、艾丽丝和她的俄罗斯文学、沃伦和他的音乐、琼妮和她的——鬼知道她究竟在新墨西哥州干什么——他们都把黛子的精神崩溃归咎于她失去了那个报纸专栏。应当说，他们这样想是自然而然的。头一个月里，我也是这样认为的。但我渐渐地开始相信，失去“工作”只是一个引爆器，引爆了她压抑了一辈子的强烈欲望。

我说的是性欲。还能是什么呢？

不是因为我跟黛子讨论过性欲问题。啊，反正很久没有讨论过了。我们做姑娘的时候是讨论过，那是因为我们试图揭开男女交媾行为的奥秘：能持续多长时间？是不是很疼？做那种事的时候是不是说话，小声说些卿卿我我的话什么的？达到“性高潮”是什么感觉？怎么确定你是否达到了高潮？高潮为什么那么重要？你没有达到高潮却假装达到了，这算不算欺骗？就是诸如此类的问题。但从那以后再没有讨论过。

然而突然之间，讨论性生活变成了大逆不道的事。

我认为我们两个聚在一起的时候都想谈这个问题，她想谈，我也想谈，甚至还笨拙地往那个方向做过暗示，但我们始终没能找到共同的话头。你可能会说，我们俩之间的差距太大了。两个人的情况太不相称，太不平衡了：黛子的性伙伴是单调乏味的巴克，那个颇具脂粉气的男人——也许她还跟那家报纸的一位编辑相好过一段，也许没有。那人名叫杰伊·达德利。结果证明，那家伙也是一坨臭狗屎，竟然把她的专栏拿过来，给了另外一个人，就像国王任命了一位新大臣一样——唉，这就是黛子的全部性爱史，满打满算也只算是吃过一根半豆芽。而在篱笆墙的另一边，我独拥五十三个情人，也可能是五十四个，现在正和他们坐在一起。我这边一直热热闹闹，精力充沛，人头攒动。我还要感谢我的幸运之星。我举杯祝福我这支五十四人的队伍——我就是这样看他们的，一支精悍的小部队正在神气活现地向前开拔。阳光照射着他们漂亮的脑袋和肩膀。

关于这些人，我是有记录可查的。这样做可能有点不够厚道。我有一个小日记本，上面记录着日期、名字首字母、地理位置、编成代码的细节。这些细节从1927年开始记录，比如交往时间、对方职位、来往次数、反应程度，等等。

我那位第五十四个“影子”情人是几个星期前在去渥太华的火车上遇到的。我们没有互报姓名，只是互相零零乱乱地倾诉了一番催人泪下的经历。我们在休息车厢里喝波旁威士忌，结果两个人都喝多了。当时，时间已经很晚。醉倒之前我们也许做爱了，也许没有。我们两个光着身子，躺在我那个下铺粗糙的毛毯上。在我的印象中，好像有一个满脸通红的男人用他那满是褶皱的肚子在我身上耸动。我记得就像黑白电影里那样，我们乱嚷乱叫，出尽了洋相。第二天早上我睁开眼睛的时候，他已经走了——真是谢天谢地。而我的身子，我六十岁的身子（上帝啊！）不愿告诉我究竟发生了什么，只是“下边那地方”有点疼。那也可能有多种原因。下边干巴巴的。算把我搞糊涂了。于是，我在日记本上打了个问号，而不是像往常那样记录下详细资料。我从那个问号中读出，我的性爱生活可能结束了。那是一种很丢人的事，尽管迄今我仍不愿意承认。

女人想要什么？弗洛伊德问。老傻瓜，江湖骗子。他知道女人想要什么。她们什么也不想要。什么都不够好。这一点人人都知道，唯独我不知道。

我之所以去渥太华，是为了去安慰一位身遭不幸的老朋友。她曾写信不让我去。她说她的侄女贝弗利在照顾她；还说她现在不便接待朋友。可我当然还是去了。我当时错误地认为，我可以把她带回比较阳光的年代，和她一起从我们之间的情感之泉中捞取共同经历的那些陈年旧事，愚蠢的，伤感的，动人的，什么样的都行。我相信，用不了几天，我们就能打开“性”这个禁忌话题，把我们心中那些鲜活的想法痛痛快快地说出来。

女人有时候是愿意吐露自己的心声的，这种情况我见过。老友相逢，互诉衷肠，远远胜过艾丽丝那阴阳怪气的同情。我试图对我儿时的朋友说，自我像空间一样，也是弯曲的。人类能够一次又一次地重温早期的最强烈刺激。性冲动尽管会令人局促不安，难以启齿，却是我们进入极乐王国的通途，而且是唯一的通途。做姑娘的时候我们谈论“性高潮”，谈论用盐溶液冲洗，但性冲动的力量远比我们当时想象的更神秘，更强大。我想跟她谈谈第一个诱奸我的波普科夫教授；跟她谈谈像运动员似的没完没了地变换姿势的乔治奥（我管他叫“大睾丸”）；跟她谈谈可怜的梅尔，他只跟我过了四年，就像一缕青烟似的飘然而去。我不打算对她有任何保留，就连火车上的那次遗憾的邂逅之类的小事也不想瞒她。我说服自己相信，坦率地交锋将会消除那个剥夺了黛子的幸福，令她神魂颠倒的东西，不管那东西是什么。

但事实证明，我那一周的努力是一场灾难。无论你怎么哄，怎么劝，她就是不肯离开她那黑暗的卧室。她仰面躺在床上，脖子与肩膀上的肌肉严重萎缩；原先像女王似的躯体一磅一磅地消瘦。“不要让我假装快活，”有一次，我端着托盘给她送午餐时她对我说，“那太费劲了。”

我返回布卢明顿的家里，给她写了一封令人极其振奋的短信，是关于未来的。信里说：太阳终会冲破乌云，喷薄而出。未来的欢乐生生不息，代代相传。

一个星期之后，来了一封信。信封上是她的笔迹。打开一看，里面没有信，只有我那个记有密码内容的小日记本。肯定是我关闭手提箱时掉在地毯上了。

贝弗利堂姐的看法

十年前在萨斯喀彻温的时候，我掉进了水深火热之中。我成了离过婚的女人。嗬，好家伙，这还得了！我告诉你，在那个时候，离婚简直就是犯罪。但这还不算，更大的灾难还在后头。我把丈夫杰里（从结婚第一天，我就知道他是个酒鬼）一脚蹬开短短两年之后，我就被伦纳德·马祖基维奇把肚子搞大了。那人在酸洗车间工作

（当然已婚）。他对做爱的看法——我想起来就心惊肉跳——但其实也不值得那么害怕。他呼呼哧哧弄了三分钟，嘿，我这就怀孕了。

我原本想去卡尔加里，但我太害怕了，我不敢。你想想看，大战期间我远赴英国，参加过英国皇家海军妇女服务队，枪林弹雨都活过来了。我年轻的时候浑身是胆，可战争结束后我回到萨斯喀彻温家里，浑身的豪气荡然无存。杰里对我穷追不舍，非要跟我结婚不可。父母、姊妹，人人都催我结婚，简直要把我撕碎。于是，我很快就跟杰里结了婚。奇怪的是，结婚之后，无论我们俩怎么折腾，我就是怀不上孩子。哈！——我就跟伦纳德·马祖基维奇半夜里滚过一次床，就那么一次，我这就怀上了。有些姑娘陷入这种窘境会选择自杀，但我压根儿没那么想过，原因是，如果我愿意，我仍然可以闭上眼睛，回忆我在英国的时候是何等勇敢，何等精力充沛——这种情景就像日历或电影里的某个画面一样，能使我振奋起来。我想，也许我还能回到原来的样子。但如果我自杀了，那就回不去了。这是肯定的。

渥太华的黛西伯母收留了我。我成了那个家庭的一员。她让我把顶楼的储藏室粉刷成粉红色和白色，挂上窗帘——于是，那就成了我的私人卧室，谁也不能把它弄脏。后来，维多利亚出生之后，她对我说："何不把楼下的日光浴室收拾一下，改成育婴室呢？"我照她的话做了。

维多利亚·露易丝出生时重达八磅半，令人惊奇，因为我自己当时只有九十八磅重，像弗莱特家族的人那样精瘦，又像我母亲家族的人那样矮小。维多利亚急腹痛病痊愈以后，变成了一个真正的乖孩子。她生下来就是一头柔软漂亮的金发。如今她已九岁了，活像一个漂亮的玩具娃娃！谢天谢地，我没有按原先的计划把她送人收养。我照看她，亲手为她做衣服，去开家长会，和她的老师谈话，为她做所有事情。我教她在家里要安静，不要惹黛西伯母生气。我还负责干家务活，家里一日三餐大多都是我做；我还靠替人打印保险单挣点小外快。后来，黛西伯母患了神经衰弱，我又一直照顾她。

就我个人而言，我认为她现在的状况不是她的生活改变造成的，也不是因为神经过敏。而是孩子们把她拖垮了。她是个寡妇，所以她感到身上的责任特别重。这我能够理解。再说，有些人天生就是发愁命。她曾经为她的女儿艾丽丝发愁，认为她做事强梁——哦，她还真是这样！后来有一段时间她又替沃伦发愁，认为沃伦是个好孩子，就是有点爱哭。他还真有这种毛病，以致后来发展得性格有点羞怯和伤感。但情况往往是，这种人过了某个年龄段之后，就不会再真的爱哭了；他们只不过是显得比较温柔，要么就是有点“内向”。我早就注意到了这一点。如今，沃伦已长成了正常的小伙子——性格也发生了很大改观。他在纽约州的罗切斯特市读大学，全班第一个拿到了音乐理论硕士学位，还获得过金牌。黛西伯母原先正准备去参加他的毕业典礼。为此，她甚至还为自己买了一顶漂亮的小圆筒女帽，鲜绿色的。但现在已经不可能去了。她几乎下不了床，只能躺在黑暗中，动不动就哭，把床单抓在手里拼命地揉，拼命地拧，就像要把谁的脖子拧断一样。我认为她现在又在为琼发愁了。小琼妮是这个家庭的公主，生生被惯坏了。她人机灵得很，只是现在她已经在吸食毒品，也不知道别的还干什么事，反正都是嬉皮士干的那些事。她说她是在新墨西哥州卖珠宝，但我有十二万分的把握打赌，她贩卖的绝不仅仅是珠宝。哎呀，这可伤透了她妈妈的心。而看到她伤心，我又受不了。可以毫不夸张地说，是黛西伯母救了我的命，给了我和维多利亚一个家。现在我也想救她的命。可除了她本人，谁又能救得了她呢？一个人能让自己生病，也只有她本人能让自己好起来。这就是我的看法。

沃伦的看法

我母亲是个受过教育的女人，这一点你可能不知道。她1926年毕业于朗女子学院，取得过文学学士学位。但你若问她她的毕业文凭在哪里，她只会耸耸肩膀。有一回，我在楼上储藏室里看到一个纸板箱——那是我在那里打扫卫生，好让贝弗利堂姐搬进来住的时候——箱子里有厚厚一摞母亲上学时写的文章，其中一篇文章的题目是《卡米洛·加富尔[1]：政治家与空想家》。我无法相信我母亲还听说过卡米洛·加富尔（我当然没听说过），甚至还把意大利19世纪那段晦涩费解的历史写得那么认真，那么动感情。这么多年之后，墨迹仍然清晰鲜明——圆圈、破折号、段落以及那段高屋建瓴的结论：**全世界的意大利人都应当对这位曾经为同胞的权利而斗争，意志坚如磐石的英雄感恩戴德**……

我母亲原先那得心应手的智慧与活力到哪里去了呢？我们家的人谁也不记得她对家人提起过意大利独立这一话题，也不记得她谈起过19世纪或她对那些地中海城邦国的看法。但这一切却明明白白地写在她1926年的文章里。我从未想到她会对意大利农民的困境那么关心。事实上，除了从图书馆借来的爱情小说以及如何种好大丽花之类的小册子外，我也从未看见她读过什么书。一想起母亲那篇关于卡米洛·加富尔的文章，我就禁不住有一种受骗的感觉，好像有某个诡计多端的颠覆者在游荡；有一个光彩夺目的笑话被锁

---

1. 卡米洛·加富尔（1810—1861），意大利政治家，自由贵族和君主立宪派领袖，意大利王国首任首相。

在盒子里，埋在地底下。后来我又想：如果我有受骗的感觉，她肯定更有这种感觉。她肯定在为挥霍自己的生命而感到悲哀。肯定有某一件事，某一个人，斩断了她的思维，拔掉了她的舌头。我母亲是一位中年妇女，属于中产阶级、中等智力、中等自尊心、中等运气。因而你可能以为她应该处于这个世界的中间地带。然而你错了，事实上她是处在这个世界的边缘，稍有震动就会把她震出去。

琼的看法

我母亲今年一直生病，人人都说她是神经衰弱。我姐姐艾丽丝给我寄来路费，让我回家看看她。姐姐给我写了一封长长的信，说她想来想去，最后觉得我是能使她振作起来的最佳人选。姐姐还说，我的出现将会像是“一杯药水”那样有效。这可真像艾丽丝的做派，遇事自己不出面，总是指派别人去做。

我原以为母亲的状况只是有点麻木，结果却发现她已经到了狂躁的地步。好像是一个叫平基·福尔汉姆的人夺走了她的报纸专栏。过去她用来写花坛，写幼苗的时间，现在全部投入到对平基·福尔汉姆的仇恨之中。她没办法谈，也没办法想任何其他事情。她把自己局限到了遭遇不公的小小视野里。她拿两个拳头互相撞击，一遍又一遍地讲述她和他最后一次见面的情景。他所说的话和所做的事令她无法忘记，特别是他的那句结束语，她记得清清楚楚：“我希望此事不会影响我们之间的友谊。”这句话他说得漫不经心，冷酷无情，就像是别人说的，甚至根本不考虑这话我母亲听起来是多么刺心，根本不考虑他的这种漫不经心的傲慢与漠视态度会给我母亲造成多大的压力。

她现在对此事难以释怀。她躺在床上，一遍又一遍地回忆他们的那最后一次交谈：她去他在《记录者》报社的办公室恳求他，他转过脸来，对她说了那句令人无法忍受的混账话："我希望此事不会影响我们之间的友谊。"我母亲对我详细描述当时的情景，说一遍又一遍，声泪俱下，丧魂落魄地不住摇头，还请求我设身处地地感受她的痛苦。

我回到家不几天就意识到，她正在津津有味地品尝着这一切：品尝着仇恨平基·福尔汉姆的那股纯洁而又美好的力量，品尝着蒙受冤屈给她带来的狂喜。这其中自有某种庄严。她的一生中没有任何东西曾经把她的情感推到过如此高度——她为什么不爱它，爱这精美的创伤，爱这完美而痛苦的风趣？

我握住她的手，让她的狂怒继续下去。

杰伊·达德利的看法

我当然对所发生的事感到内疚。怎么能不内疚呢？尽管我从没有像外界所说的那样真正引诱过她。（坦白地讲，对我来说，结一次婚就足够了。）然而，我非常非常喜欢她。我们俩曾经有过几次，其中一次是在她那张稀奇古怪的老式大床上。那张大床包着床头板，就像30年代电影里的老古董。啊，真叫个爽，岂止是爽。但我看得出来，她心里有更长远的打算，不是因为她说过什么，她并没有直接提到过。无论如何，我们俩之间最好还是保持点距离。可我不知道她会这么认真。就因为我说了一句我们俩的"友谊"——就这么一句话——谁知道那句话在她看来另有含义。

拉比娜·安东尼·格林·杜克斯的看法

1927年我跟迪克·格林结婚的时候，我认为自己嫁了个健壮的丈夫。他腰板挺拔，衬衣整齐地塞进宽松裤里，皮鞋擦得锃亮。他会打网球，还是印第安纳大学游泳队的队员。他的脸色黧黑，脸型很美。我曾一度很喜欢看他的嘴巴。他听别人说话时，有时候会下颚松弛，嘴巴微张。他那松弛的下颌使我多年来一直认为他感情丰富，头脑机警，全神贯注，天真烂漫。他移动宽阔的肩膀时，那样子过分讲究，简直有点谦卑，仿佛他的肩膀可以出借，可以弄碎。

然而，我才是那个可以弄碎的人。女人永远是易碎品。一次大失所望不算是什么大问题，也不至于把人压碎。能把人压碎的，更像是一个接一个令人失望的小事雨点般地劈头盖脸朝你砸下来。用不了多久，它就变成了大洪水。等你清醒过来，你所知道的第一件事就是：你要被淹没了。

科拉-梅·弥尔汤的看法

可怜的没娘孩子。时至今日，我仍然记得第一次见到她的情景。那年她十一岁，跟她父亲乘一辆出租马车来到维尼加希尔这个地方。我自己正卷着袖子洗衣裳，压根就没有准备好接待他们两个，甚至连饭也没有开始做。您的太太在哪里？——我正想这么问，谢天谢地我合上了嘴巴，因为我没有看到有什么太太。他的太太十一年前已经去世了。她送了自己的命，生下了这个丫头片子。这是古德威尔先生亲自告诉我的。真是一场悲剧。那是在我跟他熟了之后听他说的。

刚从加拿大来，他不习惯和有色人种打交道。他直言不讳地跟我谈这谈那，什么都谈。“科拉-梅，”她说，“我女儿需要一个女人在家里照顾，她需要学东西，我不在家的时候她需要有人陪伴。先是她妈妈死了，您知道，后来，在加拿大照看她的老姨妈也死了。现在，她在这个世界上没有任何亲人了，只有我。”

就这样，我开始按星期在古德威尔先生家里干活，而不是像公司说的每星期三来一天。我说的公司就是印第安纳石灰岩公司。他们雇用了我，让我接待古德威尔先生，并一直把他们带到布卢明顿，一个鳏夫和他的小女儿。这是1916年前后的事。那时奥伦还在国外，他的腿被打断了，当时只有我还不知道。就在那年秋天，我们自己的露西尔满六岁，开始上学了。所以，我就答应了古德威尔先生的要求。我每天一大早来做早餐，让孩子穿得整整齐齐，干干净净，然后送她上学，做家务，洗衣服，什么都干。他每天付给我两块钱；我们搬进大房子以后每天给我三块。对于有色人种帮工来说，这在当时是很不错的待遇。

他们对我很好。古德威尔先生喜欢开玩笑。有时候，他往餐桌上放一袋新鲜炸面圈。“这是什么？”我会问他。他会说：“啊，肯定是有人留给你的，科拉-梅。就着咖啡吃挺好的。”

我每天先打扫灰尘，收拾床铺，如果需要，再给家具打蜡。干完之后，我就坐下来，喝一杯咖啡，吃一个炸面圈，休息一会儿。如果小姑娘因为什么事从学校回来了，她也会挨着我坐下来，吃个炸面圈，喝一大杯牛奶。有一回，她转过脸来问我：“你吃炸面圈为什么要用叉子，科拉-梅？”“不知道。”我回答说。我真不知道。“我从来没见过有人那样吃炸面圈。”她带着一脸狐疑的表情说。我猜不出她是什么意思。莫非她认为我无知？莫非她出于年幼好奇，就跟我的露西尔一样？我约束住自己的舌头，对她的所作所为尽可能少斥责，少烦恼。我对自己说，记住，这个可怜的孩子没有母亲。在这个世界上，没有母亲是最糟糕的。

我至今仍然那样认为。我的露西尔如今远在加利福尼亚。她有自己的家庭和一所属于自己的漂亮的房子，牧场式的。我已经有，啊，六七年没见到她了。她也很少坐下来给家里写封信。她唯一要做的事就是照料她的家庭。对此我一点也不责怪她。如今，她的妈妈不过是她生活中的一个小小的故事，一种过时的东西，很久以前的东西。我妈妈对我来说也是一样。那个故事五分钟正好能讲完。你可以眨巴眨巴眼睛，想不起来了，但你无法把它赶走。妈妈就在你的心里。你能感觉到她在活动，在呼吸；有时候你还能听到她在跟你说话，一遍又一遍地说同样的话，比如说：注意、小心、好好的、别伤着自己。

啊，正因如此，我才要这样对待古德威尔先生的小姑娘。我为她熨衣服，为她梳头。虽说我连半个妈妈也不是，但我是她以后想要拥有的整个妈妈。她以后如何找到自己的路？她的一生如何才能幸福？我睁大眼睛朝未来看了又看，但所能看到的仅仅是她前面的一个黑暗的去处，一个像最漆黑的夜晚一样的黑暗的地方。

斯科特·斯库塔里的看法

我祖父出生在阿尔巴尼亚北部农村，是一个贫穷的乡下犹太人的儿子。十八岁那年他离开家乡，对父母说他要徒步去耶路撒冷。但事实上，他一直向西，朝斯库塔里城走去（并把该城的名字加在自己的名字上），在那里搭乘一条小船到了马耳他。他从马耳他沿陆路到达里斯本，然后又从里斯本乘船到达蒙特利尔。1897年，他生活在马尼托巴乡村，当起了叫卖家庭用品的小商贩，从一个小镇到另一个小镇，赚取点糊口钱。他的全名是艾布拉姆·戈思德·斯库塔里。后来，他靠自我奋斗发迹，变成了百万富翁，创建了全国连锁零售商店并成为老板。

然而早年间，他穷得令人心酸，一个边远落后地区的小商贩的生活十分痛苦。当地的农民和镇上的人们靠他带来生活必需品，却经常辱骂他。他们管他叫犹太佬。没有人正经问过他姓甚名谁、家住何方、是否已娶妻生子。当地的男人拒绝同他握手，好像他身上有虱子似的。这极大地伤害了他的自尊心。他对这种侮辱至死难以释然。

后来来了个伊顿邮购服务公司，突然之间，人们不再需要同他这个游乡商贩打交道了。买个鞋油、发带什么的，只需给温尼伯商店寄个订单即可，既便宜又方便。可这样一来，艾布拉姆·斯库塔里怎么养活他的妻子埃琳娜（我的祖母莉娜）和他们的小儿子（我的伯父雅各布）呢？

他想到一个主意，申请银行贷款，开创自己的生意，卖工作服、安全设备、防火用具、钻孔设备；事实上，只要伊顿公司1905年的供货目录上没有的东西，都可以卖。还有自行车。我爷爷想到，自行车是未来的畅销货。不错，当时已经有汽车了，但他看了一圈发现，温尼伯的每个年轻人很快就会渴望有一辆崭新的，当时已在市场上销售的批量生产的自行车。

想起去银行贷款，他心里有点发怵。他从来也没有踏进过银行一步，更不用说皇家银行了。那是一座气势雄伟的石头与大理石建筑，坐落在温尼伯市中心波塔奇大街和梅因大街的交会处。他是一个连领带都没有的人，说话断断续续的。也可能他身上真有虱子——在那个时代许多人身上都有——但就在这时，发生了一件事。那件事给了我祖父勇气。也正是那件他亲眼看到的事，一次事故，改变了他的生活。

那件事发生在1905年夏天。当时他正在游乡叫卖。他、他的马，还有马车。马车上装满了货物。下午三点左右，他赶着马车来到马尼托巴省的一个小镇。那地方和东欧的其他犹太人小镇一样荒凉。当时，镇子里开有公司，人们以采石为业，开采一种特级石灰岩。那天，我祖父碰巧赶着马车从一个采石工人家经过。突然，他听到屋里有人在呻吟，似乎疼得很厉害。他顾不得多想，也顾不得敲门，径直从后门闯了进去。

他发现一个女人躺在厨房里，两腿叉开，正要生孩子。他能看到婴儿的脑袋已经露了出来，可旁边却没有一个人。他不知所措。生孩子是女人的事——那时的人就是这样认为的，尤其是像我祖父这样在一个古老的国家长大的犹太人。

看到有一个隔壁邻居在往外晾衣服，他赶紧跑过去向她求助。然后他又跑到村子另一头的医生家里。那天天很热。热浪滚滚，尘土飞扬，那情景他到死都记得。等他们再回到那个厨房时，那女人已快断气。是我的祖父，艾布拉姆·斯库塔里，那位犹太佬，接受了她最后的一瞥——当时，屋子里站满了人，但最后时刻她凝视着的人竟是我的祖父。事后他发誓说，他的确从那女人的脸上看到了他自己的恐惧。她陶醉于他的恐惧之中，然后死去。

那孩子仍然活着，而且在呼吸。我祖父立刻明白了这其中的寓意。当时屋内人声鼎沸，一片混乱，酷热难耐。大家围着死者团团乱转。但厨房的桌子上还放着个用被单裹着的婴儿，她的嘴唇在动，在颤抖。就凭着这些，他才知道那婴儿还活着。没有人注意到她，仿佛她原本就在那里；仿佛她就是一个被放错了地方的面团。

他伸手摸摸她的脸蛋儿，突然产生一种想给她点什么东西的欲望，算是对她的一种祝福。他永远也弄不明白那种欲望从何而来。不过，后来他曾对我的父亲——他很喜欢对人复述这个故事——坦白说，他对那婴儿的孤独感同身受。那是一种极端的孤独，无法治愈的孤独，跟他十八岁离家之后忍受的孤独别无二致。

他的口袋里有一枚那个古老国家的古钱币。他把那枚钱币放在婴儿的额头上，用手按住，瞧着被单随着婴儿的呼吸一起一伏。“祝你幸福。”他用阿尔巴尼亚语或土耳其语或意第绪语或者可能是英语说。接着他又说了一遍。不过他觉得他好像是在为一块石头祝福，嘴里说不出什么吉祥话来。他感到自己很虚弱，仿佛是用纸和稻草做的；他觉得自己根本就不是人，就跟死了一样。

直到他感到有一只手臂搭在他的肩膀上，他才意识到自己在哭。手臂搭在他肩膀上的人是那位医生，他同样也在哭。两人就这样站在一起，泪水交流。

“交流”一词是我祖父讲述这个故事时所使用的字眼——我们两个人泪水交流。别人的手臂放在自己的肩膀上，他觉得就像是亲兄弟的手臂，他哭得声音更大了。

此后，大家一起在死亡证明上签名，然后又在出生证明上签名。连我祖父也签上了自己的名字。他居然会写自己的名字，大家都感到惊讶。他亲笔写下了：艾布拉姆·戈思德·斯库塔里。他边写边觉得有一股勇气涌入自己的身体。他感到自己的心在怦怦乱跳。他觉得自己什么事都干得了，甚至包括走进波塔奇大街和梅因大街交会处的皇家银行要求贷款。

然而，那孩子的孤独令他永远无法忘怀。他发誓说最近从未见过这个世界上会有如此孤独的生灵。他活到很大岁数，挣了一百万。他爱自己的妻子，也为儿子挣来了颜面。但他一辈子都在为那个孩子悲伤，为悬在她头顶上的灾难悲伤，为她遭受的极大的痛苦悲伤。

弗莱特太太的看法

说实在的，没有人会想到弗莱特太太对她本人的痛苦也有自己的看法——那可怜的女人已经被掏空了，也丧失了思维能力，连梳头的力气都没有，更不用说整理出一套自己的理论了。推理过程须在纯洁冷静的大脑里完成，而弗莱特太太的大脑里却充满着愤怒与失望。她已经垮掉了，大脑思维混乱，成了木头疙瘩。在早晨的阳光下，她的痛苦似乎还稍有缓解，可以控制。但到了夜晚，她总能听到一阵声音。那种声音也许正是她自己灵魂的挣扎声。那挣扎声沿着她所承受过的其他伤害的裂缝迸发出来，特别是原先被抛弃给她带来的挥之不去的恐惧。在这一裂缝的某个地方，她作出决定：要摆脱过去那些事件，好好活下去。要不然那个决定就是别人替她做出的。她的女儿艾丽丝建议说：写一本关于园艺的书；弗雷迪·霍伊特说：来一次环球旅行，到大学里学一些课程；其他建议还有：自学装饰编结、研究过敏性注射剂或维生素B配合物；听悦耳的音乐、像弗吉尼亚·伍尔夫一样坚持记日记、长时间散步、泡热水澡、质疑自己的臆断、善待自己、活一会儿算一会儿、放松、祈祷、尖叫、诅咒这个世界、盘点自己的幸事、得过且过、随遇而安。

所有这些建议都曾闯入弗莱特太太的选择方向，但她心神太烦乱，就是听不进去。

你可能认为她会被自己的状况吓得要死，但是没有。她的头发乱了，指甲裂了，室内盆栽植物枯萎了，日常生活破碎了，但她的内心里隐藏着一个穴居小动物，那个小动物就是她对自己康复的信心。原因之一是，她不相信自己苦咸的眼泪真的代表绝望；另一个原因是，她记得一年前她和弗雷迪喜欢引用可怜的老威廉·布莱克的诗句:“哭吧,哭吧,用悲哀的声调。”“悲哀”一词像一个瞎眼的小臭虫,逗得她俩笑得前仰后合。

如今她已五十九岁。悲哀从她身体的每一个细胞流过。奇怪的是,她竟没有受到任何伤害。她知道,时间会把记忆慢慢磨光;一切都会被接受与拒绝熨平——万事万物概莫能外。她想,她的这场悲哀是有限度的,正如她能允许自己的头发蓬乱到什么地步,能容忍梳妆台上堆积多少尘土都是有限度的一样。这就是你的黛西。黛西的屈从属于生物分类中的灭绝门,是一个如何度过一千个普通日子的问题。更准确地说,是如何度过一万个这样的日子的问题。从某种意义上说,我倒认为她是生活的幸运儿,是一个生下来声音里就没有悲伤音区的女人,一个学会了在自己的人生经历中打洞藏身的女人。

不过,她已经厌倦了悲伤,厌倦到不愿再理睬它,甚至从某种意义上说不愿再了解它。在她脑袋里那个薄薄的小盒子里,她理解并接受这样一个事实:她巨大的不幸无论如何注定是离谱的。此时此刻,我已经感觉到了她的部分愿望,那就是回到她原先喜欢的事物中,比如说,一把新牙刷摩擦牙床的感觉之类微不足道的小事。她希望重新把一个挺括的新围裙系在腰上;用三分钟将一磅土豆削皮,然后浸泡到冷水里;把一个肉冻罐擦干净,然后连同肉冻一起放到架子的最高层;用舌头舔舔信封,在角上贴上一枚邮票,然后把它投进信箱里。她希望用一阵笑声洗干净自己的身子,任凭地球引力的吸引。这一切都将会发生。她的所有痛苦都将被冲洗干净。这一天到来了。

第八章
安逸 1977

维多利亚·露易丝·弗莱特只有二十一岁，是多伦多大学的学生。她是一个瘦高个子的女孩子，大手大脚，挺直的金发被她漫不经心地拢在耳后。她的发式就这么简单。她喜欢穿牛仔裤、运动衫和一件旧斜纹布夹克衫——事实上，她也没有别的衣服了。这些衣服颜色深，布纹密，好像她试图要把现代生活的噩梦挡在外面。为了矫正自己的近视眼，她戴了一副圆金属框眼镜。由于镜片上带有很多污渍，镜片后面的那双眼睛也就显得冷酷而严肃。那是1977年，她已不再是在一个大家庭备受呵护的小孩子了。她的声音听起来很别扭，既有成年人的苛刻，又有青少年的困惑。她的感情节奏有时候不稳定，这你可能会预料到。但她的洞察力相当敏锐。

例如，她曾对黛西外伯婆吐露说，她对周围显露出的家系想象得很明白。她说，看到男男女女——奇怪的是，大多数是妇女——穿行于墓地，或聚集在大学图书馆档案室的桌子旁边翻阅县志，往他们的活页笔记本上抄写与他们有关的名字和日期，想象并希望他们的无私劳动能有助于揭示他们那个大家庭的实质与结构时，她觉得挺受感动的。维多利亚不相信这些勤奋的业余爱好者是在寻找他们的祖先与皇族或具有创造性的天才人物有什么联系。他们只希望证明他们的祖先是俭朴、诚实、遵纪守法的良民，有成就而不张扬，言而有信，天性快乐，有海纳百川的胸怀，无蓄谋害人之心，并希望他们丰满健壮（但又严格与世隔绝）的生命能够抵御——也许是原谅——流离失所、怨声载道的当代瘟疫。“常识”这一宝贵的财富似乎已从世界上消失了，就连维多利亚也意识到了这一点。

维多利亚的外伯婆黛西已经退休，现住在佛罗里达。自成年以来，她心里一直念念不忘两位去世的父亲：她的生父凯勒·古德威尔和她的公公马格努斯·弗莱特。不过，维多利亚的外伯婆追思两位已故父亲的方式，与周末去陵园扫墓的普通祭祀者不同。她是把精力集中在一件事情上。她更爱幻想，因而也更徒劳无益。在维多利亚看来，她似乎想把自己拉进被遗忘的语言的袋子里，变成那种语言，以便能够说出无法用语言表达的话：父亲。不错，黛西外伯婆读过一些社会史、回忆录、人物传记之类的书——最近几年她读的书远比她的外侄孙女想象的多——但她并没有去当地图书馆和墓地探查自己的出身，也没有去自己的出生地马尼托巴省的廷德尔镇看看为纪念自己的亲生母亲而修建的著名的古德威尔石塔。她寻思着，那座石塔已被毁坏得不成样子，一块又一块的石头已被收藏者拿走当纪念品。除了一片炸面圈形状的凹地，什么东西也剩不下了。她没有联系盐湖城的摩门档案馆，也不打算这样做。她没有寄信询问过。她舒舒服服地，的确非常舒服地，坐在佛罗里达的房间（三面墙上装有玻璃百叶窗）里带有花卉图案的长靠椅上，怀念起两位去世的父亲来。仅仅是怀念而已。她只是想念他们，详细地回忆他们，一门心思都在他们身上。她已对她的外侄孙女维多利亚描述过她的两位父亲，但描述得不是那么有声有色：只说他们很有能力，但没有举例证明过。黛西外伯婆反复考虑过他们的生活经历。她不知道那些生命是用什么做成的，又是如何结束的，是像电影里那样热热闹闹，还是像寒霜一样冷冷清清。当然，她不会总在琢磨，只是偶尔为之，比如说，天到傍晚，她觉得一天过得平平淡淡，毫无特色的时候；当她感到焦躁不安的时候；当她觉得自己内心可怕的无依无靠的感觉撕咬着她的心脏膈膜的时候；当电视上没什么有趣的节目可看，只有来自坦帕的当地新闻或天气预报的时候。

她七十二岁的生活是安逸的。她一年要做三次高档烫发（相对于普通烫发而言），结果，她的头发像复活节柳条筐里的青草一样富有弹性。她还接受别人的建议，做过（一次）痛苦的面部整容、试用过（两三次）新型的口红、考虑过治一治静脉曲张（每天）。她已从几年前将她击倒的萎靡不振中恢复过来。她的健康状况越来越好。她银行里有存款，数目很大的存款，尽管她的生活很简朴。十年前，她卖掉了渥太华的大房子，搬到佛罗里达州的西海岸，在萨拉索塔开发区买了一套三居室的公寓房。那地方离她的老朋友弗雷迪·霍伊特住的地方很近，离另一个朋友拉比娜·格林·杜克斯·卡瓦诺和她的第三任丈夫居住的伯兹基也不远。

自从搬到佛罗里达以后，黛西外伯婆学会了打圆盘游戏以及用胶水粘上贝壳装饰塑料发带和手镯——她将这些东西作为生日礼物寄给她散居在英国和美国的六个孙女。她给两个孙子本杰和泰勒寄的是皮夹子，那是她在贝赛特妇女工艺俱乐部里亲手缝制的。她非常怀疑他们是不是喜欢和欣赏这些手工制品。她始终相信——特别是从1965年精神崩溃之后——不应当让自己的手闲着，而要用越来越少的生命为世界留下越来越多的东西。参观者注意到，她的公寓住房的阳台上摆满了精心照料的仙人掌属植物和热带植物，显得一片葱绿。把她自己著名的园艺技能展现得淋漓尽致。说到园艺领域，她可是个快乐论者，尽管她也曾温和地抱怨佛罗里达的风景单调乏味，并发誓说她绝不可能接受树皮沉闷乏味、树冠像卷毛狗似的棕榈树。她认为，这种树不过是跟大自然开了个玩笑。

她那年轻的外侄孙女维多利亚为棕榈树辩解。其实，她也不怎么喜欢棕榈树，但她有一种冲动，那就是激一激外伯婆，让她跟自己辩论。在她看来，这是年轻人能为老年人做的最起码的事情。她不知从哪里读到，老年人要学会向后退，以便能开阔视野；而他们的眼睛一眯起来，就会出现许多可能性。

冬天，在北方的多伦多，当维多利亚去上课、写论文、答考卷、为尚不存在的爱情发愁时，就会想起在萨拉索塔过得有滋有味的年迈的外伯婆：用镊子拔除阳台上的植物枯萎的花朵，打打桥牌，下午到林林博物馆做做义工，跟弗雷迪和拉比娜一道去圣阿曼德基周围的时装商店“闲逛”。她颇为羡慕地想，黛西外伯婆的日子过得多么惬意，然而又是多么接近尾声啊！她这辈子也无法理解，一个老女人为什么要去怀念两个正在坟墓里腐烂的老男人——性情古怪的凯勒·古德威尔和销声匿迹的马格努斯·弗莱特。她怀疑她的外伯婆真的在寻找她的母亲。她对两位父亲的思念只不过是一种策略或巧妙的心理平衡。

如果有谁真应该寻找自己的父亲，那个人应当是维多利亚本人。她有时候就是这样想的。事实上，她根本不在乎谁是她的父亲，她的黛西外伯婆偶尔听到她这么说过。维多利亚对自己父亲的出身多少了解一点，但知道得并不多，只是母亲偶尔疏忽说出的一些情况。她父亲是萨斯喀彻温的一个蠢货，已婚，大腹便便，很可能现在已经死了；很可能是个酒鬼，天哪，蠢得连她母亲怀孕都不知道——而贝弗利·弗莱特呢，也懒得告诉他，自己跳上火车，径直向东往渥太华她伯母家去了。怀孕八九个月的时候，有人问她："你是不是打算把小宝宝送人收养？"她摇摇头说："不。"

那是1955年。当时很少有哪个女人会把非婚生子留下来自己抚养。

如今，贝弗利因患胰腺癌已经去世四年了。每逢放假，维多利亚都来佛罗里达陪外伯婆黛西。她先给她寄去机票，然后乘空调出租车去坦帕机场接她。她还特意给客房的床换上了凉爽的棉床单，床头柜上摆上一小盆非洲紫罗兰花。她计划两人打扮得漂漂亮亮的，去林林宾馆吃复活节午餐——那里的菜单上新添一道菜：熏鲑鱼奶油蛋糕，旁边伴有青菜色拉。假如碰上个友好的女招待，假如她说："看来两位女士是从城里来的，对不对？"黛西外伯婆就会把话说得软软的，圆圆的，就像预先策划好的一样："这是我的外侄孙女，大老远地从多伦多跑来。她拿到了古植物学硕士学位。她正在认真考虑9月份开始攻读博士学位呢。"而维多利亚呢，早有点不好意思了。她身穿牛仔裤和一件磨破了的T恤衫。她一遍又一遍地整理那件宽大的T恤衫的领子，那样子挺动人的。此刻，她会在座位上不舒服地扭动着身子。她会想，外伯婆以前可不是这样唠唠叨叨的；她已经变成了佛罗里达的普通蓝发女士，手拿一串念珠，脚穿软木底拖鞋，胳膊上挎着个白色塑料挎包。但维多利亚仍会对外伯婆的傲慢感到温暖和舒服。等那位女招待走回厨房之后，她很可能会隔着桌子伸出手来，拍拍外伯婆抹了粉的干瘪的老手。她对那只手像对自己的手一样熟悉。

❊ ❊ ❊

凯勒·古德威尔死于1955年春天，与维多利亚·弗莱特出生是同一年。那年他已是七十八岁高龄的老人。当时，他正在莱蒙湖畔家里的后院干活，突然头晕目眩。也许他根本就不应该不戴帽子顶着火辣辣的太阳到外面去。他的妻子玛利亚一直这样说。

这阵突然的眩晕来得很奇怪——开始的时候很温和，只是脑袋嗡嗡作响，眼角处似能看到蜜蜂的翅膀，犹如一种看不见的朦胧音域。他伸开四肢，平躺在柔软的草地上，系着鞋带的鞋尖朝上。一阵凉风吹来，掠过他的前额，吹乱了一缕稀疏的头发。几乎是在同时，他感到自己有了些力气。但他并没有起来。

不用忙，他对自己说。如果愿意，我可以在这里躺一上午。

玛利亚提着她的大草编购物袋，绕过波音特大街到布里奇波特杂货店去了。家里的黄油用完了。早餐的时候她已经说过这件事——她不是缺这就是缺那，永远也学不会北美人那种一买一大堆的购物习惯。丈夫知道，她一去至少得一个小时，因为她喜欢在湖滨路上溜达。尤其是现在，紫荆花正在开放。再说，他们那几个年轻邻居，麦克格里戈、丽迪亚和比尔，一定会出来在他们的新雪松码头平台上干活。她肯定会到他们那里停下来歇歇脚，打发打发时间——她根本就不会注意到她会妨碍人家干活，也不会注意到那两个年轻人来回使眼色，转眼珠，气得直耸肩膀，尽管动作很小，不易觉察。她叽里呱啦地说个不停，一会儿用手指指树木，一会儿指指湖面的波浪，一会儿指指布满乌云的天空，还会就平台的支撑架、房子后面墙面板的松动，以及他们栽种的大黄植物是否能接受到足够的阳光等问题提出建议。她说的这些话，无论是比尔还是丽迪亚，都不会听懂任何一个字。

玛利亚在那边不停地说呀，说呀，说呀，而与此同时，这边却有一位老人伸开四肢躺在草地上。

一开始，他觉得这样躺着很新鲜，很有趣，但渐渐地他感到地面上有一股热气升腾，先穿过身下压平的青草，接着又渗透他身上穿的光滑的格子细平布衬衫。这使他大吃一惊。他能够感觉到，这个星球所储存的巨大热量正扩散到他这位七十八岁老人的整个后背。他把自己已经变形的外貌、肌肉、骨头、软骨紧贴在刚刚刈过的草坪上，把整个身子交给了草坪。他上一次像这样不铺任何东西躺在草地上是在什么时候呢？只有年轻人才会像这样粗心大意地躺在地上，让大地支撑着他，把身子的整个重量毫无保留地托付给它。

时间一分一秒地过去了。他没有多少可考虑的东西，于是便想起了太阳的角度。这时候，太阳几乎垂直悬在他的头顶上，悬在他的身子上。他这个七十八岁的身子还是上个世纪在北方的加拿大出生的，而他的父母则早已从这个世界上消失了。他早年在加拿大长大成人，后来好像坐着魔毯似的被带到这个地方。此刻，他正平躺在印第安纳州的一块草地上，就像一块即将被花园里的浇水软管冲走的窗纱。

他躺在他们那座湖滨别墅的后院里。他和玛利亚已把这里当作他们的永久住所。他从公司退休之后他们就搬到了这里，在这里住好多年了。在这块宽宽的、馅饼形的土地上，他们栽种有丁香、连翘、山梅花等景观树木，以致那些骑摩托车从他家门口经过的人们也未能看到他仰卧着的身子，再说，中午时分过往的行人本来就不多。只有当地人才走这条湖滨路。当然，对于那些想到湖滨避暑的人来说，这个时间来又太早。

他喜欢一年中的这个时候——4月。生命从格子窗似的树木间泻出；到处都有生命在涌动。

知更鸟在他的周围歌唱。他目光呆滞地凝视着它们。对他来说，这些高尔夫球似的小脑袋来回摆动，忙忙碌碌，目标明确的鸟儿突然显得如此重要。头顶上的天空湛蓝湛蓝。这时，玛利亚随时都可能回到家里，把她买来的杂货放在厨房桌子上，然后开始摇唇鼓舌，大讲起乡下商店里生活必需品的价格，还说这些东西在布卢明顿的超市里是多么便宜。她不是想重返城里过日子，给她一百万她也不想回去。她会用意大利语夹杂英语把这些话说出来，这个世界上也许只有她自己能懂。

他试图站起来，但他的大腿强烈地痉挛，强制他再多待一会儿。

休息一会儿，他自言自语地说，躺着别动。为了麻痹自己的神经，他试着想象他儿时的故乡马尼托巴省斯通沃尔镇阳光灿烂的街道，但昏昏沉沉的大脑一如既往地阻碍了他的记忆。他只能看见父亲家房子的墙壁隔开的一个个隐秘的房间、室内的床铺和陶器、橱柜架子上家里人放现金的旧果酱罐子，里面放的都是些软绵绵、烂乎乎的纸币。（空气——他需要吸一口气，但这已办不到了。）他挣扎着从母亲的菜园里走出来——里面只有几排瘦弱的卷心菜和几棵长得细长的菜豆——他沿着六十年前被太阳烘烤着的混乱的杰克森大街走去，沿途看见几辆农用马车和用缰绳拴着的气味难闻的马匹。他走过街角上的五金店、小学、法院、勉强维持的民营花圃、镇子中心那座带有坚硬的石灰岩装饰的不规则四边形的长老会教堂。那座教堂在光线照耀下顷刻之间化为灰烬。

他可能昏厥过去，然后又被突然吓醒了。那似乎是一条从童年走出来的隧道。那究竟是什么？与此同时，他的背部变得僵硬起来。

他猜测，他的背部现在肯定长满了老年斑；他的皮肤也会布满了斑点与皱纹，变得像卫生纸一样薄。可有谁看见过自己的后背呢？要想看，你得在双面镜前扭来扭去。即便如此，身体的有些部位也是永远看不到的。身上的有些部位你得带一辈子，但它们并不真正属于你。

这一想法，这一困惑，令他会心地一笑，尽管还给他带来了一阵怀旧的剧痛。他还记得，在马尼托巴的时候，作为一个年轻的石匠，他光着膀子在盛夏干活的情景——所有采石场的人都是如此；他还记得，出于对年轻妻子的体贴，每天下午下班的路上，他总是等背上的汗水干了再穿上衬衣回家吃晚饭，回到自己心爱的人身边。

那个心爱的人可不是玛利亚，不是，当时还不是她。他在采石场干完一天的活之后，回到另一个妻子身边，那是他年轻时候的妻子。

即使人到老年，他每天也至少想起妻子一次。总有什么东西会让他想起那段短暂的婚姻。到后来，那段婚姻变得似乎更像是一个他跌跌撞撞闯进去的围场，而不是一场正式通过法律程序而进入的婚姻殿堂。在他的记忆中，她总是站在门道里等他回来，由见面而伤心，由伤心而心疼。但事实上，她从来也没有站在门道里等过他。因为那时候她正忙着准备晚餐呢。他再愚钝，也必须把这一点纠正过来：她没有等过他。

可她叫什么名字？她叫什么名字？他的第一任妻子叫什么名字呢？他感受到一种被压抑的狂喜。他的这种健忘有点太粗心大意，有点不可原谅。那可是他心爱的人，他的心肝宝贝呀。她的脸像一张模糊的照片，但他对她的身体每一英寸都了如指掌。他记得，一天夜里他被外面哗哗的雨声惊醒，发现自己的手臂搂着她的胸脯。她那柔软的胸脯，一切都是那么美好。

他觉得自己很傻，便开始按照字母顺序数起人名来：阿米丽娅、贝西、夏洛蒂，那是个旧式的名字，多萝西娅……

埃玛、范妮。

他目光向下看自己的身体，看扣子系得整整齐齐的运动衫，看他的卡其布裤子上的褶皱，一直看到他的双脚呈V形框架处。通过那个框架他能够看到自己头昏眼花前一直在建造的那座石塔。

现在他开始讨厌它了。

在将近十年的时间里，他一直在建造这个按比例缩小的埃及大金字塔模型，大战一结束就开始建，至今只完成了大约四分之一。别人退休以后要么造船，要么修游泳池或装饰花园，用黄杨木雕刻七个雪白的小矮人，竖在矮牵牛花中间。别人都能看到自己的工程完工，然后开始搞新的东西，而只有他，由于某种原因，使自己陷入这一愚蠢而可笑的金字塔建造中而不能自拔。（“一次干一件事。”他经常说这句话，劝自己相信这句话所包含的哲理。）但这座金字塔却变得那么不顺眼，至少他看着不顺眼。一件蠢事。他经常在黑暗中听到那句训斥的话是：“你再也造不出能与你的第一座纪念物石塔相比的东西了。你的才能已经丧失了。”此外，一个星期前进行的测量表明，他的金字塔已经倾斜，越建就会倾斜得越厉害，如果他继续建下去的话。

范妮、格拉迪斯……

大多数人都需要一个信封似的东西，好在其中使自己的思想专注。而凯勒·古德威尔对金字塔的独特专注则是通过一种强加的视角获得的。他那结实而衰老的脊椎正躺在自己家刚刚刈过的草坪上。他的视野已被大大缩小，因而视角也发生了彻底的变化。于是，一件值得庆幸的事情发生了。那是感觉玩的一个把戏。

不管怎么说，他的头脑突然清醒起来。他决定不再继续修建后院里的那个丑陋的金字塔，因为它不过是多年前他为纪念自己的第一任妻子（她叫什么名字？）修建的那座石塔的苍白阴影而已。不行，他这会儿就要叫停，就现在。他明天就给布卢明顿的承包商打电话，让他们派个推土机来。然后他再弄一辆卡车来把拆下来的碎石头运走。一两天就会完工。真是令人吃惊。当然，后草坪的中央会留下一个难看的伤疤。不过，等到秋季，他可以在那个地方栽种上一种速生观赏樱桃树。那是一种很美的植物。对，事实上，何必要等到秋季呢？——他现在就栽。他一直弄不明白，栽树为什么须得在秋天。没有一点意义，而且违背常理。

我要把它拆掉，他在嗓子眼儿里兴冲冲地说。他已经失去了理智，所以明天他既不会临阵怯弱，也不会三思而行。他拿不准自己是不是正靠近生命的中心，是不是正出售自己的某个最重要部分。但他立刻快活地耸耸肩膀。他知道，可能做的事，就一定能做。刹那之间，他感到一股幸福的暖流流遍了全身。那是他的决定带来的家庭音乐。

一个仰卧在地上的人作出的选择也是选择。它的力量能释放出不规则的能量震动。这种能量正撞击着凯勒·古德威尔的胸口，在这个阳春4月的日子里给他带来严冬般的寒气。他意识到，他的手脚突然间变得冰冷，失去了感觉；伴随而来的只是一阵阵剧烈的疼痛。他现在在哪里？他一直在想什么？——范妮、格拉迪斯、哈丽特、伊莎贝尔……

他任由痛苦折磨他——这似乎是他唯一能做的事。痛苦填满了他的全身——完完全全地填满了——只留下一小片空白，即他的部分大脑。在那里，一个问题敲打着他。不，那不是问题，而是某种需要他记住的东西。那东西与推土机划破草坪，推倒他的金字塔、他的耻辱有关。他在兴高采烈地作决定时忘记了那东西——它是什么呢？

是什么呢？他在自己纷乱的思绪中被绊住。他努了努嘴巴，挤了挤眼睛，看到一种乌云似的蒸汽在他的理智上方翻滚，用他自己的愚钝戏弄他。他需要记住的是一个简单而又具体的细节。事实上，那是一个物体，一个固定在时间里的精密物体。假如他能够抬起手来，他就能摸到那个物体，以确定它究竟是什么。但他的手冰冷而又沉重，似乎已经睡着了。

接着，有一阵他的注意力突然集中。他想起来：金字塔的地基下面还埋着一个盒子——至少算是一个时间密封盒，是他亲自放在那里的。那是一个大约十二英寸见方的钢盒子，可能有四英寸深。他当然记得，那个盒子是他从当地的一家五金店买来的，是那种存放钓鱼用品的容器，但结构要比普通的此类盒子结实。此外，它还有一个严密的盖子，甚至还带有一把小锁和钥匙。他买那个盒子花了十五块钱。但他毫无怨言。

伊莎贝尔、珍妮特、卡蒂、莉莲……

他记得他曾为盒子里应当放什么绞尽了脑汁。那是很久以前的事了。从那以后的好多事情他都不记得了。过去的十年是他的精神崩溃时期。他现在看到了这一点。他曾想象着自己是一个志在创造点什么东西的人，而与此同时，他又一直在破坏性、悲剧性地压缩自己的能力。尽管如此，如果能打开那个盒子，看看里面有些什么秘密，也将是一件令人惊讶的事。但他得确保盒子不会被毁坏。他得细心地向推土司机解释，告诉他地基的正下方埋着一个小盒子。他的解释将会耗费他大量精力。但若要抢救那些财宝，他就有必要那样做。

但那是什么财宝呢？

有一种东西在使劲拉扯他思维的边沿，提醒他盒子里隐藏着一件珍贵的东西，一件曾经属于他的年轻妻子（她叫什么名字？）的东西。他把那个盒子埋在土里已经很长时间了。那时候他还是个年轻人，下班之后他从采石场往家里走，衬衫搭在肩膀上，让背上的汗水慢慢干掉。从那以后发生过那么多事，说过那么多话，度过了那么多艰难的岁月。他生命的房间里时而充实，时而空虚，可他从没有想过房间的外墙是什么样子，从没有想过它们的承重梁以及质地粗劣的壁板是什么样子。

从太阳的位置看，他知道现在肯定是傍晚。事实上已经是晚上了。天空繁星密布，光辉灿烂，构成了一个完美的结婚戒指形象。那是她的结婚戒指。他想起来他从死去的妻子手指上摘下戒指时那一金光闪烁的时刻。（不是这一情景呈现出了感觉形式，也不是这一情景变成了物质形式。事实上，这一情景在其自身极度痛苦的时候是无法看出的。他知道，再普通的人，生命中也有许多别人不能涉足的房间，更不用说公开招租了。然而，那些房间就像夹在一本旧书里的树叶标本一样躺在那里，紧紧地压在人们的意识上面。）那是他妻子的结婚戒指，他的妻子默西。啊，默西，默西，把我搂在你柔软的怀抱里，用你的身体遮住我，为我保暖吧。

在其生命的最后时刻，不知道他是否想到过自己唯一的女儿。他的女儿今年七十二岁，住在明尼苏达州一所阳光明媚的豪华公寓房里。

维多利亚的外伯婆变得爱穿青绿色裤套装了。裤套装穿起来既舒服又实用，而且能掩饰她原先挺好看，如今布满裂纹的小腿肚子。她那涂着口红的嘴巴犹如晚间收拢的花朵，突然张开，打个哈欠，哆嗦几下，然后又紧紧闭上。她的眼睛已深深陷入如带有大理石图案的绸缎般的狭长裂缝中。她在浴室里照照镜子，心想，她脸庞周围那粉白色的鬈发如果不是她的头发，那该多好啊（尽管有时她的确用手拍拍鬈发，感到非常满足！）还有她那可怕的颌骨、松弛的上臂。傍晚她在海滩上散步，将一片片不新鲜的面包扔出去喂海鸥的时候，她上臂上松弛的肌肉都在微微颤动。没有人告诉她说，她已年过古稀，她老了；也没有人告诉她说，她在佛罗里达州的这么多年过得无忧无虑，轻松愉快。这可真是怪事。

她所遇到的一切摸起来都是轻飘飘的：公寓里各个房间的门是空心的；模制电灯开关是轻飘脆弱的；阳台的家具更是轻得惊人。还有，她偶尔去伯兹基看望拉比娜和她丈夫时乘坐的那辆车轴松动、吱呀作响的马车，就连她内装整整齐齐的一排止咳片、小包卫生纸、薄薄的信用卡（取代现金）盒子的背包式塑料手提包，全都是轻飘飘的。

贝塞德托尔斯公寓的门廊里有一棵人造青锁龙树。每当走过这个令人讨厌的东西时，她总是禁不住伸手摸摸上面的树叶，有时候还粗野地掐一下，在其聚乙烯基面上留下指甲印，自己反倒对它的鄙夷暗暗窃喜。晚上很晚的时候，她喜欢看约翰尼·卡森主持的电视节目。她始终不明白，约翰尼的嘴的轮廓线为什么那样难看，那样生硬，好像是有人在他的脸上用笔墨画出来的一样。但她喜欢他滔滔不绝的开场白，一连串脱口而出的笑话好像被大家熟悉的大力击打的高尔夫球飞出的弧线以及约翰尼反复使用的转折语“继续往前走”串在一起。

“继续往前走”，这些天来她一直自言自语地重复这句话——每周一次去发廊洗发卷发的路上，去邮局的路上，按约定时间去看医生的路上，每天去俱乐部打桥牌的路上，她都会不停地念叨这句话：继续往前走，往前走，往前走。她一辈子都是这样做的。只是麻木地往前走，连想都不想。

我已说过，弗莱特太太已从几年前的精神折磨中恢复过来，但她的生活中还有一种积怨：她认识到她不属于任何人，就连做的梦也释放出一种浓烈的空虚烟雾。不错，她有三个成年的孩子，但她不知道这三个孩子将来回忆起她时，除了她的温和与忍耐，还能想起点什么。她的八个孙子辈的孩子又远在他乡，年龄与距离切断了他们之间的联系，而且他们又是那样专注于各自前景未卜的未来。也许这就是她“反复思考”自己过去的生活，思考两位故去的父亲，强烈地怨恨一出生就注定要承受空虚感的原因。她在空虚中找到了某种联系，又在这一联系中找到了另一种模式的空虚——一种想起来叫人心碎的无穷无尽的倒退——而这种倒退却推着她向前进，使她得以继续生存。她喂过海鸥，对不对？她每逢星期日都给成年的孩子们打电话，从不间断：伦敦的艾丽丝、俄勒冈州荒原里的琼、匹兹堡的沃伦（不久将要搬到纽约）。尽管有时她在电话中说过一些愚蠢的过头话和气话，但她总能装出情绪高涨、心情愉快的样子，迫使自己不流露出丝毫对孩子们的失望。她为自己做了一顿可口的晚餐，对不对？一块鸡胸脯肉，外加一些青菜。她不吃药，也听不到噪声。

一大早，尽管她还躺在床上，她转眼看看窗户，凝视着佛罗里达强烈的阳光。光线透过百叶窗斜面之间的空隙偷偷地爬进她的卧室。她感觉那样刺眼，那样难受。有时候，她用两个拳头捶打床铺；有时候，她眼含热泪躺在那里冥思苦想。一天过去了；又一天过去了。她试图置身于生活中不断变换的情景之中。应当说，这里所说的“生活”是指她迄今为止的生活——因为她以后的生活还有许多年。而“迄今为止”的生活意味着接受已经向她袭来的用病残信息熬制成的一剂剂苦药，接受苦药的每一滴，然后再加一勺渴望一起搅拌——她已经这样做了很多年。这已经成了她的第二天性。真实与幻觉在她的卧室里盘旋，以华尔兹舞的节拍慢慢地浸染着她——一、二、三；一、二、三。她就这样踏着节拍走着，走着。

神经元之间的突触崩溃了。好吧，随它去吧。她把可用的资料放大，把现有的资料扩展、压缩、改组。这些混合资料就是她生活的一部分。她把这些资料按这个方向或那个方向用力搅拌，使其形成涡流。按哪个方向搅拌取决于——取决于什么呢？——取决于欲望的支点或必要性的支点。她也许偶尔去拜访一下她正在阅读的图书馆里一本书里的成熟的李子，也许还去拜访肥皂剧或梦中的某个东西。不是经常去，而是偶尔去。对有些情况，她会大胆地去伪存真。她对弗雷迪·霍伊特所报告的情况就是那样处理的。弗雷迪说她几乎可以肯定，在印第安纳波利斯看到过凯勒·古德威尔的遗孀玛利亚·古德威尔挽着一位年迈的绅士从俄亥俄大街上走过——但这也太离谱，太可笑了，因为玛利亚早就回了老家，回到了意大利的一个乡村，变成了一个腿上放着个编织线团，身穿重孝的寡妇。

如果你想问问维多利亚的外伯婆黛西的人生经历，她会先嘬一会儿嘴巴——嘬一会儿那盛开的花朵似的深红色的嘴巴——然后结结巴巴地向你讲述一个经过编辑的、真实与虚构高度杂交的版本。她会把这个版本递给你，虽有点羞怯，但决不会向你表示歉意，决不会说模棱两可的话。她会以七十二年历练的深不可测的老辣对你说：这就是曾经发生的事；这就是接下来发生的事。

她这样将自己的生活经历变成了歪曲、删减的混合体，心里是否舒服呢？很难说。这的确太随心所欲了。不过，对此她已经习惯。她突然想到，在这个世界上，每天都有成百上千万的男男女女一大早在各自的床上醒来，渴望找到自我生活的真谛，但又不得不每天重新改造自己。

1977年6月，就在他们于林林宾馆共进复活节午餐两个月之后，她的外侄孙女维多利亚·弗莱特从多伦多打来电话说：“嗨，您猜什么事？——我要去奥克尼群岛搞一个研究项目。下个星期就走。您何不跟我一块儿去呢。在那里度假棒极了。我们可以”——不知为什么，耳机里传来维多利亚一连串的笑声——“我们可以给马格努斯·弗莱特的坟墓献花。”

“奥克尼群岛！”她的女儿琼在他们惯常的星期日通话时说，“可我记得您说过今年要来伯特兰的。您说您要跟我的女儿们在一起待一段时间，这样我和罗斯就可以抽空外出两天。孩子们都盼望着见姥姥呢。她们成天唠叨姥姥这，姥姥那的。可现在您又说要去奥克尼群岛。”

“您在地图上查过这个地方没有？”她的儿子沃伦说，“您知道奥克兰群岛在哪儿吗？”

“干吗不去呢？”艾丽丝用学来的英国口音说，“您也该过一次大西洋了。但您来回得在我这里跟我和孩子们一起待几天。”

“你当然得去，”弗雷迪说，“你下午志愿者的事我替你去做；打桥牌取消一次。”

“办护照的事交给我，”拉比娜的丈夫巴德说，“您只管把照片照好，把表填好就行了。我去坦帕的联邦政府大楼找人。刚好我在那里有几个熟人——有一个人还欠着我的人情。整个事情十分钟就能办妥。相信我。”

“你所需要的，”拉比娜（宾斯）说，“是一套合适的全羊毛套装。那里的气候恶劣，佛罗里达的混纺套装是不行的，根本不行。上次去苏格兰，我的屁股差点冻掉。那还是只到爱丁堡，离你要去的北方还远着呢。一套全羊毛套装、一件帕玛普雷斯短上衣，再带两件质地非常非常好的毛线衫替换着穿，其他什么也不用带。”

“旅游鞋，”维多利亚在电话里说，“别管好看不好看。”

“带一把伞，”弗雷迪说，“那种折叠伞。”

“伞不用带，”维多利亚说，“看看能不能买到一件带帽子的塑料斗篷。”

“很抱歉，我们不能为您提供一揽子交易，”布拉登顿的旅行代理商说，“事实上，您得至少提前三周通知我们。再说，我们对于奥克尼群岛的情况了解得也不是很多。”

“坦率地说，”住在大厅对过公寓套间里的玛丽安·麦克亨利说，“我倒宁愿先看看自己的国家，而不是辛辛苦苦地跑到那里去。您去过华盛顿没有？我的意思是说，认认真真去那里看过没有？”

“现在去欧洲不需要再打预防针了，”尼尔里医生对她说，“但我要给您开一张治疗旅行腹泻的药方，再开一张治疗便秘的处方。你得带上自己的防过敏枕头。那里的人很可能还在使用鸡毛或稻草做的枕头呢。”

“我非常希望您已经预订好了宾馆房间。”

“要是我们，我们才不会预订呢。那样的话一点情趣都没有了。我们喜欢随机应变。您明白我的意思吗？行踪不定——我们就是这样的人。”

“您真的从1927年以来就没去过欧洲？真的吗？噢，天哪，您会大吃一惊的。”

“我真不知道您以前去过欧洲。”（一个星期二的夜晚，琼从波特兰打来电话说。）“我是说，这事您从未提起过。”

“看在上帝的分上，你在那里千万别住宾馆。因为，你听着，那里到处都有小客栈，提供住宿和早餐，跟在家里一样。你能体验当地人日常生活的真实情况。”

“听我的，有两件事不要做。第一，不要住提供住宿和早餐的小客栈。有的客栈硬要你睡不舒服的尼龙床单；早餐是热乎乎，稀巴巴的番茄。真的，我不骗你。第二，不要对着水龙头喝水。你想过没有，那里的人为什么总是喝茶？因为茶需要开水——开水，明白吧？”

“带上旅行支票。”

“还有带钱包的腰带。”

“带两个小手提箱比带一个大的强。这是我所听说过的最高明的建议。”

“我们在坎特伯雷的时候……”

“那一次我去北部的湖区……”

“……油炸鱼和马铃薯片是用报纸包着。”

“……找个小塑料盒装自己的肥皂，因为……”

“我高祖母是从怀特群岛来的，是不是离你要去的地方很近？”

“能不能给我捎个精致的小韦奇伍德陶瓷烟灰缸？要绿色的，不要蓝色的。”

“……贵重物品要始终随身携带。”

“……那些像耳塞之类的小东西可以在温迪克西买到。”

“奥克尼群岛？没听说过。”

在蒙特利尔的米拉贝尔机场接外伯婆的维多利亚心里紧张不安。“我给您介绍一下：这是刘易斯，刘易斯·罗伊。刘，这是我外伯婆黛西。”每个词都说得结结巴巴的。

“您好，弗莱特太太。”

“刘也要去奥克尼群岛。”维多利亚提高了嗓门说。说这话时，她的脸色很吓人；她的头发也是，又细又弱，剪得也不整齐。

“哦。”

“那个项目，您知道，算是由他负责吧。他是，”她怪模怪样地摇摇肩膀，故意做出若无其事的样子，“他是我的教授，就算是吧。”

“其实我就是个博士后研究员，弗莱特太太。这个项目是维多利亚和我共同提出的，主要是她的主意。”他面部表情刚毅，嘴巴很热切，随时准备被逗笑。

三个人在飞机上并排而坐：刘易斯·罗伊靠通道，维多利亚居中，她外伯婆靠窗。他们喝了些香槟，吃了一顿鸡肉和胡萝卜片晚餐。在班机上一系列令人迷糊的程序和飞机的轰鸣声中，三个人变得随意起来。这时候，刘易斯打开了话匣子，开始滔滔不绝，津津有味地讲述起他上一次飞往欧洲的经历。随着故事的进展，他竟然愚蠢地使用起了一般现在时。"于是，驾驶员宣布说：嗨，有一个发动机坏了。对。我们返航。我们都吓坏了。但我们仍坐在那里用勺子喝汤，仿佛驾驶员是在跟我们开玩笑。可接下来，您知道，我们真就停在了拉布拉多某个地方的一个简易机场里，一个军事基地什么的。我们就像被钉在了那里，整整待了十二个小时。飞机上的厕所也不能正常使用了。然后——"

"我想，黛西外伯婆累了。"维多利亚低声说。

他立刻沉默了，咬着指关节放肆地打哈欠，并向四周瞧瞧。

维多利亚羞得脸上发烧。她知道，外伯婆肯定对这个年轻人不会有好感。他的头发像毛皮披肩一样在肩膀上荡来荡去；他那孩子气的叙述掩盖了他的聪明才智。他原本是个特具温情的人，现在变成了一个漫不经心的男人。女乘务员终于送来了毛毯和枕头，调暗了灯光，三个人这才假装睡起觉来。维多利亚能够听到外伯婆不均匀的呼吸声，几乎是在抽泣。她明白，她身边的这位老人现在一门心思想回家了，想回她佛罗里达公寓里的家。回哪儿都行，只要别坐飞机夜飞大西洋，看昏暗的灯光照着窗框，晃过她的眼皮。

维多利亚整个就是一部敏感的雷达，它能够检测出刘易斯·罗伊僵硬的躯体发出的哀伤电波和失败电波。她在毛毯下面悄悄向旁边伸出手来摸他的手，发现他的手在颤抖，便紧紧地将它握住。

过去她还从未碰过他。他真是她的导师；她也真是他的学生。当时，他们的关系并不亲密。

过了一会儿，她又伸出另一只手，把它放在年迈外伯婆的手腕上，用指尖轻轻地按按，似乎在说：一切都会好起来的，相信我。

就这样，三个人靠维多利亚·弗莱特伸出的手臂连接起来，伤心地从一个大陆飞到另一个大陆。那天夜里，也许他们都打过几次盹。三个人都相信，他们生活在一个脆弱的星球上，但谁也不知道这个世界会变成什么样。

奥克尼群岛地势低洼，树木葱茏，田连阡陌，道路蜿蜒，如画的羊群在山坡上吃草，构成一幅美妙的风景画。两三百年前的水彩画家可能就曾经描绘过这样的图画。在这种田园诗般的景色背后和地下，遍布着大量史前文化的遗址和废墟——村庄、要塞、圆锥形石堆、墓穴以及高高矗立的石柱，这些石柱可能是观象台，也可能不是。那里还有铁器时代的遗存，在另一个地层；还有公元9世纪古斯堪的纳维亚人的纪念碑；中世纪、封建时代以及修道院时期的遗址；还有其他一些较为现代的建筑遗址——与这些古老而又田园诗般的景色并存的，乃是今天奥克尼人热气腾腾的小工厂。那些产能不大的小工厂生产诸如奥克尼蛋糕（味道很美）、奥克尼奶酪之类的奥克尼特产。另外还有一些工艺企业，大部分是编织业（但已严重衰落）和旅游业（方兴未艾）；再就是如今始终红火的日用品商业以及必要的专业人员——杂货商、文具商、律师、牧师，应有尽有。

所有这些全都是维多利亚的外伯婆黛西没想到的。关于奥克尼，她脑子里想得更多的是荒原、沼泽和石楠。奥克尼的房子星星点点地散布在十几个零散的村庄里以及柯科沃尔和斯特罗尼斯两个主要镇子里。看到几百座具有城市特点的房子建得如此坚固，如此简约，连维多利亚也感到惊讶。她看看这些陌生房子的正面，心里突发奇想：也许里面的女人正站在镜子前面打量自己，或者男人正从头上套穿毛衣，然后再把头发弄平整。几乎没有人像是要出门走动。可不是嘛，现在天还早着呢；可不是嘛，从海上刮来的风凶猛着呢。雨噼噼啪啪地下起来。尽管如此，维多利亚和她的外伯婆，还有刘易斯·罗伊，仍站在斯特罗尼斯的教堂墓地读墓碑上的碑文。维多利亚突然大喊一声。她发现碑文是：

圣洁的生命，幸福的结局

灵魂确已向耶稣飞去

它的精华将在那里

永远安息

马格努斯·弗莱特，生于1584年，卒于1616年

不知为什么，三个人看了这段碑文后，笑得前仰后合。看来弗莱特是一个很普通的奥克尼名字。这个墓地随时随地都会突然冒出个弗莱特来，不仅有马格努斯·弗莱特，还会有托马斯·弗莱特、塞西尔·弗莱特、詹姆西纳·弗莱特、唐纳蒂纳·弗莱特等等。这个公墓里的国王与王后无疑也是弗莱特家族的人。

雨没有减弱的迹象。一分钟之后，刘挽着两位女士的手臂，领她们穿过马路，来到一个茶室，坐在那里躲避这场暴雨。他们急切地想了解对方。

"您的公公是个什么样的人，弗莱特太太？"刘易斯一边往粉白的烤饼上抹黄油，一边用一种社交的腔调提出了这样问题。

"啊，我也不太了解。"

"但您肯定会有某种印象吧。"

"一个不幸的人。一肚子委屈。你知道，他的妻子离开了他。"

"啊哈！"他打趣说，"那种老式的幸福家庭之一。"

"他的三个儿子都站在母亲一边，拒绝去看望父亲。他们要跟他断绝一切关系。"

"这使他心里很苦，是吧？"

"结果把他赶回到了这里。"她伸手抹去窗上的雾气，看到了外面湿漉漉的昏暗街道和天空的大块乌云。"在他六十五岁那年。我只能认为，他一定很苦。"

"但您不能肯定。"

"事实上——"

"什么？"

"事实上，我从未见过我的公公。"

"我明白了。"他显然非常吃惊。

"我们从来没有见过面，没有。对此我一直感到遗憾。在他生前我们从未见过面。我一直在想，啊——"

"想什么？"

"我们会有些话，"她停了停，接着说，"要互相倾诉的。"

"对公公这么有感情的女人不多。"

"不多，我猜想不会太多。"

"马格努斯·弗莱特是我的曾祖父。"维多利亚插话说，也许是想为那些家庭的破裂承担一份责任。

三个人默默地喝着茶。这时，刘易斯决心要使自己显得快活一点，便举起茶杯，高高兴兴地说：“为真正的马格努斯·弗莱特的遗骨干杯！我们会找到他的。”

“你的话挺有节奏感呢。”维多利亚说。她喜欢看到别人身上热切的感情。

“啊，好吧。”维多利亚的外伯婆说。此刻，她的嘴巴绽开了笑容，胸中充满了强烈的感情。

第二天风停了。复出的太阳热得出奇。旅游者穿着短裤、T恤衫和其他夏装从渡口涌进斯特罗尼斯狭窄的街道。他们吃着冰淇淋，购买明信片。

现在已是晚上，但天还是那么亮。刘易斯和维多利亚在格雷斯通斯旅馆餐厅一边慢慢嚼着肉馅土豆泥饼，一边向维多利亚的外伯婆解释他们来奥克尼的原因。刘抽出一支铅笔，在一张餐巾纸上画了一幅小草图。虽是一蹴而就，但画得很美——或者说维多利亚认为很美。后来，她把那张餐巾纸小心翼翼地对折起来，塞进手提箱背面的内衬袋里。刘说，奥克尼群岛上有丰富的小型海洋动物化石遗存，但早期植物的遗迹已被破坏。主要是地球气候恶劣，以及植物结构脆弱所致。但在多伦多时，他和维多利亚一直在借助于一套由最先进的计算机绘制的地图，调查在苏格兰北部发现的化石样品。他们沿着发现这种化石的一条宽阔的弧形地带追踪——从苏格兰西部向北延伸到斯堪的纳维亚——这一略微弯曲的弧形地带最后穿过奥克尼大陆边界的最顶端。这一发现促使他们相信，斯特罗尼斯以北几英里远的耶桑比有可能存在那种岩石地层。那里的岩石很特别，比较坚硬。由于奥克尼其他种类的石头都太软，所以岛民们自古以来形成一个传统：到那个边远的地角去寻找做磨石的石头，刘易斯还提到了赖恩燧石和中古红砂石。他解释了他是如何向加拿大科学委员会申请这次旅行考察、如何调集设备、如何组建研究团队的。这个团队只有他和维多利亚·弗莱特两个人。他们俩只有二十一天时间四处搜索考察，写出考察笔记，否则他们的经费就会用完。两个人都对考察结果非常乐观。刘易斯说，生物学总是让专家们灰心丧气，因为他们无法使他们的尝试系统化、条理化，因为不确定因素实在太多了。不错，地球有时候很吝啬，但更多的时候它又很慷慨。

维多利亚打量着桌子对面的外伯婆，发现她神色平静而安详；一整天热气的烘烤把她的面庞烤得红扑扑的。由于天气晴朗，她把套装上衣留在了楼上她跟维多利亚同住的房间里。此刻她在考虑明天是否去当地的商店里转转，看能不能找到一种既轻便又合身的衣服。昨天夜里她睡得很香，很沉。这样甚好。

维多利亚目不转睛地看着她的外伯婆，心里萌生融融爱意，意欲分享外伯婆此刻的满足与安逸。她甚至希望能有一种艰难困苦突然降临，好使自己能有机会解救她，也许还能送给她什么礼物。现在，就在此时此刻，刘易斯和外伯婆之间亲切的交谈在维多利亚看来是那样美好。这似乎是某种情况的开头。

刘易斯告诉她，他已经租好了自行车和背包，这样，他和维多利亚明天上午就可以骑车出发去耶桑比，开始他们的考察了。“我们就要开始挖掘我们的小奇迹了，”刘易斯对她说，“寻找马格努斯·弗莱特的事就交给您了。”

“您说的是马格努斯·弗莱特吗？”旅馆老板问。这时，他正站在他们坐的桌子旁边为他们倒咖啡。

那位老板的名字叫辛克莱尔，长得高大英武，终身未娶。此人脸上透着精明，一头细软的灰发总是整整齐齐地从前额梳到后脑勺。这人是如何做起旅馆生意的，维多利亚不得而知——凭他那风度翩翩的派头，凭他往桌子上放盘子时优雅的动作，凭他那具有乡土味道、滑稽而甜蜜的嗓音，他应该当电影演员才是。他的旅馆只有六间客房，广告上写着“全套现代化生活设施”，意思是说，一些房间里配备有电热器。辛克莱尔先生身穿整洁的灰色套装，每天沿着铺着地毯的楼梯跑上跑下。他既是老板，又身兼服务台接待员、客房女仆、厨师和侍者。

“我听说你们要找马格努斯·弗莱特？”他姿态优雅地倚在桌子上，礼貌地问道，“啊，恕我打扰了。我无意间听到你们谈论老马格努斯·弗莱特。马格努斯·弗莱特，您要知道，他就住在我隔壁。”

“隔壁？”

“就在悬铃木庄园。你们肯定从旁边经过。那里住的都是孤寡老人。我小的时候，那里的后花园里长着很多悬铃木。当然，现在已经没有了。它本来是一个私人宅邸，后来被市政委员会接管了。老弗莱特就住在那里。我应当说，著名的弗莱特先生。”

维多利亚摇摇头。她今天晚上比她想象的更漂亮。“我们要找的马格努斯·弗莱特已经死了，”她一本正经地说，“他生于1862年。我们不知道他是什么时候去世的，但我们能确定他的出生时间，因为我外伯婆手里的一些法律文件上有他的出生日期。”

“正是那位老人，没错，”辛克莱尔笑着点点头说，“请你们相信我，那个年龄正是他所说的年龄。许多人都相信他的话，我碰巧也是其中之一。每逢他过生日，他的照片都会登在《奥克尼人》报上，年年如此。今年他们还把他的照片登在了伦敦的报纸上。那可怜的老人一百一十五岁了，你们想想看！啊，大概个把月以前，大家为他举办了一个生日晚会。那阵势你们见都没见过。蛋糕有这张桌子那么大。蜡烛通明，篝火熊熊。当然，整个晚会他从头睡到尾。嘿，弗莱特先生他可是英伦三岛年龄最大的人。”

让老马格努斯·弗莱特出名的不只是他的年龄，还有他惊人的记忆力。

1977年夏天，即维多利亚和她的同事刘易斯·罗伊、年迈的外伯婆黛西抱着不同的目的开始他们的发现之旅，来到传说般的奥克尼群岛的时候，马格努斯·弗莱特的确已以其一百一十五岁的高龄而闻名遐迩。一百一十五岁的确是个很了不起的年龄。据说，乌克兰有一位妇女已经一百二十一岁；亚美尼亚有一对兄弟，年龄分别为一百一十八岁和一百一十六岁（有官方文件为证）；一位住在兰金湾圣公会教会旅馆的伊努伊特妇女曾经手按《圣经》发誓，说自己一百一十二岁（八十五岁开始抽烟，九十岁开始喝威士忌）。还有一个无可争议的人类长寿冠军——新加坡的吉先生，一百二十三岁还能走动，尽管近年来只有他的妻子（九十六岁）还能见到他。这些人的年龄无论是否已被证实，高龄总是令人振奋的。马格努斯·弗莱特引人注目的高龄自然也就使他成了名人。英国的几家周报曾经刊登过他的简介（《马格努斯·弗莱特的一天》，《星期日时报》，1962年3月16日，第54页）。还有一次，大约十年前，他曾经在英国广播公司的电视摄像机前出现过。当时，他眼睛直盯着观众，却做着“他自己的事”。

“他自己的事”比他的年龄重要得多，那是他得以成名的关键。那就是：他能够整本背诵《简·爱》，一章接一章，一句接一句，一个词接一个词地背。辛克莱尔先生为游客描述马格努斯·弗莱特的这一绝招时，原本柔和的嗓音变得更加柔和了。

有些人会说，这不可能。那是他们不熟悉人类大脑的强记能力。他们很可能没有听说过，很久以前，一些虔诚的基督教徒就能全文背诵《圣经·新约》。即使在本世纪初，要想找到能背诵《福音书》的普通人也不算什么难事，尽管后来主日学校连能背诵八福词[1]或《诗篇》一百篇中的任何一篇之类的雕虫小技也要奖励。多年来，一些学者一直坚持说，曾由一位表演者在宴会上背诵盎格鲁-撒克逊时代的史诗《贝奥武甫》，而且没有文本可以参考。早在20年代，黛西·古德威尔·弗莱特还在朗女子学院上大学的时候就曾听说过马格努斯·弗莱特的非凡才能。就在同一时期，她本人也背下了《丁登寺》——不是老师要求她背的，而是她内心渴望将威廉·华兹华斯那饱含哲理、节奏铿锵的诗行融入自己的身体。

一百一十五岁时，马格努斯·弗莱特的记忆力已开始衰退，这是自然的。辛克莱尔先生也承认这一点。十年前电视台采访他的时候，他只能背诵《简·爱》的第一章，但他既没有出错，又没有停顿。一年前他只能勉强背诵第一页。而现在，辛克莱尔先生提醒他的三位北美游客说，这位可怜的老人恐怕只能背诵第一段的开头几行了。

生活中我们越来越感到孤独的原因，主要是我们不愿意消耗

1. 指基督教《新约·马太福音》中耶稣登山训众所谈论的八种福分。

自己的精力，不愿意搅乱自己的生活。我们总是给自己内心的欲望泼冷水；该做的事总是能推就推，能拖就拖，或在心里反复演练，以求舒适安逸，得过且过。维多利亚为什么要不遗余力地将马格努斯·弗莱特排除在自己的思维之外？她的外伯婆黛西为什么一天又一天地推迟对悬铃木庄园的拜访？她每天晚上都能找到借口，对她的外侄孙女说她一直在欣赏当地的风景，或者说她忙于逛商店，想买一件夏装。温暖的天气仍在持续，创下了奥克尼6月份最后一周的新纪录。她声称她想充分利用这意想不到的好天气。她穿着新买的棉布裙子和短上衣（绛紫色），脚蹬新买的旅游鞋，大胆地去了斯特罗尼斯附近的田野，一路上发现了许多欧石楠、美丽的粉红色小花朵，盛开的苏格兰报春花。“爱情！温情！勇气！”她对着那俯视的陆上风景喃喃地说。为什么这样说？她想不出任何理由来。辛克莱尔先生是一位田园风光观赏家。他曾几次陪她外出游玩。旅馆吃过午餐，洗过餐具之后，这两位就坐他漂亮的小福特假日车出发，去临近村庄的教堂和墓地游玩。有一天，他们看到一块墓碑，上面的姓氏已经磨损，但日期——1675年——和简短的碑文还保留着，而且清晰可辨：“看人生的结局！”就这么一句孤零零的宣言。（你会以为这声来自阴间的呐喊肯定会让弗莱特太太心神不宁。事实上，她被这句咒语般的呐喊声迷住了。她好像看到了一种幻境，听到了从发出那声叫喊的地方又传出的一种说话声。那声音宣布，一个光源照见了生命的边缘。）

“您去看马格努斯·弗莱特了吗？”每天晚上，被太阳晒得黧黑的维多利亚风尘仆仆地从耶桑比的岩层回来，总要问外伯婆这句话。

“明天吧，”外伯婆答应道，“明天我再安排。”

其实，两个人都明白——就连刘易斯·罗伊，看到她不声不响，不慌不忙地端起茶杯的样子，心里也清楚——她正作着应对失望的思想准备。

弗莱特太太发现，奥克尼的绿色只是骗人的假象。那些貌似肥沃的大片黑土地，其实只是一层薄薄的覆盖物，下面则是一层层的岩石。岩石构成了这些岛屿；松软的陆架状石灰岩随时会分裂成雪花状和羽毛状，很容易加工。这样的石头岛上比比皆是。每一个农场似乎都有自己的微型采石场；而采石工具——锤子、钢钎等——乃是每个农民的必备工具。由于岛上缺少木材，石片便被用来建造屋顶、围墙、野餐桌凳、里程碑和墓碑。面对此情此景，弗莱特太太不禁想起她的孙子辈最喜欢的电视剧《燧石》，脸上掠过一丝笑容。她想象着，她和辛克莱尔先生开车路过的农舍里肯定也会有石椅、石桌，甚至还会有石头床和石头梳妆台。她想起来了，自己的公公马格努斯·弗莱特十八九岁来到加拿大时，就已经是凿石行业的能工巧匠了。

他在廷德尔采石场一直干到六十五岁，是一个身强力壮，技术高超的工人。无论从哪方面说，他都没有温柔可言。据他的儿子们说，他平时少言寡语，落了个倔强不屈的名声。心胸狭窄，冷酷如石。

他有文化，能读《圣经》；如果必要，也能读邮购目录，但他不是那种能静下心，坐下来读一本书的人。这一点，别人不用说，弗莱特太太也知道。不，他从未想过要读一本书，尤其是小说；从未想过要读一本那个名叫夏洛蒂·勃朗特的英国女人写的小说；从未想过要读那部英国文学瑰宝《简·爱》。

不可能。

“您去看马格努斯·弗莱特的时候，是不是想让我跟您一块去？”她的外侄孙女似乎有点不情愿地问道。

“您要是愿意，”辛克莱尔先生对她说，“您去看马格努斯·弗莱特时，我可以陪您去。”

“明天，”弗莱特太太说，“明天吧。”

然而第二天，她和辛克莱尔先生却开车去了耶桑比刘易斯和维多利亚的工作现场。

由于路的尽头年久失修，他们只好把车停在东比京十字路口，在沼泽地上步行半英里，来到了崎岖不平的海角。维多利亚看见他们走过来，挥舞着双臂冲他们高喊，热情洋溢地欢迎他们。她的喊声与海鸟的叫声与下面海浪的轰鸣声交织在一起。

灿烂的阳光照在岩石上。闪亮、湿滑的沿海阶面上矗立着那座著名的上帝门。维多利亚对她的外伯婆描述说，那是一座巨大的天然拱门。每逢第七或第八个海浪从门内冲出时，就会发出惊人的轰鸣声。（据说，早在五十年前，有两位业余摄影家爬进了拱门的隙缝，他们的妻儿眼睁睁地看着他们被卷入大海中。）

傍晚，弗莱特太太在太阳的余晖里眨巴眨巴眼睛。她觉得，在周围巨大岩石的衬托下，她突然变得那么渺小。她的周围是高耸入云的悬崖峭壁，下面是一望无际、汹涌澎湃的大海，远处是广袤孤寂的沼泽地。在她视野的边缘，停放着辛克莱尔先生的那辆汽车。它远离肆虐的海风的冲击，犹如地平线上的一个污点。辛克莱尔先生站在几英尺开外的地方，两只粗大的手臂像翅膀一样悠闲地交叉在宽阔的胸脯前面，舒舒服服地安卧在他那傲慢的躯体里。她感到自己轻飘飘的——她的身体悬浮在嘈杂与辽阔两个世界之间——它是什么？她一时不知道该给这从她身上吹过，将她的脸庞软化为一丝笑容的强劲的阵风取个什么名字。后来她才想到：这叫幸福。她感到了幸福。

弗莱特太太的宝贝外侄孙女维多利亚和刘易斯·罗伊——两个星期前她还不知道他的存在——像昆虫似的在露出地表的岩石板块上爬行，用他们手里的小工具刮擦着那个隐秘世界的表层。他们希望找到什么呢？希望找到那些被掩埋的生命的蛛丝马迹。生命变成了石头，变成了冷冰冰的矿物。他们曾对她说过，这一发现的隐含意义将是十分巨大的——一想到此，他们就激动万分——而同时，这一发现的证据却十分微小，微小到可以放在手心里轻轻握起来，比如一个带有树叶或原始花卉轮廓的小石头片，甚至包括像绣花针一样细的细菌的蛛丝马迹、变成密码的生命圆点。

然而，迄今为止，时间只剩下五六天了，他们却什么也没有找到。

格雷斯通斯旅馆的漫漫长夜，维多利亚都是在刘易斯·罗伊的怀抱里度过的。

每天夜里，等到外伯婆睡熟了，她就偷偷爬起来，在黑暗中摸索着穿上拖鞋，不声不响地穿过狭窄的走廊，溜进刘易斯的五号房间。刘易斯正在等着她。维多利亚的这种夜间旅行颇有点法国滑稽戏的成分。维多利亚很看重这种戏剧性的战果，并把它添加在当前堆积起来的幸福“土堆”上。昏暗的走廊里微光闪烁，暗影绰绰。里面放置着陈旧的柜子、镜子、老掉牙的座钟，铺着柔软的地毯；还没有黑到看不见四周的地步。辛克莱尔先生是个有心人，为方便房客，他在走廊里安装了一盏玫瑰色的小夜明灯。其实，现有的光线已足以让维多利亚看清楚浴室隔壁的墙上挂着的那块颇具维多利亚时代风格的匾牌上的文字了：

幸福
在我们自家的
炉边生长
不可在
陌生人的花园里
采撷

炉边！花园！凌晨两点钟，维多利亚蹑手蹑脚穿过走廊时，停下来看看这些文字，轻蔑地付之一笑。

她和刘易斯都相信，这两句诗是在劝告他们不要去品尝他们近几天才发现的那种销魂的狂喜。在辛克莱尔先生颇具品位的旅馆里，在洁净的床单下，他们一夜又一夜，越来越深地走进神秘的房事之中。他们睡睡醒醒，醒醒睡睡，唤醒了他们原以为发育不良，被剥夺了权利的身体部位。一年前，甚至一个月前，两个人都会蔑视这种岛上的空气、柔和的阳光、漫长的白昼这三者的巧合——还有科学误算，甚至失败的可能性——他们相信，性爱的报酬只不过是一时的补偿，是对穷人的精神慰藉。

关于她的发现，以及她未来的计划，她对黛西外伯婆一字未提，因为她知道，外伯婆最操心的是她的儿子沃伦以及他的两次离婚。现在，艾丽丝也很痛苦地跟她的丈夫本分居了。维多利亚怀疑——尽管她无法断定。她又怎么能断定呢？——黛西外伯婆可能会赞同墙上那块维多利亚匾牌上的情绪。她会相信，从全盘考虑，陌生人的花园能带来的更可能是伤害，而不是幸福。

❇

“我应当提醒您，”贝蒂·霍洛韦太太说，“他已经完全卧床不起。大小便自然也失禁了。”

“啊，是的。我明白。”

“还有个情况，弗莱特太太，他的眼睛几乎完全失明了。白内障。他这个年龄无法动手术。”

“我能想象得到。”

“令人惊讶的是，他的一只耳朵的确还有些听力。”

“哦。”

“但另一只耳朵完全失聪了。好长时间了。”

“我知道了。”

“他很容易疲劳。”

“我不会待很久的。”

“您说您是他的亲戚？”

“啊，我也说不好。可能是吧。从我丈夫那边说，是的。”

“他没有亲人。反正这一带没有。很惨，是不是？”

“很惨。”

“还有，人一到这个年龄——当然，能活到这个年龄的不多——是不会有很多朋友来探望的。”

“您是否知道弗莱特先生曾在加拿大生活过？”

“加拿大？啊，我到现在也不知道。过去，我们这里有很多年轻人会去加拿大待几年，去发点小财。那时候我们这里机会不多。”

“但关于弗莱特先生的情况，肯定会有记录，有一些文字性资料的。”

“我们只知道他来这里之前住在桑德维克，自己照顾自己，自食其力，种些蔬菜，自己剪草坪。认识他的人都说，他有点像个隐士，离群索居，酷爱读书。”

“读《简·爱》。”

“对，千真万确。就是那本书。”

“但他移居这里时，肯定会有一些文件什么的，也许还会有一些旧信件。”

“据我所知没有。没有文件，没有私人信件。如果您指的是出生证明——没有，没有那种东西。”

“也许会有一枚结婚戒指。”

“我不相信，没有。当然，那时候男人不习惯戴结婚戒指，对不对？唉，现在情况不同了。”

“说得不错。”

“他的确有一张旧照片，折叠着放在衣服下面。我们替他收起来了。”

“能让我看看吗？”

“好吧，看在你们是一家——”

“啊，我不能绝对肯定——”

“那张照片就在这里，我把它放进他的文件夹里什么地方了。那是一群女人，有点像画像。如果我没有记错的话——啊，对了，就在这儿。”

“真遗憾，折叠坏了。照片上的人脸全都折破了。不过我还是能看出来，他们很可爱。噢！”

“是的。啊，他来这儿的时候，照片就是折叠着的。肯定是他自己折叠的。我们尽最大努力照管好病人的个人财物。”

“我的意思不是——”

“背后有字。”

“啊，是的。写的是…… 是‘妇女节奏与运动俱乐部’，但没有日期。”

“我想，是本世纪早期。从衣服的样式可以看出来。”

“很久以前喽。”

“对，一点不错。啊，我现在带您去弗莱特先生的房间吧？”

“好的。”

她首先看到的是他的眼睛虹膜上的一层乳白色薄膜。白色的床单，白色的床罩，让他看起来像是被裹在白色绷带里。

马格努斯，一个流浪者，一个受苦受难的现代人——这就是这些年来她对他的看法。这一看法颇具一点浪漫色彩。她相信自己也是一个流浪者，怀揣着一颗孤儿的心，时时渴望能有一个栖身之所，能有一所标有自己名字的房子。而眼前的马格努斯只是一具会呼吸的尸体。年迈的他已经显露出全身衰竭，并为此付出了沉重的代价。现在，他只剩下一个皮囊和一架骨头；啊，与其说是骨头，倒不如说是瓷器。

“我是黛西。”她对着他的耳朵说。此时此刻，她想不出别的什么话来。“巴克的妻子。”

蚕茧似的床单里传出一阵窸窣声。

“您的儿子巴克。”

没有反应。

“您有妻子，弗莱特先生。她的名字叫克拉伦廷。克拉伦廷·巴克·弗莱特。如果是，您就点点头。”

还是没有反应。

“麻烦您了。”她等待着。她觉得自己很愚蠢，又怕导致他心搏骤停。“如果克拉伦廷·巴克是您的妻子，您就眨巴一下眼睛，弗莱特先生。”

几秒钟过去了——她等着他的反应——这时，他张开了嘴巴。那根本不能算是嘴巴，而是一个皱巴巴的黑洞，没有嘴唇，也没有牙齿。她俯下身来，想听清他说什么。“不可能，”——他停了停——“那天不可能去散步，”又停了停，“我们一直在转悠，真的，在没有树叶的灌木林里——”他停住了。

“啊，那太棒了，弗莱特先生，”她说，如同表扬一个小孩子，“您能记得——能告诉我——您是不是曾经在加拿大生活过？您是不是有个名叫克拉伦廷的妻子？”她又大声地问了一遍。

他的眼皮合上了。“不可能去散步。”

“您的妻子，弗莱特先生。克拉伦廷。”

“克拉伦廷。”他说。这个词，这个名字，是以呼气的形式说出来的，像吹口哨，很刺耳。

“对呀，”她鼓励他说，“还有您的儿子，巴克。”

那可怕的嘴洞又动了动：“巴克。”这个词是低声说出来的，从他的声音边缘说出来的。

“还有我，我是黛西。”她说。

他似乎停止了呼吸。接着是可怕的沉默。

“黛西·古德威尔。”她对着他那只好耳朵大声说。

“黛子。”这个词他是以叹息的方式说出来的。辅音的开头，至少元音的气流是这样呼出来的。她看得出来，他很听话，很机械地发出了这个词的音。那是一种回声——还能是别的什么吗？——但回声里的某种东西令黛西非常满意。她感动得直想把手伸进床单下摸摸他的手，但又害怕会摸到别的什么无法想象的腐烂的东西，于是只好作罢。她轻轻地按按床罩，以实实在在地感知他那被约束的骨头和萎缩的肌肉。床罩下一阵颤抖，散发出一股腐烂的气味。

“我来看您了。”她说。她鄙夷自己那种欢快、社交的口气。于是又加了一句：“我终于找到您了。”

她本想说出“父亲”一词，试试它能否起到作用，但一阵强烈的羞怯感阻止了她。

尽管如此，她相信眼前看到的一切；她相信自己的眼睛、耳朵以及女人特有的神秘感官——直觉——所提供的证据。当然，她需要一些时间去理解她所发现的一切。这一切也要求她自觉地修正、调整自己，以适应这种新的情况。某些杂乱无章，本质异常，甚至不合逻辑的成分，必须用宝石匠的小锤子轻轻敲击进去，重新加工，用猜测支撑，使其保持平衡，对其进行加固。但她愿意这样做。还有比这更重要的事吗？至于心甘情愿，黛西·古德威尔·弗莱特早就具备这样的素质了。

老人又迷迷糊糊进入了梦乡。她轻轻地从房间里退了出来。她感到浑身无力，像被掏空了似的，轻飘飘的就像一个幽灵。有那么几分钟，她似乎觉得怀里抱着一种没有重量的芳香。那芬芳的气味就是她的生命。啊，她又重新年轻，重新健壮起来了。她离开房间，沿着斯特罗尼斯狭窄的石头街道走去。边走边在明媚的阳光下甩了甩头发。

第九章
病衰 1985

佛罗里达州萨拉索塔市八十岁的弗莱特奶奶病倒了。她身上的每一个细胞都生了病。

一个月前，她正在阳台南面为一排小型天竺葵浇水时突发心脏病摔倒，重重地磕在水泥地上，摔碎了两个膝盖。所幸玛丽安·麦克亨利家的阳台与弗莱特太太家的阳台只隔一层薄薄的木格子。玛丽安听到喊声，赶紧叫来一辆救护车。

两天之后，弗莱特奶奶在萨拉索塔纪念医院接受了两次分流手术（早在一年多前，弗莱特太太的心脏科医生就曾谈到过做这种手术的可能性，但由于种种原因，手术被推迟了）。手术一周之后，正当她的病情开始顺利好转的时候，弗莱特奶奶又患上了肾衰竭，于是左肾被切除，并发现了癌变。“但至少我们把那个该死的东西彻底干净地取出来了。”她的泌尿科医生用含糊不清的南方口音说。对此，弗莱特太太的家人大为惊讶。

就这样，疾病突然之间成了她身体的大敌。她的病是如何把她击垮的？它一年又一年孤独地潜伏在她的躯体里，带着它向前走，使躯体始终无法摆脱它的重压，就连睡觉的时候，就连与另一个躯体短暂结合的时候，也是如此。对左膝进行的X光透视提醒她，她现在的身体是多么脆弱。她一直是一个肉做的外壳，是一张包装用的玻璃纸。她现在生活在开放的病痛区域里，被一层又一层的旁观者包围着。长夜漫漫，没有尽头；朝阳如火，苦苦相逼。医院的早晨是何等难熬啊！她嘴里噙着体温计。护士刚刚粗暴地为她量过血压，一个心脏监视器又被推进她的房间，重重的，大大的，带一个人脸似的刻度盘，随时监视她心血管的强弱。她衰老的两脚从床单两边伸出来，像牡蛎一样透明，而且总是冰凉冰凉的。然而奇怪的是，没有人注意到这一点；没有人问她："你的脚怎么这么凉呀，弗莱特太太？"尿液通过一根插在两腿之间的导管排出体外，连同其他一些浑浊的液体消失在一个未知的地方，排灌进宇宙里。她吐痰吐到一个痰盂里。她刷牙时嘴里结实的老牙发出一种难听的咯咯声，试图回忆起她的躯体还处在封闭的隐秘状态的时候。

几天之后，插在她鼻子里的导管被去掉，手臂上的静脉注射针头也被拔去。医生以祝贺、赞扬的语气告诉她说，她又重新获得了进食的权利。"喝点柠檬汽水对您有好处，亲爱的，"那个送饮料的姑娘对着她的耳朵喊道，"一个人喝多少饮料都不为过。"那位姑娘推着饮料车，上面装有苹果汁、牛奶、冰茶，还有不冷不热的可可茶。她十八岁，黧黑的脸庞，紫红的嘴唇，笑声总是一个音符，高高的，怪怪的，令人难以忍受。

凌晨的几个小时里，弗莱特太太总是做噩梦。那些噩梦特别具有侵害性，直逼她的心窝。梦的内容又总是暴力，尽管她醒来以后老也回忆不起来。"那只是药物反应，"医生们告诉她说，"一种常见的不良反应。"

她白天做的梦要温和得多。梦中，她飘过一个像年久失修的后院一样破败不堪的地方，里面灰尘满地，花圃里以及灌木下面散落着垃圾。她飘过大街，看见有白脸男女在给草坪浇水。那些草坪已被车前子、蒲公英和苔景天窒息，由于主人无知和资金不足而注定不会生长得多么茂盛。

在她的意识处于睡眠与清醒之间的褶皱里期间，她能够径直走进发明机器之中，能够画出生动的风景画，能够设计出对话与争论。一些话语——有些是她回忆起的，有些是她发明的——在她饱受折磨的头脑里喋喋不休地叫嚷，用它们的节奏和磨损了的意义奚落她。

“牧师来看您了，亲爱的。”

“什么？”她从浅色的螺旋形睡眠中醒来。

“牧师，弗莱特太太。您不想跟牧师谈谈吗？”

“谁？”

“牧师，里克牧师。您记得里克牧师的。”这一次声音大了些。

“不记得。”

“嗨，您记得。昨天你们还一起做了一次很好的祈祷呢。还读了几首《圣经》诗歌。”

“没有。”

“喂，弗莱特太太，别跟我说这种话——您记得那位牧师，肯定记得。”

“不。”

“不是什么？”

“不，我不想见他。今天不想。”

她住的单人病房在走廊的尽头，有一个宽大的窗户，没有挂窗帘。手术后的几天里，她一直躺在床上，看起来令人难受。短暂清醒的时候，她凝望着窗外暗淡的佛罗里达水泥建筑，粉的、绿的、淡紫色的，犹如撒了糖霜的花色小蛋糕，经一只苍白的手成型后，放在外面晾干晒硬。太阳照在车身凹凸不平的停着的出租车上。光线在与孩子低语的年轻母亲们的头上闪烁，在呼的一声关上的汽车门上闪烁，把停车场周围满是裂缝的水泥围墙照得白茫茫的。医生们都把他们的梅赛德斯牌和林肯牌汽车停在离医院大门不远的专用停车处。这些汽车的顶部闪耀着廉价冰糖块似的强光，宛如一道七色彩虹。

“不，我今天不打算见牧师。”她不卑不亢地说，以一种她相信是不卑不亢的态度说。

“您要是这样的话，那就算了。”对方耸了耸肩膀。

“我就是这样。”

“随您的便。”

“我知道。”

“听听耶稣的话好处太大了。在我们这个疯狂而混乱的世界里，耶稣的话是最有益的。”

“我今天太累了。”

“我想使您振作起来。喂，我每天都能看到这样的情况发生，千真万确。‘主是我的牧羊人，跟着他我不会贫穷。’这是灵丹妙药，免费供应。”

“不，真的。我不想——”

“您知道，里克牧师现在来了。您好，牧师？何不过来坐一两分钟。让我们的病人振作起来。她整天闷闷不乐的。”

“对不起，我——”

“这么说——想谈谈吗？弗莱特太太。”

“啊，我——”

“我可以明天再来。”

“啊——”

“我只待片刻。我不想让你累着，真的。”

“哦，不。”

“什么？您说什么，弗莱特太太？”

“请坐。请您——”

“我可能没听清楚——”

“请您，请您——”说到这里，弗莱特奶奶停了一下，舌头抵住下齿。谢天谢地，在一阵慌乱之后，她终于找到了适当的词——“请自便。”

“如果您不介意的话，弗莱特太太，我想拉把椅子过来。”

“您能来太好了。”

圣父、圣子和圣灵突然之间全都降临到弗莱特奶奶的病房里。他们在墙上站成一排，犹如三幅画在丝绒上的画，深色的，画框上涂着金边。他们温情的嘴巴上没有笑容，但随时准备谈论永恒的爱。除了他们，连一只麻雀也不会落在这里——他们要做什么，这三位？他们究竟要做什么？我过去知道，但现在八十岁了，我已经忘了。现在再问似乎有点太迟了。再说，年轻的里克牧师似乎也难以解释清楚。消除罪孽、救赎。还有，在很远很远的某个地方，有一摊羔羊的血。太野蛮了。那个长满树木的山坡被毁掉了。

“恐怕我不太明白您的意思，弗莱特太太。”

“我说，您能来太好了。”

弗莱特太太是在喊吗？

不，只是看起来是在喊，实际上她是在低声细语地说。可怜的人哪。那声音是从床单的凹槽里发出来的；是从她的痛苦与迷惘中发出来的。她浑身插满了导管、导线。她八十岁的喉咙已变得狭窄。她吃药；她做梦。她的脚又凉又麻，露在外边，无人问津。命中注定如此。那宽大窗户的外面的景致犹如一幅蜡笔画。停车场里的汽车门砰砰作响。圣父、圣子、圣灵以男人的友善态度凝视着她。他们什么都知道，什么都看见了，然而当她正需要关心的时候，他们却对她身体的痛苦与恐慌置若罔闻——就在她生命的这个时候，就在此时此刻。走开。请你们走开！

"您能来太好了。"

你听见没有？这位老人是何等彬彬有礼。这些年你很少能遇到这样讲究传统礼貌的人了，况且是在她做过分流手术仅仅两周、切除肾脏仅仅六天之后。还有她的膝盖，那可怜的被摔碎的膝盖。不可思议，考虑到所有这一切，她还能记住这句得体的话，简直不可思议。既不可思议，又令人心寒。顽固不化的社交礼仪啊！

别管它，这没什么。只不过是弗莱特太太做做身为弗莱特太太的姿态而已。

❊

弗莱特奶奶的病房里摆满了慰问卡与鲜花。那位送饮料的姑娘——她的名字好像叫朱比莉——看到这么多卡片和鲜花，声音嘶哑地开了个玩笑。她尖叫着说不相信自己的眼睛，还装出惊恐万状的样子——"千——万——别再来送花束了！我发誓，弗莱特太太！您这儿都快成树林了。您告诉我，要是再有人送，我到哪里去给您找地方摆放？"

弗莱特太太的儿子沃伦和他的新任妻子佩吉寄来了一个五英

尺高的充气长颈鹿，卷曲的聚乙烯睫毛，一嘴柔软的牙齿——它站在窗户旁边，微风吹来会微微摇动。弗莱特太太想，它是一个可作为话题的东西。她有点纳闷，不知道长颈鹿对年老体弱的人具有什么特殊意义——抑或是它在暗指一些被遗忘的家庭笑话？俄勒冈州她的几个孙女——雷恩、贝思、利萨和吉莉——把她们代人临时照看小孩挣来的钱凑在一起，给弗莱特奶奶寄来了一个复杂的电池驱动的游戏机，名字叫自动桥。一想起她们的慷慨与奉献精神，弗莱特奶奶就会感动得热泪盈眶，喉头哽咽。事实上，她从未把那个游戏机从盒子里拿出来过，也从未积攒够足够的气力去阅读那印得密密麻麻的使用说明书。

每天下午五点钟，弗莱特奶奶都会接到女儿艾丽丝从英国汉普斯特德（格林尼治时间晚上十点）打来的越洋电话。艾丽丝过去常开玩笑说，等最后的日子到来的时候，她的妈妈会高兴地举起一只手，就像车队中的伊丽莎白女王，戴着帽子，戴着手套，向一切告别，向生命告别——死是一件神秘的事，也是一件小事。然而现在，她明白她的形象得重新设定。她的母亲病了，孤单无助。艾丽丝在穿越大西洋的电话里说话声音清晰，平静，从容不迫，仿佛那电话是从街对面打来的；仿佛她就是电视剧里的某个人物。

“妈妈，我已经跟医生谈过了。他说您恢复得特好，还说您的体力特充沛。您知道，您现在只需要多一点耐心。照现在的情况看，再有两周您就可以回家了。您现在得到这么好的照顾和关心，干吗要急着出院呢？再说，蓝十字会几乎包揽了您的所有费用，多幸运啊。”

艾丽丝还给俄勒冈州波特兰市的妹妹琼打了电话。她开门见山地说：“她不可能回家，医生说不可能。回家了她怎么过？没有人能帮她。”

对她在纽约的弟弟，艾丽丝通过拉得紧紧的电话线说：“我跟矫形科医生谈过了。他说她永远也不能再走路了。不用轮椅不行，用了轮椅也未必能行。我的意思是说，主啊，我们得面对现实。这是结局的开端。”

弗莱特太太的三个孩子都因为自己不能在她身边而感到内疚。艾丽丝计划下个月学期结束后坐飞机过来。沃伦的新任妻子最近生了个患唐氏综合征的孩子——洗礼名叫作埃玛——他觉得他不可能在这个时候丢下家庭，几天也不行。他的想法是对的。琼倒是刚刚做了一次短途旅行——从波特兰到芝加哥，从芝加哥到坦帕，然后返回——但她毕竟有四个十几岁的女儿需要照顾，还有那个有婚外恋倾向的丈夫。弗莱特太太的外侄孙女维多利亚每隔一天写来一封风趣的短信。但眼下，她的职业责任以及她的丈夫刘易斯和一对双胞胎，把她拴在多伦多而无法脱身。每当弗莱特奶奶想起自己天各一方的家人，她的孩子，她的孙子、外孙时，她总是不能在脑海里想象出他们各自的面貌来。在她看来，那个名叫朱比莉的年轻姑娘现在倒是更真实些。另外还有天天来查房的阿伦菲尔德大夫和司各特大夫以及他们讲的笑话，他们在医院里的开怀大笑。还有行为独特的里克牧师；还有那位忠实的玛丽安·麦克亨利。她每晚必来，从不间断，尽管她的谈话内容总离不开她在克利夫兰的亲戚。对了，还有她的那些老姐妹花！她无论到哪儿，都有姐妹花陪伴。她们每隔两三天乘出租车来看她一回。那时候她们在一起多高兴啊！

即使在弗莱特太太的鼻子里仍插着导管的时候，即使在她几乎还不能从枕头上抬起头来的时候，她的那些老姐妹们还来到医院，在她的病床旁边跟她打一轮桥牌。第一天只打了两盘，后来盘数越来越多。你很难想象，人都到了这种时候，弗莱特奶奶还能把精力集中到红心、黑桃、点数、墩数、王牌和对家王牌上。但是她能。她做到了。她们都做到了。她们的名字是莉莉（百合花）、默特尔（常春花）和格拉德（唐菖蒲花）。其实，格拉德是“格拉迪斯”的缩写，而不是唐菖蒲花的缩写，但她却自认为自己是盛开的花朵。她们四个人分别住在弗莱特太太这些年来一直居住的贝塞德托尔斯公寓的不同楼层里。四个人就是在该公寓地下室的牌室里认识的。（那应该是在70年代后期，弗莱特太太失去两个最亲密的朋友宾斯和弗雷迪之后。宾斯猝死，弗雷迪·霍伊特衰老而亡。那可是个可怕的时期。）四个人相见恨晚，感情炽热似火。贝塞德公寓的其他人都羡慕她们性格温柔随和，生活悠闲自得，对宴饮交际嗤之以鼻。事实上，四个人都对别人的羡慕心知肚明。对此，这几位老人既感到惊讶，又感到满足。最后，她们竟赢得了“一帮女学生”的声望，真是天上掉了个馅饼。可那又怎么样，人不就是这样出名的吗？四姐妹花互依互恋，相亲相爱，始终非常幸运。她们也承认她们的运气好。莉莉来自佐治亚州；格拉德来自新罕布什尔州；说话风趣的默特尔则来自密歇根州——你也许会说，她们来自五湖四海，但她们的生活格调相似，情趣相投。你看看她们：四个白人老妪。跟弗莱特太太一样，她们是寡妇，全都是寡妇；家境富裕，生活安逸；除做好贤妻良母，她们没有别的追求；她们都爱笑，而且一笑总是笑得花枝招展，酣畅淋漓。一到星期天，她们都去长老会第一教堂做礼拜，然后从那里去“寻贝壳者餐馆”吃一顿自助便餐（收银台处有一块招牌，上面写着“帮你摆脱家庭厨房”）。从星期一到星期六，每天下午两点到四点半，她们都要到贝塞德托尔斯公寓的牌室打桥牌，而且总是占用那张远离空调噪音和凉气的圆角桌子。那张桌子是姐妹花的，不是别人的。“今天的花开得怎么样？”贝塞德公寓的其他居民这样喊着跟她们打招呼。

“我丈夫以前爱说，用花做名字的姑娘老得快。”一天，默特尔突然沮丧地这样说。不知是什么原因，几个人听了，笑得浑身酥软。现在，只要有人问花开得怎么样，她们中间准有一个人开心地喊着回答：“快凋谢了！”另一边就会有一个人以即兴讽刺歌的活泼节奏加一句：“但还在硬撑呢！”这是她们的例行习惯的一部分。她们有很多习惯。比如说，她们开玩笑说，一件米色羊毛开衫格拉德织了十年。另一个笑话是关于六楼的杰利科先生的，说他在没有人看见的时候，总爱两腿分开骑在什么东西上摇晃。关于博尔特太太的笑话是，她负责看管图书馆的一个角落，却为自己藏了大量大字版本的新书。她们开玩笑的对象还有玛丽安·麦克亨利和她在克利夫兰的永恒的侄儿和侄女，寻贝壳者餐馆每餐必有、备受诟病的山核桃馅饼。她们互相庆祝生日——吃一块烘烤蛋糕，喝一杯加利福尼亚葡萄酒——这时候，某一位姐妹花一准会说：“来，为下一年干杯。希望下一年我们都还活在地面上。”

说实话，这句话才是她们最津津乐道的笑话。这话令看望她们的家人听了大为震惊，但却是带着令人振奋的新鲜感和美妙的讥笑颤音，从她们的舌头上滚落出来的——归根到底，它就是一个关于她们自己的死亡的笑话。每当这个时候，她们的笑声就会皱缩成母鸡下蛋时的咯咯声。她们已经商定，她们中间如果有一个人“寿终正寝”，或“翘辫子”，或“逃离人世”，或“化为灰烬”，或“突然离去”，或“变成了无形天使”——另外三个活着的人要隆重哀悼一两个星期，然后邀请说不清道不明的艾里斯·杰克曼（住西侧三楼）填补圆桌上的空缺，尽管艾里斯有严重的体臭，而且笨得连一手梅花和大满贯都分不清。

一个秘密在弗莱特奶奶的体内升起，整整齐齐地聚集到她的手腕上。光线照在医院为病人佩戴的白色塑料手环上。手环上写着：黛西·古德威尔。

就这么多——只有“黛西·古德威尔”。不知是住院部的哪位粗心大意，简化了她的名字，去掉了“弗莱特”，只留下了她原来的名字——她做姑娘时候的名字——像郁金香一样赤裸裸地悬挂着。幸运的是，这一错误并未出现在她的病历上，而且迄今为止也未被医院职工和弗莱特太太的许多探望者发现。这是一个只有她一个人知道的秘密。

她很珍惜这个秘密，越来越把它看作是自己灵魂的外部标志。

她过去并未怎么注意自己的灵魂。在她的漫长的一生中，她一直为具体的事务忙得不可开交——她的丈夫、孩子、一大堆女人不得不做的事情——对待拿撒勒的木匠则是腼腼腆腆，羞羞答答，不愿看他的眼睛，不愿称他的教名。她知道，自己无力吸引他进行一次有趣的交谈；她担心，不到两分钟，他就能看出自己智力贫乏。弗莱特太太儿时曾上过主日学校，后来也去过教堂，但她始终动摇不了这样的信念：这些活动只不过是孩子们看的幻灯片，有益而无害，但不能当真——尽管在规定的时间内你得戴上帽子，板着面孔，目光专注，但你的思想却在开小差，想着剩下的烤牛肉是不是还够凑合一顿晚餐；想着晚餐时可以吃你去年秋天做的辣椒酱，食品架上还有两三罐，至少你上一次看的时候还有。至于那些委员会呀、市场呀、婚礼呀、洗礼呀，等等，等等，自然是要去的，但那些令人作呕的罪孽与救赎的高山与深谷，弗莱特太太是绝不会去的。大脑缺乏想象力的弗莱特太太从未深入考虑过这些问题。她干吗要考虑呢？在她看来，她在圣诞节树起的那尊捷克斯洛伐克基督诞生塑像，并不代表圣家庭。若说它是圣家庭——那也只是严格按照民间传说雕刻的一群小木头人儿的圣家庭，造型精美，油漆明亮，尽管马槽里的婴儿不比打磨得光光的挂衣桩强多少。那个婴儿就是耶稣，人类欲望的天福。它很令人困惑，但一点也不令人烦恼。

人们是否谈论这类事情呢？她说不准。

然而当时，就在她动过手术后的前几天，里克牧师继续不断地来拜访她，并开始跟她提起她的灵魂的存在、她的灵魂的状态、她的灵魂的光辉，等等，先是小心翼翼地谈，后来又大张旗鼓地讲。而现在，八十一岁时，她的灵魂又借助我们的救世主耶稣基督的恩典获得了新生。不用说，弗莱特太太并没有向里克牧师提及这一事实：她的灵魂的精华被包裹在她佩戴的医院手环上的两个词里：黛西·古德威尔。

在那个名字的背后，但又紧贴着名字的地方，还存在着另一种东西，一种没有名字的东西。那种东西的形状只有在她突然将头转向一边时才看得见；只有在她呼气的节奏中才感受得到。瞥见这个东西通常是在凌晨时分，而且总是突然出现。她几乎忘记了当时尚未成形的她刚来到这个世界时那小小的原始状态。清白无邪，毫无思维能力，事实上，表面也看不出有思维的迹象。然而，（这是毫无办法的事）无论后来发生什么事，就连我们最丰富的经历，我们也总要放在这个小小的、吱吱尖叫的原始物质面前让它评判。也许它根本不是物质，而是别的什么东西。也许是一种圣物，从上帝宽大的额头上撕下的圣物。

“我还在这里面。”她想。在这个孤单的、弥漫着医院难闻的橡胶气味的空调病房里，她把自己晃醒。“还在这里。”

“她确实很可爱，”朱比莉对旁边的一个人说，“要我说，不像这层楼上的一些人。”

“她是一位战士，”护士长多雷太太说，“一位战士，但不是一个抱怨者。谢天谢地。”

“一个可爱的人，一个宠物。”司各特医生说。

“一位真正的淑女，”理疗科医生拉塞尔·拉特比说，“传统派的淑女。”

这就是为什么弗莱特太太会时不时地，甚至日复一日地忘记黛西·古德威尔的存在，忘记比黛西·古德威尔更早的试管般的状态。她在住院期间特别忙，既是可爱的老人，又是战士、真正的淑女、不抱怨者。她勇敢地与折磨她的尿道感染作斗争；在与孩子们通电话时对自己的病情轻描淡写；她对年轻的朱比莉的风流韵事兴趣十足；她向拉特比先生卖弄风情，还没完没了地勇敢地维护里克牧师的感情。说实在话，里克牧师的感情因模棱两可而令她不安。“她是个奇迹。”她的女儿艾丽丝说。艾丽丝及时从英国赶来，帮助母亲从萨拉索塔纪念医院转到卡纳里帕尔姆斯疗养院。“她真是个鼓舞人心的人。”

艾丽丝说母亲是鼓舞人心的人，但那不是她的真意。她的真意更像是与此相反。

四十四五岁的艾丽丝是一个端庄健美的女人。过去，她很少考虑自己的生命在不断缩短——直到片刻之前。刚才，她无意间翻看母亲在卡纳里帕尔姆斯医院使用的床头柜的抽屉，发现里面的东西杂乱不堪：一个牙刷、一管牙膏、一把梳子、一个笔记本、一串钥匙、一些润手膏、一盒纸巾，还有一只小天鹅绒首饰盒——巴克·弗莱特太太的所有家当全都装在这个狭小的钢抽屉里。渥太华的那所三层楼的房子现在已经腾空；佛罗里达的那套宽敞的公寓里的东西也已经搬完。所有这一切怎么可能收缩得这么厉害呢？想到这里，艾丽丝的心像被人紧紧握住一般，不由自主叫了一声。

“怎么了，艾丽丝？”

“没什么，妈妈，没什么。”

“我好像听见——”

“嘘——试着休息一会儿吧。”

“我一直都在休息。”

“疗养是什么？疗养就是休息。那位医生不就是这么说的吗？”

“嗯！”

“别人对他的评价很高。司各特医生说，他是这里最棒的。”

“苹果汁的事你告诉那位护士没有？”

“我告诉她说，您觉得那苹果汁变质了，可她说好好的，只不过跟医院里的苹果汁牌子不同而已。”

“喝起来像是浓缩的。”

“很可能是浓缩的。”

“连冰都没有冰，肯定被遗漏了。”

“我再跟她说说。”

“还有肉汁。”

“肉汁怎么了？”

“根本就没有肉汁，问题就在这儿。盘子里的肉是干的。”

“现在人们不再做肉汁了，妈妈。肉汁早在1974年就没有了。”

“你说什么？”

“没什么。开个玩笑。”

“你们小时候都爱说‘王笑，王笑[1]’。就是你跟琼妮。像小鸡一样咯咯地叫。”

“是吗？”

“从这个窗户什么也看不到。”

“那不有树吗？多可爱的花园啊！”

“我喜欢那家医院。”

“我知道。”

“我想念朱比莉。”

“噢，天哪，是的。”

“还有姐妹花。格拉德、莉莉——”

“太远了，她们来不了。”

“我在这儿不自在。”

“会好起来的。用不了几天您就会调整过来的。”

“我不自在。”

“我们俩都不自在。”

“你说什么？走廊里乱哄哄的，还有那个女人的尖叫声，我听不清楚。”

“我刚才说，我也不自在。”

艾丽丝已正式采用了她母亲婚前的姓。它已经出现在了她的护照上：艾丽丝·古德威尔。她前夫的姓氏“唐宁”几年前已被埋

1.玩笑的意思。

葬在了伦敦的一家律师事务所里，尽管他们的三个成年的孩子本杰明、朱迪和雷切尔还保留着它。对于艾丽丝来说，“弗莱特”这个姓氏两年前她的第五本书出版时也已经象征性地埋葬了，因为各地对那本书恶评如潮:“艾丽丝·弗莱特的第一部小说对所有想搞文学创作的大学教师们应当是一个警告。”“装腔作势。”“卖弄学问。”“道德说教。”“纸盘子上的冷稀饭。”

她该怎么办？她能怎么办？她到法院改了姓氏。早在当姑娘的时候，艾丽丝就抱怨过那个姓氏，因为它实在太简短了。“弗莱特”是一粒尘埃，是墙上的一个污点，什么含义也没有。而“古德威尔”听起来节奏铿锵，能散发出令人惬意的隐喻声波，尽管她的母亲发誓说，她从不认为那个姓氏暗指什么。那时候艾丽丝很沮丧（怪都怪那本该死的小说），但仍对未来充满了希望。直到她来到佛罗里达，看到母亲的变化那么大，那么消瘦，那么苍白，她对未来的希望破灭了。

在来佛罗里达的飞机上，她曾为母女俩的团聚设计出许多令人激动的对话。

“您这辈子幸福吗？”她曾计划这样问妈妈。她想象着自己坐在床边，床单褶皱成整齐的扇形。她握着母亲的手。从窗户射进昏暗的光线，人如同在教堂里。“您是不是完成了自我实现？”——且不管“实现”究竟是什么东西。“您是不是体验过真正的狂喜时刻？值得那样欣喜若狂吗？”“您是不是看过，比如说，一幅画或一座伟大的建筑，或者阅读过一本书上的一段文字，使您感觉到这个世界突然膨胀，紧接着又突然收缩变硬，成为一个绝对纯洁的核？您明白我的意思吗？万物突然协调一致；万物各得其所。就像在渥太华我们家的花园里，就是那一类东西。你觉得它够了吗？我是说您的生命够了吗？您准备好要——？您是不是害怕了？您在听我说吗？我能做什么？”

然而，设计归设计，她们俩真正谈的只是苹果汁、肉汁、走廊里的尖叫声、那位牙买加医生——那个牙买加人的事其实她们并没有提到。

艾丽丝伸手摸母亲的手时，被它的半透明状态吓得魂不附体。她禁不住盯着母亲的手看。原先那珍珠般的指关节已经死了，变成了矿物。她提醒自己，落入大多数人生命中的东西会变成他们想象中的一种义务：做好人，忠于做好人的理念；做一个好女儿；做一个好母亲。要以极大的耐心永永远远地做下去。这种自我放大可能是令人恐惧的。

“您告诉我，我这一生该怎么过。”

“你说什么，艾丽丝？”

“没什么。睡去吧。”

“才九点钟。”

“天色越来越暗了。”

“那是因为窗帘，你把窗帘拉上了。”

“不，您瞧。窗帘开着呢。瞧瞧。”

弗莱特奶奶当然有过美好的日子，那是在她戴着眼镜能直接看报的时候；那是当职员夸她特别机警的时候。一位护士说她“feisty”。弗莱特太太能听见，但她不知道这个词的意思。“意思是‘强硬’，”艾丽丝对她说，“至少我认为是这样的。”

“我从来不认为自己强硬。”

“那是表扬您。”

“我并不真的强硬。”

“您是个软心肠。”

“不对。”

“不对？”

“别这么叫我。它使我想起了你爸爸外出回来经常带回家的软心巧克力。我就是享受不了，受不了一口咬进去的那种感觉。”

“对不起。”艾丽丝过去听说过那种软心巧克力。听说过好多次。

“牛轧糖、黄油奶糖，还有别的。”

“土耳其软糖。”

“这种糖让我恶心。想起来就恶心。”

“那就别想。”艾丽丝闭上眼睛，自己也觉得恶心：爱情是骗人的，总是说以后怎么怎么样。

“他经常外出。不知道你记不记得，那时候你还很小。总是出去，蒙特利尔、多伦多。”

“我知道。我当然记得。”

“我从来不知道他出去干什么。”

“开会呗。”

“从来不知道那些会议为什么那么必要。当然，我也问过。我产生了兴趣，至少我试图弄明白。那时候鼓励女人关心丈夫的事业——但我始终弄不明白。不清楚开的什么会，为什么要开。”

“很可能是行政会议，扯一通废话。”

“我应当说，这事让我很担心，很不安。”

“现在别再去想它了。”

“有时候他带回一个两磅重的盒子。噢，天哪！我也没有假装不喜欢，可我还是把那些盒子全都给了曼纳利先生。你记得曼纳利先生的，艾丽丝。他帮我们打理花园。活重着呢。”

“我当然记得曼纳利先生。”艾丽丝明白，接下来，母亲就要对她说曼纳利先生的妻子是如何死于糖尿病的，他们的儿子安格斯又是如何从政的了。

“他的妻子年纪轻轻的就死了，糖尿病。那时候没多少办法治，”这时，她压低声音说，“我猜想她从没有吃过巧克力糖，起码我希望她没吃过。妈妈走的时候，他们的儿子安格斯不过十五六岁。我想是十六岁。他干得不错，如果我没记错的话，现在是连任第三届了。我经常看见报纸上提到他。安格斯·曼纳利，对于一个政治家来说，这个名字太棒了。我一直这样认为。”

“是个可爱的名字。”在英国生活这么长时间，艾丽丝已经取得了使用“可爱的”一词的权利。而且她使用得很频繁。

“很高兴你能来这里，艾丽丝。我感谢你来这里。不是因为我身体不好才这么说的。”

“不是的。您是——”

“好了，你什么也不用说。”

“我的意思是——”

“真的，亲爱的。我说的是真心话。你什么也不用说。”

“那好吧。”

“那个词是什么来着？那个护士说的什么？”

“Feisty。”

“听起来像是俚语。词典里有没有？”

“我想不会有。也可能有。”

“它听起来非常——我想不起那个词了，就在嘴边上。听起来——”

“讨厌？”

“不是。意思更像是高于什么。”

“居高临下？”

“对，就是它。居高临下。”

“您说得对，您知道。就是居高临下。其实，它的意思是贬低、傲慢无礼。”

“对。”

“我们假装欣赏别人身上的强硬，”艾丽丝若有所思地说，“但我们特讨厌自己强硬，讨厌别人说我们强硬。”

“它有一种难闻的气味。”

“难闻的什么？”

“腐烂气味。就像过了采摘期的草莓。”

“一点不错。”

“他上身很长，我是说你父亲。我想，这就是他从来不学跳舞的原因。”

“并不是每个人都适合跳舞的。”

“很高兴你能来这儿，艾丽丝。”

“能来这儿我也很高兴。”

“你说什么？”

“我说能来这儿我也很高兴。”

“请原谅我，亲爱的艾丽丝，如果我不相信你的话。”

（这最后一句话弗莱特奶奶真的说出来了吗？她自己也不能肯定。她已经分不清什么是真实的，什么是不真实的。我到了她这个年龄也会如此。）

＊ ＊ ＊

只要我们说一个东西或一次事件是真实的，我们就尊重它，不必担心它听起来是多么可疑。然而，如果一个东西是虚构的——无论看起来是多么真实——我们都要对它嗤之以鼻。这就是我们所生活的时代。一个纪实时代。好像我们永远永远都不可能得到足够多的事实。打开电视机，我们看到的是鸟的生命周期，是战争场面的重现，是对大屠杀犯人的采访。除此之外，报纸没有其他的报道。

加拿大一位名叫平基·福尔汉姆的记者被倒下的投币式软饮料自动售货机砸死了。很显然，当时他在前后晃动那台机器，试图把一枚被卡住的二十五分硬币弄出来。几年前，平基·福尔汉姆严重地伤害过黛西·弗莱特太太。所以，当她获悉他的死讯时，无论如何也装不出非常悲伤的样子。

“天哪，”她的女儿艾丽丝说，“您是如何听到这个消息的？”

“别人告诉我的，”弗莱特奶奶神秘地说，“或许是从报纸上看到的。”

“真的？不可思议。”

“事实上，每年有十一个北美人死于自动售货机。报纸上说的。我记得不久前读到过。我想，可能是昨天。要不就是今天上午。”

“平基·福尔汉姆就是其中之一。”

“看起来是。”

“不可思议。”

“我想也是。”

自从她犯心脏病以后，一切都在对她搞突然袭击，最甚者莫过于她本人心甘情愿地被袭击，仿佛有一种新生的空虚感促使她自觉自愿地被取代。她那具由原子、分子和一块块的物质构成的躯体已成了一颗死亡的行星。这颗行星突然间迸发出大量的新闻标题、噩梦、慰问卡、药物的苦味、夜间的哗啦声、走廊里的脚步声、自己呼出的臭气和血液的臭气。有人在她的门旁边哼小曲儿，她差不多能听出来是什么曲子。

弗莱特奶奶收到一个包裹，是她在英国的外孙女朱迪寄来的一件女式睡衣短外套。

噢，天哪，天哪！——你知道，如果有人给你寄来的是睡衣短外套，而不是洗浴粉或精美的导游手册，你会感到恶心的。睡衣短外套几乎跟用于鼓起女裙后部的衬垫或女服腋下的护衣汗垫一样，因为过时而被淘汰了。睡衣短外套代表的是绝望，表达的是再见。然而，年迈的弗莱特太太明白，她的外孙女是费尽周折才买到这件衣服的。睡衣短外套如今是紧缺商品。那些大百货商场里即使有存货，也不过五六件而已，而且，当你俯在柜台上说“你们的睡衣短外套在什么地方？我找不到”的时候，商场里那些四五十岁的女售货员会带着一脸困惑的表情抬头看看你。

睡衣短外套是哪里生产的？纽约？旧金山？也许只有艾奥瓦州中部的某个小镇才关心它的市场行情。那可是世界睡衣短外套之都。可这种奇特的服装是谁设计的呢？它的花边、加衬垫的小袖子、系在下巴下面的缎带，是谁设计的呢？也许根本就没有人设计。也许它们就像睡衣厂后院的蒲公英花絮一样是自行繁殖出来的。还有一些问题——人为什么要穿睡衣短外套？什么时候穿？它是一种私下穿的衣服，还是在公开场合穿的衣服？是穿着它睡觉，还是睡之前脱下来？有没有使用说明书？

“看起来您走神了，妈妈。”

“我在想，朱迪真懂事，还记着姥姥。”

“她尊敬您，爱戴您，您知道。”

“我以前从未穿过睡衣短外套。”

“您穿上挺好看的。别脱，等李奇亚医生过来看看。他一准会赞不绝口。”

“那个人哪。”

“他人不坏。对了，还有眼睫毛。别跟我说您没注意过他的眼睫毛。他的确是一个十分可爱的男人。您承认了吧。”

“哦。”

“哦什么呀哦？我发现他挺迷人的。私下里说，我想您跟我的看法一样。”

“嗯——”

艾丽丝不觉得里克牧师迷人。她了解他那种人。有一天，他来到卡纳里帕尔姆斯疗养院看望弗莱特太太，艾丽丝跟他打招呼时冷冰冰的，甚至是粗鲁的，然后就找个借口溜掉了，让他自己去跟妈妈谈话。

不用别人说，弗莱特太太也明白，艾丽丝是想保护她免受传教士的高压控制，远离这个挨着病房兜售用罪恶包裹着的货物的商贩。艾丽丝从其中年人的视角出发，相信母亲的灵魂已经纯净无瑕——足够纯洁无瑕了——因此，每当她看到罪恶的幽灵来蛊惑这样一位重病缠身的羸弱老人时，她心里总是怒不可遏。

然而，弗莱特太太和里克牧师今天的谈话却一反常态，只字未提老年人的灵魂和做救赎梦之类的话题。

“您要知道，我是个同性恋者，”里克牧师对弗莱特太太说，“具有同性性欲。我接受牧师训练的时候还不知道。但后来，我发现了自己真正的性取向。您知道，这个秘密我保守了很长时间。起先有一两个人知道，后来发展到有五六个人知道，现在几乎人尽皆知了——除了我的母亲。这正是我的麻烦所在。我要不要告诉她？我一直以为您和我母亲的年龄差不多。实际上，我母亲才六十来岁。但不知道为什么，我一看到您，就会想起我的母亲。我不知道该怎么做。她一直催问我什么时候能找个好姑娘，成个家。现在弄得我讨厌回家。我知道，一回去她又该催问了。”

这时候，弗莱特太太的一部分渴望闭上眼睛，进入梦乡。她清楚地知道，她能够摆脱这次谈话。凭她的年龄，她有权这样做。

这也太麻烦了，太痛苦了。

她感到眼睛的背后在流泪。她明白，对于他的信任，她既感到欣慰，又感到愤恨。一方面，轻率地把她和里克牧师的母亲相提并论，这伤害了她的感情，因为她觉得她不会喜欢那个女人。事实上，她也并不真喜欢里克牧师，从来就没有喜欢过。他的热情里有某种贪婪的成分。再说，他的双肩下垂，衬衣领子也很奇怪，像嘴嚼过的一样。另一方面，这个年轻人在这样一个能把人热死的日子里驱车穿城而过，径直跑到卡纳里帕尔姆斯疗养院来请教她，倾听她的高见，这种情况在弗莱特太太的一生中尚不多见。事实上从来没有发生过，而且几乎可以肯定将来也不会再发生。

“你有没有尝试过不做同性恋者？”最后她说。

“什么？”他把一绺遮住眼睛的头发甩开。

“你知道，找个女朋友，看看能否——啊，你可能会让自己大吃一惊。你可能会发现自己真的喜欢有个女朋友——我的意思是，你有可能会改变自己的态度。”

“做同性恋者，弗莱特太太，不是个态度问题。”

她把他惹恼了。不用转过头来直接看他她就能知道，他此刻一定是浑身僵硬。自己成了伤害别人的人，这让她无法忍受。这是她最大的弱点——这一点她一直都很清楚——就是害怕伤害别人，更害怕的是她已经伤害了别人。于是，尽管她很恼火，尽管她已经读过报纸上关于艾滋病的报道，她还是向他伸出手来，并感觉到他抓住了她的手。

“不要告诉你母亲。”过了一会儿，她说。

“可我不能靠撒谎过日子。”

“为什么不能？”她停了停又说，“大多数人都这样。”

“如果我们笃信基督教，就不能那样做——”

“你母亲已经知道了。”她生气地说。

突然，弗莱特太太仿佛看见里克牧师的母亲就在房间里，跟他们在一起。她毕竟还真是一个相当好的女人，忙忙碌碌，精力充沛的样子，脸上堆满了笑容。

“这么跟你说吧，你母亲现在已经略有所闻，很快就会知道得一清二楚。她会调查出来的。人都是这样。假如你不愿意，你们俩是不会讨论这一问题的。永远不会。”（她禁不住为自己的这番讲演得意起来。）

“可那样我们两人就得带着隔阂过日子！”他傻乎乎地轻声说。他哭了。一边哭，一边吸鼻子。

“我现在突然感到很累。都怪他们给我吃的那些药片。”

“您那个时候跟现在不同。那时候的人都害怕敞开心扉，一辈子就像生活在童话里。”

“太瞌睡，太瞌睡了，”她感到喉咙里刺痛，真的，“请你原谅。”

“愿上帝保佑您，弗莱特太太。”

如何报答上帝的恩惠呢？“再见。”弗莱特太太斩钉截铁地说。她闭上眼睛，头重重地倒在枕头上，然后又加了一句慈母般的，祖母般的，女人般的，女性打赌般的祝愿：“开车小心点。”

开支票的时候，她忘记了月份，也忘记了年份。她老糊涂了，变得疯疯癫癫的。她撕开了一个口子，脑子里的东西如邮递信封里飘出的灰色羽毛一样散落出来，弄得家具上到处都是。她对女儿说，她需要在头上做个开胸手术。

“哈。”艾丽丝体贴地说。

她对什么都生气：花瓶里死花的霉臭味、她自己的尿的尿臊味。她变成了一个尖酸刻薄的母夜叉。不过，你看，也并不真是那样。她仍是一碗颤巍巍的果子冻；仍是那个聪明的老园艺技师夫人。还记得她吗？你随时都可以去拜访她，依靠她，紧急时刻给她打电话。

❇

地球表面的裂缝里竟然隐藏着那么多幽默故事，这让弗莱特奶奶非常吃惊。幽默故事无处不在，就像一千种不同的苔藓。她几乎每天都能在报纸上或《早安美国》电视节目里看到一两条能让她会心一笑的幽默新闻。要不就是楼层里发生了什么可笑的事，护士们互相开着玩笑。谁能想到，人生的喜剧居然能够一直延续到一个人的风烛残年。

还有虚荣心。人的虚荣心不甘心死亡，硬是将枯燥乏味的日常生活推进褶皱里、口袋里、电人糖果块里。她照照被巧妙地隐藏在床头托盘背后的床头镜，说道："瞧，她在这儿呢，我的生命伴侣。以前我曾经坐在它的心窝里，如今只能蜷伏在它的眼角里。"不过，她还是赶在李奇亚医生来查房前，用一支小小的口红涂了涂嘴唇，并在鼻子两边扑了些香粉（她已经不得不放弃使用她最喜欢的伍德伯里香粉了）。她怎么会有精力拿起粉扑的？她是如何得知她所知道的那些事的呢？

她仔细看了看自己的指甲。上星期是艾丽丝安排修甲师来为她修指甲的。当然，一开始弗莱特太太坚决不干——她一辈子也没有找专业修甲师修过指甲。这太奢侈了！——但艾丽丝坚持要她修，还说是一种小小的乐趣。于是，弗莱特太太的双手便被泡进各种不同的肥皂水里。过了一会儿，一位年轻女子把她的手拉到自己的大腿上，轻轻地用毛巾擦干，接着便为她修剪指甲的角质层，把各个指甲全都修剪成完美的椭圆形。"您是要半透明的，还是要单色的？"修甲师问她。"你说呢？"弗莱特太太反问道。"啊。"修指甲师说。很显然，要作出这个决定需要认真思考和讨论。她最后的决定是用法国指甲油。"这种半透明指甲油可以使指甲洁净美观，很适合夏天用。"好像弗莱特太太马上就要去出席一系列的花园聚会，或去萨拉索塔最高档的饭店就餐一样。

她把十个染成橘黄色的指甲当宝贝似的插进上层床单下面，但每隔半小时左右都要抽出来，在阳光下将十指展开欣赏一番。她早上做的第一件事是看看指甲，夜晚的最后一件事还是看指甲。事实上，她几乎无时无刻不在想着指甲。指甲在她的身边轻轻扑打着翅膀，然后轻轻地降落到她的手腕上，流进她的手臂和身体里。它们看起来是那样优雅。真的很优雅！崭新崭新的。当你想到她的身体所经历过的衰落过程，损坏过程，也许你就会明白她最近为什么会变得傻乎乎的了。但这次她对指甲的痴迷几乎有点令人困惑。它扭曲了女人喜欢香粉与口红的正常的虚荣心。一想到个中含义，她感到羞耻。一直以来她的生活是何等清苦与徒劳，以至于这样一件小事居然会给她带来如此大的乐趣。稍不留意，她就会变成一个老在数落自己有多少福分的可悲的疯老太婆。

"您想没想过要修修脚？"艾丽丝问她。

一幅幅图画飞进她的脑海里，比在病人娱乐室的大电视屏幕上看到的要明亮得多。那是一种闪闪发光的颠覆行动。她的耳朵里充斥着窃窃私语。只要她愿意，她随时都能收看到这些画面。

那是她七岁那年，站在克拉伦廷姨妈的花园里，俯身观看金鱼草，还用指头捏捏。于是，它们的小嘴一张一合。她发现，它们既有牙齿，又有小舌头。别人知道不知道呢？她掐了一段细香葱的嫩叶，放在嘴里舔。她听到有人喊："黛西。"那是在喊她回家吃晚饭。克拉伦廷姨妈答应今晚做煎饼吃。所有这一切：吃煎饼的念头、香葱的辣味、花朵暗藏的喉咙、太阳、喊自己名字的声音——她突然被这种感觉压得头晕眼花。她真担心自己会因此死掉。

大雪纷飞，飘落在临近的房子上。那些房子，还有它们围着篱笆的小院子，立刻变成了白色，盖上一层白色的绒毛，盖上了一层当时常说的松软果汁牛奶冻。她从卧室的窗台上抓起一把雪，贴在额头上，直到冰得坚持不住为止。她在做一种实验，试试自己的勇气。夜晚的月光清冷清冷。

她发现一种美丽的东西，那是路上光辉灿烂、色彩斑斓的彩虹的颜色。一道彩虹印在路面，别人谁也不知道它在那里，那奇妙的东西是她发现的。但她犯了个错误，她不该把那东西指给临近的一位大姑娘看。那位大姑娘若无其事地说：“哎呀，那是油，只是一点儿洒在路上的油。别大惊小怪的。”

又到了夏天。她捡起一片草叶，用指甲划拉开，用两个大拇指夹住，放在嘴边吹起小曲儿来。有人教给她那样做的，她想不起来是谁教的了。要吹出这种悲号的声音——就像潜鸟尖叫似的——很容易。你会越吹越好。一旦学会，终生不忘。你跟别人一样，别人能做的事，你也能做。

枯黄的落叶被耙子耙成一堆，准备焚烧。她渴望在上面躺一会儿，平躺在沙沙作响的枯叶上，眼望着天空。她放心大胆地仰面躺下，伸开四肢。顷刻之间，那纷乱的树枝、篱笆、棚屋与房子，紧密地交织在一起，像纸板箱破裂一样，砰的一声冲上一小片天空，冲进原始而险峻的晴空之中。这就是她所看到的一切。她自己则悬浮在一个玻璃球体里。你可以一遍又一遍地回忆那个真实而稳定的画面，在你的余生中，将它永远保留在你的脑海里。

你叫什么名字？

黛西。

黛西什么？

黛西·古德威尔。

你知道“黛西”一词是什么意思吗？它的意思是“白天的眼睛”。

很对。我过去知道。后来忘记了。

细想起来，雏菊花还真有点像一只眼睛，圆圆的，四周有睫毛，凝视着天空。

睁开，闭上。

关于飞进黛西·古德威尔脑海里的图画，有一件事很奇特。那就是她始终很孤独。她能听到远处传来的说话声；周围有阴影，有暗示——但她仍然感到孤独。我们勇敢或羞愧的时候，至少有权要求有一个证人在场，但弗莱特太太却没有这种权利。正是这一点伤了她的心，让她无法忍受，即使是在她八十岁高龄的今天。

弗莱特奶奶知道自己爱唠叨，爱一遍又一遍地重述自己的往事。而艾丽丝呢，从来不制止她，从来不说："您已经跟我说过了，妈妈。"真够难为她的。

她之所以这样做，全是为了保持头脑里的东西有条不紊；保持记忆的重量分配均衡；让生命中的每个章节井然有序。她感觉到，某些时刻心里会萌生一种新的柔情。这些时刻就像串在一根线上的珠子，线已经磨损了。与此同时，她知道，摆在她面前的任务必须靠自己的想象力努力完成，而不能靠面无表情地背诵被窒息的、黯淡无光的历史经历完成。她越来越需要词汇。于是就出现了问题：什么是人生的故事？是事实的记录，还是一种经过巧妙加工的印象？是将她恐惧的东西汇集起来，还是将已经被随口揭示的东西，即星星点点积累起来的知识综合起来？她需要一个安静的地方去考虑这一重大问题；她需要有人——随便哪个人——倾听她诉说。

想让已经被作为样品封存的、梦寐以求的东西重新流通起来，乃是一种放纵行为。她不应当一直照这样做下去，委屈艾丽丝的耳朵，把个可怜的李奇亚医生厌烦得要死。她责骂自己，说她正变得跟玛丽安·麦克亨利一样坏，总在没完没了地讲述自己关心的事，全然不顾别人的感受。还是优先考虑他人好。

小埃玛死了，也许是被送进了收治患唐氏综合征的孩子的专门机构。在那个比现在更加残忍的时代，人们习惯称他们为先天愚型儿。

关于埃玛的情况，没有人对弗莱特奶奶透漏过一个字，担心她知道后心里难过。可她还是知道了。此时此刻，她清楚地看见她的儿子沃伦和他的再婚妻子——弗莱特奶奶这会儿想不起她的名字来了——就在她的病床边。房间已向一边跌滑；窗户滑落到一个屋角上。她自己的舌头也蜷曲起来。她想要一杯水。就是这个简单的要求，简单的词语，她怎么也说不清楚，而是说了一个“先天愚型儿”。沃伦大吃一惊，脸色大变。这惊恐从他的脸上向下扩散到他那挺直而富有弹性的脖子。她想用一个眼神或一句温情的话语安慰他，但她的躯体被自身的迷茫压得动弹不得。她无意显得那么冷漠。她闭上眼睛，将儿子和他年轻的儿媳关在眼帘以外，全神贯注地观看印在薄薄的眼皮上的极其复杂的东西：一个秘密，一个梦。那是一种电影。

艾丽丝突然嫁给了李奇亚医生，并随他去了牙买加。他们住在海边的一所漂亮的平房里。他们有一个孩子，一个小男孩儿，眼睫毛长长的，弯弯的，对人彬彬有礼。

不，这都不是真的。老弗莱特太太又在做梦了。

这些虚假的幻觉是如何产生的呢？

想想看，想想看，她对自己说。要理智。

李奇亚医生已经结婚，而且是两个孩子的父亲。弗莱特奶奶看过李奇亚全家人的快照。照片上，他们站在肯辛顿庭院里他们家的那座具有殖民地时期建筑风格的住宅前面。

艾丽丝返回了英国。夏天结束了，下一周她就要开始授课。她已经计划好，要为五六个朋友举办周末宴会：听摩洛哥音乐，吃咖喱食品，喝冷啤酒。她自己还要戴上摇摇荡荡、叮当作响的耳环，那会让人啼笑皆非。她已为贝塞德托尔斯公寓的那套住房找好了买主。她已被授权帮母亲处理一些次要的法律问题。各种文件已经签字，后事也已作好了安排。艾丽丝买了一件华丽的佛罗里达鞣革皮衣带回了多雨的汉普斯特德，尽管人人都告诫她，甚至连她的母亲也说，佛罗里达鞣皮衣服不耐穿。没关系，反正圣诞节她还会回来的。她的生活模式已经展现出来，那是一个漫长的修正与调节过程。她会一边走一边修正补充。这本不是她所想象的中年生活，但她又必须这样生活。

她想明白了一件事——一件显而易见、简单明了的事，一件她似乎始终清楚而又从未说出口的事。那就是：人还活着的时候，死亡就已经开始发生了。生命义无反顾地径直朝那堵终极黑暗的死亡之墙走去，用一个极端状态撞击另一个极端状态。二者休戚相关，难解难分。连一眨眼的工夫也分不开。一个人可以翻来覆去地聆听诸如食物、工作、天气、讲演之类的日常节目，一直听到生命的最后时刻，以保证任何一件事都不漏掉。

这一想法令她兴奋不已，禁不住要把自己的感受告诉母亲。

她的母亲黛西·古德威尔仍然活在日渐衰竭的躯体里，病情时轻时重，时好时坏。她的情况跟我们所期待的一样好，大家经常这样说。照这样，她还能再活好几年。

第十章
去世

黛西·（古德威尔）·弗莱特在长期耐心忍受病痛的折磨之后，于199×年×月×日在佛罗里达州萨拉索塔市卡纳里帕尔姆斯疗养院平静去世。

弗莱特（奶奶）的丈夫，令人尊敬的加拿大谷物杂交专家巴克·弗莱特已先她而去。她在英国汉普斯特德市的女儿艾丽丝·古德威尔-斯潘纳、在俄勒冈州波特兰市的女儿琼及其配偶罗斯·泰勒、在纽约市的儿子沃伦及其妻子佩吉、在多伦多市的外侄孙女维多利亚及其配偶刘易斯·罗伊，均对她的去世深感悲痛。她是本杰明、朱迪思、雷切尔、雷恩、泰勒、贝思、利萨、吉莉和埃玛（？）崇敬的祖母，也是马德琳、安德鲁和莫迪凯亲爱的曾祖母以及孪生姐弟索菲和休的曾外祖母。

追悼仪式定于十点整在卡纳里帕尔姆斯教堂举行。谢绝献花。安葬仪式随后将在朗基公墓举行。

感君盛情

以鲜花纪念

黛西·古德威尔·弗莱特

她已尽其所能拥抱过

大多数成长着的生灵

以及记忆中的

花园孩子与气球

尽管她很害怕包围着她的

孤独与沉寂的阴影

却仍视其与自己的生命等同

黛西，黛西

给我一个真实的回答

白天的眼睛，白天的眼睛

镜子里的脸庞就是你

“这个小天鹅绒盒子是放在她的床头柜抽屉里。”

“这是什么？好像是——”

“就是这东西，剪下来的指甲。我想，是她的。”

“天哪。”

由于历史变故，由于粗心大意，由于年幼无知，由于缺乏机遇和勇气，黛西·弗莱特（娘家姓“古德威尔”）枉活人世几十载，世间的许多东西竟一次也没有享受过，人生的许多刺激与挑战竟一次也没有体验过，比如：油画、滑雪、航海、裸浴、绿宝石、香烟、口交、耳环孔、瑞典木屐、水床、科幻小说、色情电影、宗教狂热、块菌、樱桃白兰地、加利佩诺胡椒、北京烤鸭、维也纳、莫斯科、马德里、集体治疗、身体按摩、饥饿、殊荣、粗暴的谴责；她从未开过汽车，从未买过彩票，（另一方面）也从未被人打过耳光或身体其他部位，看书看累了也从未（叹口气）将眼镜推到头顶，从未考虑过（怕被人耻笑）做整容手术或修炼瑜伽的可能性，从未迷恋于杂志上的那些教你善待自己、相信自己、为自己做事的文章。尽管她知道自己一生为人所爱戴，但她从未听到从谁嘴里说出过“黛西，我爱你”的话（就这么一句简单的话）。只有在临死之前那漫长，平静的浅睡期间，她才有了智慧（和空闲）考虑自己所蒙受的不公。

“这是她的福气。”著名的契科夫研究学者艾丽丝·古德威尔-斯潘纳得知母亲的死讯时高声说。

“我母亲的生活质量曾一度降至冰点以下。”曼哈顿公立学校的音乐理论家沃伦说。

“她是被拖垮的，”弗莱特家最小的女儿、年近半百而失业的琼·泰勒说，“先是生活拖垮了她，接着是死神拖垮了她。”

“她对我说，她已经作好了随时离开这个世界的准备，”刚获过奖的古植物学家维多利亚·路易斯·弗莱特-罗伊低声说，“可有谁真的作好了准备呢？”

“她的智力可以调节，真是奇怪。只要她愿意，她可以把智力提升起来，展示出来。”

“异乎寻常。有一次我听到她说这个词。异乎寻常！那是从她的舌头上滚出来的。”

“还有圣烟。过去她经常说圣烟。”

“真的？”

“有时候她好像头脑不太正常。使劲敲呀，敲呀。家里有人吗？”

“瞧那些衣服！她就是这么穿的。谁也不知道她买衣服花钱太少了还是太多了；谁也不知道她落后于时尚四年还是二十四年。”

“哈。”

“她喜欢回避。”

“是的。不过回避也可能是一种进攻。”

“再说一遍？”

“你听见了。”

蓝色鸣鸟、服役中女子先锋队、美国女童子军、都铎雷兹、史学界、基督教活动、阿尔法泽塔联谊会、采石场俱乐部、女教徒联合会、母亲联盟、竹芋、马其莫家庭与学校协会、渥太华园艺协会、美丽土地委员会、卡尔顿县心脏病基金会、小土丘系列午餐、安大略种子集团、海湾女子手工艺团体、姐妹花。

“绝对不行。我不想把她的身体器官捐出去。”

“我只是有这个想法。”

“再说，她身上的所有器官都已经损坏了。”

“我只是想——”

深切怀念

黛西·古德威尔·弗莱特

1905 — 199-

深切怀念

黛西·古德威尔

她以健康的心理

不带任何恶意

不顾家人的反对

经过再三考虑

作出决定

在饱受折磨之后

带着疑虑，带着困难

带着歉意，带着决心

独自于地下长眠

“她给你留下了什么？”琼对着电话喊道。（横跨大西洋的电话信号很不好。）

“她那只椭圆形浅篮子。”艾丽丝做个怪相说。

“浅篮子究竟是个什么东西？”

“就是她那只在花园里用的旧篮子。那个发了霉的旧东西，带一个很大的圆提手。”

“我好像模模糊糊地记得。可为什么呢？”

“不知道。那个银芦笋托盘给了你，我想也是出于同样的原因。”

“天哪。”

“你知道沃伦得到了什么？”

“不知道。什么？”

“她上大学时的旧笔记，还有她写的文章。全部是手写的。一页又一页，整整一大纸箱。”

“她最后真的有点迷糊了，是不是？”

“也许只是个玩笑。”

“她还真不是那种爱开玩笑的人。”

“那我可不了解。”

“维多利亚得到了那些杓兰标本。”

“上帝啊。她要那些旧标本做什么呢？”

“她想要，至少她说过她想要。”

“啊，其他所有东西也都处理妥当了，她的资产什么的。”

“这我们真得感谢她的会计。”

“还有她的律师，尽管他的手伸得似乎有点太长。”

“卡纳里帕尔姆斯疗养院的情况怎么样？”

“噢，好家伙！”

“一谈到这我就感到内疚。甚至想起来就内疚。”

“我也是。”

“我猜想，人人都会这么认为。”

“当然会。”

“那我们怎么办？”

“毫无办法。”

今年，百分之七十四的美国家庭每家至少花费一千美元改造或维修他们的住房。新闻广播里说的——要不就是我瞎想的。你知道我为什么需要了解这种事吗？难道这种毫无价值的、鸡毛蒜皮的信息能使我心里痛快？不。等你的生命到了饱食终日、迟钝麻木的晚年时，情况就不是这样了。

"难道你就没有别的什么能告诉我的吗？"

黛西·古德威尔·霍德婚礼服饰清单，1927年

三件式中国绉纱婚礼服：瓦朗西安花边，手工抽花和刺绣，贝壳粉色、象牙白色——2套

女式长衬裙——12件

两件式法国套装：无袖宽内衣和套穿内衣；桃红色、乳白色、蓝色、茶色——12套

女式睡衣——6件

宽大女便服：乔其纱料，带尚蒂伊细花花边——6件

长袍——2件：毛料格子呢——1件；凸纹棉布——1件

"火红青春"胸罩——6个

"潘西"平针丝绸胸罩和府绸胸罩——6个

粉红色日本丝绸背心式女衬衣——3件

哥萨德丹斯利特平针丝绸紧身褡：两侧镶松紧带——2件

丝质长袜——12双

棉长袜——12双

海滩睡衣裤：橘黄色缎子料，哥本哈根蓝色、暗橘黄色——3件

和服式女晨衣：黑色、蓝色、花岗石红色、玫瑰红色、桃红色、木槿紫色——6件

凯勒曼泳装（全毛料）：黑色、哥本哈根蓝色——2套

编织海滩披肩——1件

泳帽——1只

各式围裙——6条

“我从来不知道她会绣花。”

“这真漂亮。”

“你能肯定是她绣的吗？”

“瞧，右下角有一朵小小的雏菊。”

“不错，真有一朵。”

“这就像是她的签名。”

“嗬！”

“护士们总爱说她脾气怎么怎么好，见人就笑。”

“就有一次例外，她摔坏了自己的收音机。把它扔到地板上。”

“那可能是个意外。”

“真是个意外。”

“有一件事我想不明白：她为什么从来不跟我们提起她的第一次婚姻呢？”

“她肯定知道，她去世后我们会发现的。我是说，文件都在那里。还有结婚证以及报道什么的。”

“霍德！他的名字叫霍德。”

“哈罗德·A.霍德。”

“与托德[1]谐音。真没劲。”

“不过，你瞧瞧那张照片。他——他看起来很像电影明星，我说的是无声电影。挺帅的。”

“可她为什么不告诉我们呢？”

1.“托德”系英语词toad的音译，意即“癞蛤蟆”。

“你想想，这么——这么可怕的事她怎么会谈呢。”

“太震惊了。”

“我不明白，她是感到难堪还是什么的？”

“这个英俊的男人从窗户摔下去了。那可是她的爱人，她的新婚丈夫。想想看，这种事如果发生在你身上，你愿意谈吗？”

“她很可能是被那件事压垮了，连想都不敢想，更不要说去谈它了。你想想，这事如果发生在你的蜜月里，而且——”

“而且又在她那个年龄。”

“压抑。有时候压抑也是一件好事。不然的话，她怎么还能继续她的——？”

“他长得比爸爸漂亮。”

“而且年轻。”

“年轻多了。”

“爸爸肯定知道——知道他。”

“他肯定知道。我是说，她可能一直对此守口如瓶，但是——”

“真让我——”

“什么？”

“浑身起鸡皮疙瘩。”

“怎么回事？想到霍德先生一头栽下去？”

“不，是想到她。她。那么多年。”

“那么多年——守口如瓶。”

“她肯定每年都会想起他，每逢他的忌日——”

“记得吧？有时候她会中午躺在床上。不是睡觉，只是躺在那里看天花板。”

“那件事一直记在她心里。一直想着。”

“我知道。”

“哦，天哪。”

花园俱乐部午餐，1951年

火腿面包卷/奶酪转轮

什锦泡菜

甜瓜球及无籽葡萄色拉

果酱蛋糕

什锦饼干

咖啡 茶水

我还在这里，在（粉末状的，破碎的）骨头里，在踝骨、眼眶骨、肩骨、髋骨、牙齿里。我还在这里。噢，噢。

“如果她生活在另一个时代，她本可以成为拥有自己的电视节目的园艺技师夫人。”

“收视率最高的黄金时段。”

“可我觉得难以想象。”

“这个平庸、陈旧、多愁善感的世纪把她闷死了。就像一块帷幕，一块不透光的帷幕。”

“她本可以和爸爸离婚的。”

“先离婚再说。”

“什么？你在说什么？”

“你们怎么会那样想呢？我的意思是，应该说，他们两个在一起还是很幸福的，总的来说。”

“你真这么认为？”

“对，像大多数人一样幸福。”

“那要看幸福意味着什么。”

“说说看。”

“我只知道，过去的事绝不会过去。”

“这话听起来很深奥是吗？”

“嗯……”

黛西伯母的柠檬布丁

4汤匙黄油	1杯牛奶
1/2杯白糖	2汤匙面粉
2个分开用的鸡蛋	1个柠檬的汁和外皮

将黄油和白糖搅拌成奶油状，加入蛋黄搅拌，直至变稠并呈柠檬色；拌入面粉、牛奶、柠檬汁及磨碎的柠檬外皮。搅拌蛋白，使其稠而不干。将蛋白加入混合物中。将混合物盛入抹了黄油的烤盘里，将烤盘放入盛有热水的平底锅里。将平底锅放入烤箱，中温350度烘烤二十五分钟即可。

“如果她是个男人，你认为她的生活会是另一个样子吗？”

“开什么玩笑！”

“看看这件睡衣短外套。”

“还是崭新的。我猜她从未穿过。”

星期二的活动安排——

一听牛奶

一束芹菜

胡萝卜

洋葱

一磅黄油

一磅猪油

火柴

肥皂片

两听腌牛肉

猪排

给M先生打电话

为搅拌器配新打蛋器

给沃伦看牙

去邮局

去药店，止咳糖浆，K盒的

杜松

有这么一个女人：她做得一手美味肉糕；她知道如何将一株萎垂的橡胶苗移栽进一个大盆里；她能叫一手漂亮的无将牌；她能把帽子戴得很好看；她很讲究个人卫生；她会及时给别人写感谢信；她保持着积极向上的心态；她倒下了，倒下了，倒下了；她已不能领会别人的意思，全然不能领会了，但她对别人几乎从不失礼。

"还记得杰伊·达德利吗？"

"谁？"

"你知道，就是那个在渥太华《记录者》周报工作的讨厌鬼。名字叫杰伊·达德利。"

"啊，我当然记得。不就是那个领带是手工编织的，袖口的链扣是陶瓷的那家伙吗？"

"你认为他们，他们两个，你认为他们有没有——搞在一起过？"

"没有。"

"太坏了。"

《黑骏马》《绿山墙的安妮》《雀斑》《重复讲述的故事》《美丽陷阱》《弗洛斯河上的磨坊》《风中奇缘》《海伦的孩子们》《我们共同的朋友》《内莉回忆录》《伊丽莎白和她的德国花园》《简·爱》《意大利的统一》《贝奥武甫》《浪漫主义诗人》《追随他的脚步》《野鹅》《飘》《克劳迪娅》《第一个六年》《愤怒的葡萄》《除却巫山不是云》《蛋与我》《儿女一箩筐》《梵高传》《蛛网和岩石》《斯库塔里传奇》《奥克尼群岛简史》《契科夫的女儿》《可以吃的女人》《大地》（大字本）《即时谋杀》（大字本，读了一半）

"你刚才说你认为谁也没准备好是什么意思？"

"天哪！我这会儿准备好了。"

"那是因为你没有工作而感到沮丧。你根本没有真正作好准备。我敢跟你打赌，她也没有作好准备。"

“我不知道。”

“你是不是曾经有过机会跟她谈，你知道——”

“死亡？那种事是不能跟她谈的。”

“她会岔开话题的。”

“她会像女学生一样做出迷惑不解的样子。”

“眨巴眼睛。”

“把嘴巴努成个小圆圈儿。”

“还有眉毛。”

“真要谈到死，我想想也会吓得浑身发冷的。”

“我们一家人都怕死。”

“我们的基因可是纯粹的花岗岩。”

“小石子而已。”

“冰雹。”

“我的确记得，在一次葬礼上她说她喜欢圆三色堇。不是那种呆头呆脑的、像人脸似的三色堇。她喜欢的是绝对纯正的紫色三色堇，带有深深的天鹅绒色花瓣的那种。这是我能记得的她说过的唯一跟死亡有关的话。”

“她的生活只是听天由命而已。”

“干吗不听天由命呢？”

“它就像——”

“就像什么？”

“就像她总在用针线追逐某种小小的、走失的思绪似的。”

“她害怕窥探自己的内心，以免发现里面空荡荡的什么也没有。”

“那不正是佛教徒苦苦追求的境界吗？”

"佛教徒?"

"总想达到五蕴皆空的状态。"

"真的?"

"多么可怕的想法啊。"

"为什么?"

"我不知道。我的意思是说,空就是不多。你知道。"

"空就是空。"

"阿门。"

必做的事——长远计划

夏季窗帘

储存毛皮制品

修整后楼梯、篱笆墙

用帽模重新做冬帽

给门廊里的家具喷漆

扩展?

炉子后面,冰箱下面

给M先生开支票

汽油

樟脑丸

给廉价售货店送杂志

火炉

钢琴

杀虫剂

电灯固定座

急腹痛、水痘、麻疹、支气管炎、肺炎、过敏症、流感、痛经、湿疹、膀胱炎、分娩、血压、绝经、抑郁症、咽喉炎、动脉阻塞、骨折、冠状动脉分流术、肾衰竭、癌症、膀胱感染、中风、褥疮、腿部溃烂、大小便失禁、中风、失忆、视力下降、反应失常、言语缺陷、抑郁症、中风、中风。

黛西·古德威尔最后一次生病时，大家都赞扬她忍受疾病折磨的耐心惊人。其实，那时候她除了考虑死亡，已经别无选择了——她带着身体的全面虚弱与衰竭一步一步向死神走去。在最后几周的朦胧状态期间，曾出现过病危。她经常处于昏迷状态。那次病危就是在一次昏迷期间突然出现的。她进入了睡眠状态。这时，她好像正通过一个隧道，在过去中摸索着行进。她仿佛吸进了一系列的劣质氧气，那是她一生中真实的和想象的一幕幕场景。随后，有一种精疲力竭的感觉捕获了她，也许那是一种厌倦感——反正色彩与线段突然褪色，原先能够唤起早期场景的机制突然衰竭。而压在她眼帘上的，则是一系列变幻无常的透明物。那些透明物用手势示意她不要向后退，而要向前走——向自己的死亡走去。你也许会说，是她给了死亡以生命，然后又爱上了死亡。

她最初的幻觉很富有戏剧性：平常的粉笔画棺材、低沉单调的诵经声、微微颤动的管风琴——所有这些被搅动起来的悲哀的五彩纸屑，全都在一个明亮的房间里随意漂浮。房间里回荡着廉价的哭声，摆放着无用的贡品。但这也太荒唐了。

明亮的房间坍塌了，留下一堆沉沉的黑暗。唯独她的躯体得以幸存下来。幸存下来的还有一个问题，那就是：如何处理这一躯体。它还没有化为灰尘。一想到自己的四肢和器官将会化为《圣经》里所说的灰尘，甚至化为葬礼上的骨灰，她突然想起来一个绝妙的、滑稽的、清晰的道理。真是太可笑了。

她最终看到的自己是石头。她身上的活细胞已被毫无知觉的矿藏所取代。让矿物取代她的躯体非常容易。在最后的梦境中，她仰面躺在一块厚厚的木板上。那木板就像几年前她所见到的天主教教堂那粉红色的大墙上主教与圣徒的画像一样硕大，一样壮观。但那木板不适合他们，也不适合她。但这种想象最起码是可以容忍的。她喜欢这一想象。事实上，她觉得自己已经和已故母亲一动不动的尸体相融合，并最终变成那具尸体的一部分。

如今，她已经笑着离开了她的锁骨、她肥胖的细胞、生殖器、脚指甲、后牙床、鼻孔、眉毛，离开了耳朵后面那一小块无名区。她的大脑变成了纯粹的云母。你可以把它拿起来，对着窗户，让光线闪闪透过。尽管空空如也，还是值得一看的。

她带着礼貌的困惑，对你娓娓讲述她冰冻状态的每个细节，随意增加点什么，删减点什么，对其进行美化与润色。她衣服上原始而僵硬的褶皱因一条边饰而变得柔软。那条边饰是钙化的海贝，就像有时候在生日蛋糕的边缘看到的那样。一个石头卷轴轻轻横过她穿着拖鞋的双脚。卷轴上的日期已经磨损得无法辨认；一个石枕支撑着她的脑袋，僵硬的卷发已终于梳理平整；她那关节柔和的双手手心向内放在身体两侧。那双手的姿势已被大大简化，五指并拢，没有戴戒指，也没有年龄标志，但却指向（那微微弯曲的大拇指）超越她的听觉之外的一大片崎岖不平的、永恒的领域。在她那张毫无表情的脸上，两眼直视，如大理石一样冰冷；睁得大大的，但却什么也看不见，就是说，除了世间男女共有的深深的痛苦之外，什么也看不见。他们最终被允许诉说的话语少之又少。

她最终的姿势是希腊式的：平静、永恒、典雅。她一直认为自己有这样的潜能。

只需要一丁点气力就能唤起她石头般的自我，并把它妥善安置。除了响亮的回声，她的自我什么也听不到，但却活跃在自己下沉的弯道上——白茫茫的颜色，无法穿透表面，完全填满了她的视野，以致先前准备好的所有战略与安排被抛在一边。黛西·古德威尔那无可挑剔的牙齿、头发和骨骼拥抱了这一最终的姿势，或者说这一最终姿势拥抱了她，终于允许她进入一个孤独的昏迷状态，并将全身的重量加在钟摆似的微微颤动的心脏上，加在珊瑚似的僵硬的肺叶上。它变得越来越硬，越来越凉，并将很快波及全身，也许就在下星期，或明天，或今天夜里。

马尼托巴省廷德尔镇格兰奇路14号（1922年拆除）

马尼托巴省温尼伯市西姆科大街166号（1947年拆除）

印第安纳州布卢明顿市东大街144号12室

印第安纳州布卢明顿市维尼格希尔区霍索恩大街6号（1975年被确定为遗产）

印第安纳州汉诺威市朗女子学院阿尔法泽塔学生联谊会（1957年改为校友会办公室）

安大略省渥太华市德里弗威大街583号（1981年改建为一套套的公寓房）

佛罗里达州萨拉索塔市塔米阿密路东贝塞德托尔斯公寓419室（1984年被判不符合消防标准）

佛罗里达州科尔曼市马林路卡纳里帕尔姆斯疗养院（1990年卖给美洲妇女委员会反省与认识研究中心）

佛罗里达州科尔曼市福纳街1267号卡纳里帕尔姆斯护理部

“我没有安息。”

黛西·古德威尔（未说出）临终遗言

“黛西·古德威尔·弗莱特，本世纪的妻子、母亲、公民：愿她安息。”

最后的赐福祈祷，由沃伦·M.弗莱特在卡纳里帕尔姆斯疗养院举行的追悼仪式上宣读。

“瞧这些三色堇。你见过这样迷人的三色堇吗？”

“她一定会喜欢的。”

“不知咋的，我还是希望看到一大排雏菊。”

“雏菊，对。”

“应当有人想到雏菊的。”

“说的是呀。”

“啊，算了。”

附录：作者小传

卡罗尔·希尔兹1935年生于美国伊利诺伊州奥克帕克市，父亲是一位糖果厂经理兼教师。她先是就读于印第安纳州的汉诺威学院，后作为交换生到英国埃克塞特大学学习。在那里她认识了未来的丈夫土木工程师唐纳德，并于1957年随他一起移居加拿大。希尔兹在渥太华大学获硕士学位，并在三十多岁第五个孩子出生后，开始发表诗作。尽管她说这一时期她在母亲与作家两种身份之间来回转换，但人们认为，正是在这一时期，她取得了后来成长为小说家所需的必要经验。“不做母亲，我就成不了小说家，”她说，“它使我亲眼见证了人格成长的过程。对我来说，那是一种最重要的生物组成部分。”

希尔兹的第一部小说《小礼仪》(*Small Ceremonies*)于1976年出版。在此后的三十年间，她创作出版了二十余部作品，包括戏剧、散文、短篇小说、长篇小说、一本苏珊娜·穆迪评论和一本简·奥斯丁传记。尽管她的小说常常让人读后心酸，但读者喜欢她的幽默。她的这一写作特点引起了她的第一位英国编辑克里斯托弗·波特的注意。他回忆起了她的小说《玛丽·斯旺》第一页上的一句话，他坚信自己发现了一个新鲜的声音：“哦，我会焦躁不安，执拗难处。有些日子里，弗吉尼亚·伍尔夫成了宇宙间唯一我想与之交谈的人。可是，她已经死了，当然，她无论如何也不会喜欢我了。”

除了写作，卡罗尔·希尔兹还作为大学教师在渥太华大学、不列颠哥伦比亚大学和马尼托巴大学从事教学工作。她在温尼伯生活过十五年，温尼伯也因此经常被用作她的小说的背景，最明显的例子就是《爱情共和国》。1996年，她成为城市大学的校长。

《斯通家史》获总督文学奖和普利策奖，并入围布克奖短名单，给希尔兹带来了国际声誉（这些奖项带来的收益使她得以在法国购买了一处避暑别墅。她给别墅起了个昵称，叫作“普利策庄园”）。她的小说《玛丽·斯旺》和《爱情共和国》都被拍成了电影，而《拉里的家宴》则在多个国家出版，获得了橘子图书奖，并被改编成了音乐舞台剧。希尔兹的最后一部小说《除非》被列入布克奖、橘子图书奖、加拿大总督文学奖短名单。

希尔兹一向对传记情有独钟，无论是写作还是读书。2001年她出版了一部简·奥斯汀传记，还跟马乔里·安德森一起编选了两本该传记的《编辑补遗》。他们鼓励撰稿人现身说法，以自己的亲身经历说明，女人通常是没有发言权的。“我们觉得女人整天忙于保护自己，保护他人，但她们仍然觉得，对于某些问题，她们还是不得不保持沉默。”希尔兹后来解释说。

1998年，希尔兹被诊断出患有乳腺癌。她在谈到自己的病时说：“过去我不知道珍惜时间，这场病使我开始珍惜时间了。现在，我把时间都花在了倾听上，倾听我的周围正在发生的事，而不是一味消沉。”2000年，她和唐从温尼伯迁往维多利亚，他们在那里一直生活到2003年7月16日希尔兹去世。